Maxime Calligaro et Éric Cardère ont travaillé plusieurs années dans les institutions européennes. Ils se consacrent maintenant à l'écriture pour le cinéma et la télévision et ont notamment scénarisé la série *Parlement* (France TV). *Les Compromis* est leur premier roman.

Les Compromis

Maxime Calligaro
Éric Cardère

Les Compromis

Préface de Daniel Cohn-Bendit

Collection fondée par
François Guérif

Rivages/noir

Retrouvez l'ensemble des parutions
des Éditions Payot & Rivages sur

payot-rivages.fr

Collection dirigée par
Jeanne Guyon et Valentin Baillehache

« Nul n'est prêt à mourir pour l'Europe. »
Alain Finkielkraut

Attention, ce texte est une fiction. Toute ressemblance avec une directive ou des personnes réelles serait pure coïncidence.

Préface

Par Daniel Cohn-Bendit

Le jour où un copain m'a tendu le manuscrit de ce livre, j'ai immédiatement vu à sa tête que mon absence d'enthousiasme l'avait froissé. En effet, j'étais sceptique. C'est un bouquin sur l'Europe. Or les gens qui écrivent sur l'Europe n'ont aucune imagination. Je voyais mal comment écrire quelque chose de captivant sur l'élaboration d'une loi européenne. Je n'imaginais pas vraiment que l'on puisse rendre passionnants le travail institutionnel et ses procédures rébarbatives.

J'ai donc ouvert ce manuscrit strictement par amitié et en pensant que j'allais très vite le refermer. Mais, finalement, rien ne s'est passé comme prévu : je l'ai non seulement lu, mais j'ai surtout été incapable de m'interrompre avant de l'avoir terminé.

Tout d'abord, c'est un vrai polar avec une intrigue qui vous pousse irrémédiablement à poursuivre la lecture. En décidant de mettre en scène la « bulle bruxelloise » peu connue du grand public, ses auteurs ont fait un pari plutôt risqué. Pourtant, force est de reconnaître qu'il est non seulement réussi, mais en plus avec talent.

Embarqué dans le décor, de prime abord incongru, du dédale du Parlement européen à Bruxelles ou à Strasbourg, le lecteur est très vite happé par un récit habilement tramé. Les lieux deviennent vivants, les débats prennent de l'épaisseur au point que le lecteur entre littéralement en résonance avec ce monde à part peuplé d'élus venant des quatre coins de l'Union européenne, d'assistants, de fonctionnaires, de diplomates, de journalistes…

Si tout fonctionne à merveille dans ce récit, c'est sans doute aussi parce qu'il se nourrit du vécu des auteurs. Ceux-ci ont su extraire de leurs expériences les composantes familières et les émotions qui vous font éprouver de l'empathie pour un fonctionnaire d'apparence morne, de l'enthousiasme pour le travail ingrat du législateur, de l'amusement, de l'impatience…

Bref, c'est à la fois un polar et une cartographie condensés autour de cet objet insolite qu'est le Parlement européen.

Ce livre n'a pas vocation à vous faire aimer l'Europe. Ni d'ailleurs à vous la faire détester. L'intention n'est même pas de vous raconter la politique. Ce qu'il raconte avant tout c'est la vie. Celle d'individus qui vivent de et pour l'Europe avec leurs passions, leurs envies, leurs manies, leurs espoirs et leurs faiblesses…

1

Bruxelles, siège du Parlement européen,
11 octobre 2016, 9 h 43

Le bras gauche de Sandrine était vrillé vers l'intérieur, et ses jambes formaient un angle improbable. Son arcade sourcilière était enfoncée, son visage livide trempait dans une épaisse mare de sang. Sa bouche à peine ouverte lui donnait un air un peu idiot. C'était aussi macabre que grotesque.

Je levai la tête en direction de la verrière qui abritait les salons protocolaires, cinquante mètres au-dessus de moi. C'est de là-haut que Sandrine était tombée. Pendant une fraction de seconde, mon oreille interne vacilla et je fus pris d'un léger vertige en visualisant sa chute. Nous étions dans le grand hall du Parlement européen, juste en face de l'hémicycle. C'était l'heure à laquelle, d'habitude, l'endroit grouille de députés, de fonctionnaires et d'assistants. Mais ce matin-là, le cadavre avait tout figé. Derrière moi, tenue à l'écart par un cordon de police, une centaine de curieux assistait à la scène dans un silence irréel.

Un policier avec des gants en latex me fit signe de m'approcher du corps. Accroupi, il glissa délicatement son stylo sous une mèche de cheveux de

Sandrine pour la dégager. Elle résista : des caillots brunâtres l'avaient attachée au visage. Visiblement contrarié, il fit un petit geste brusque pour la décoller. Quand la mèche se souleva, l'œil vide de Sandrine se planta dans le mien. J'eus un mouvement de recul.

Un autre policier, debout derrière moi, prenait des notes. « Vous identifiez formellement Sandrine Berger ?

– Oui.

– Et vous êtes bien Émile Abadie, son assistant parlementaire ?

– Oui. »

La moquette bleu Europe du Parlement regorgeait de son sang et les feuilles de papier éparpillées tout autour d'elle commençaient à faire buvard. Toujours accroupi, appareil photo en main, le policier ganté me fit signe de reculer. Il avait des gestes sûrs, et semblait suivre un protocole bien rodé. À quelques mètres, cinq ou six agents de la sécurité du Parlement le regardaient, immobiles. Le médecin du service médical que j'avais vu pour ma visite annuelle faisait lui aussi de la figuration. Il avait l'air complètement dépassé. Un fonctionnaire du Parlement était assis par terre à côté d'eux. Sa cravate lui pendait entre les jambes. Un troisième policier, penché sur lui, était en train de lui parler.

Je notai avec un peu de culpabilité qu'à cet instant précis, j'étais en train de me demander si les équipes de nettoyage parviendraient à récupérer la moquette. Elles avaient dû passer le matin même. On sentait encore l'odeur âcre du shampoing en poudre. J'eus envie de vomir.

« Vous avez une pièce d'identité sur vous ?

– Je… non… J'ai mon badge.

– Ça ira pour le moment, mais il faudra venir au commissariat tantôt, le commissaire va devoir vous entendre. »

Le policier me tendit son calepin pour que j'y note mon numéro de téléphone et mon adresse. Sur la même page, au-dessus de mon nom, je pouvais lire les annotations « Sandrine Berger, députée européenne », « chute mortelle », « 8 h 30-9 h ». Le policier me fixait comme pour me faire comprendre qu'on n'avait plus besoin de moi. Il souleva le ruban de plastique qui balisait le périmètre pour que j'aille rejoindre la masse de fonctionnaires et de collègues qui commençait à bruisser de commentaires. Il conclut, laconique : « Mes condoléances. »

Des condoléances. Est-ce que c'était vraiment à moi qu'il fallait en présenter ? Les condoléances, c'est bon pour la famille. Mais pour une patronne et, qui plus est, une patronne députée ? Certes, un député et son assistant passent le plus clair de leur temps ensemble. Ils se suivent partout, et quand ils se quittent, ils s'appellent. L'assistant soutient le député dans les moments de doute, pâtit de son humeur lorsque la nuit a été courte, jouit des succès du chef, soigne son ego blessé quand la vie politique se fait cruelle, subit de sa part les petites humiliations du quotidien. D'une manière bien particulière, c'est un lien très intense. Et pourtant, on sait qu'un jour tout s'arrêtera. Pas de promesse d'éternité, de passion pour toujours. Assistant parlementaire, on fait ça pour tenter de décrocher une petite place au soleil de la politique. Mais on ne reste pas toujours derrière un homme ou une femme politique : tôt ou tard, on finit par changer de député, ou de boulot. Alors une élection qui tourne mal ou un accident de ce genre, qu'est-ce que ça change ? Une fin de contrat reste une fin de contrat.

En passant sous le ruban de police, je m'aperçus qu'une feuille de papier était restée collée sous ma chaussure. C'était une fiche technique sur la directive Diesel que Sandrine avait emportée dans sa chute.

Été

2

14 juin 2016, quatre mois auparavant

Sandrine passait en général la porte du bureau avec la mine légèrement renfrognée. Elle s'acclimatait mal à son boulot de députée. Mais ce jour-là, elle ne parvenait pas tout à fait à réprimer un sourire. Elle se campa devant moi, une main sur la hanche et la tête légèrement en arrière. « Émile, c'est fait : tu as devant toi la nouvelle rapportrice pour la directive Diesel !

– C'est confirmé ?

– Oui… T'as pas vu mon tweet ?

– Pas encore. En tout cas, félicitations. C'est *le* dossier qui va nous lancer dans cette mandature.

– Voilà. » Elle jeta son sac à main sur une chaise qui nous servait de portemanteau. « Et il était temps. »

Sandrine était une jeune eurodéputée française encartée chez les Verts. La quarantaine à peine entamée, elle me rappelait cette jeune professeure en jean et Converse, un peu trop jolie, que j'avais eue au collège. Pour certains de mes collègues assistants, c'était un fantasme à peu de frais, mais pour moi, c'était la patronne. Ce mardi-là, après une réunion de la commission des transports du Parlement européen,

Sandrine venait d'obtenir son premier rapport parlementaire, et pas des moindres.

« Ça vaut combien, un rapport ?

– Pardon ?

– Au classement des députés, un rapport comme celui-là, tu crois que ça vaut combien ?

– Écoute, Sandrine, je sais pas. La ligne du parti c'est de dire qu'on se fiche du classement, que ça n'a pas d'importance, et que la dictature de l'indicateur, et que la culture du chiffre, *et cetera, et cetera*.

– OK. Mais un rapport comme la directive Diesel, un *vrai* rapport législatif, ça doit bien valoir quelque chose. Je vais arriver dans le premier tiers là, non ?

– Je sais pas.

– Oui, eh bien, renseigne-toi, tu veux ? »

La directive Diesel dont Sandrine avait à présent la charge, c'était la réponse de l'Europe au scandale Volkswagen qui avait ébranlé le monde de l'automobile à l'automne 2015. L'Agence américaine de protection de l'environnement avait révélé que le champion allemand de l'industrie automobile avait méticuleusement organisé le trucage des tests d'émissions polluantes de ses véhicules. L'affaire avait pris tout le monde de court. Les Européens sortaient tout juste de la crise grecque, qui avait testé leur patience et leur solidarité. Dans les interminables nuits de négociations bruxelloises, au cours des sommets européens comme dans les conférences de presse qui suivaient, l'Allemagne s'était systématiquement posée en parangon de vertu face à l'incurie des Latins, défendant haut et fort une certaine idée de la morale et du respect des règles. Et voilà que l'un de ses fleurons industriels se retrouvait pris la main dans le sac.

La Commission européenne, que son président avait lui-même qualifiée de « Commission de la dernière chance », avait trouvé là l'occasion de frapper un grand coup et de se refaire une santé. Tout le monde l'attendait au tournant. Au printemps 2016, elle avait présenté au législateur européen une proposition audacieuse de révision de la directive Diesel. Avec gravité, en séance plénière au Parlement européen, le commissaire responsable avait annoncé la création d'une agence européenne qui serait chargée de contrôler les émissions de CO_2 et de particules fines, ainsi que d'homologuer les véhicules pour le marché européen. L'Union européenne donnait enfin une impression de mouvement : le politique reprenait les choses en main.

J'étais arrivé à Bruxelles deux ans auparavant, et je n'avais connu l'Europe qu'en crise : crise de l'euro, crise des réfugiés, crise du Brexit. Dans cette crise du Diesel, qui prenait un peu plus d'ampleur à chaque révélation, je ne serais plus simplement spectateur. À vingt-sept ans, avec mon master « Affaires publiques » et mon permis de conduire en période probatoire, j'allais être au cœur de l'élaboration d'une loi qui aurait des répercussions sur la vie de 500 millions d'Européens : de l'ouvrier roumain penché sur sa chaîne de montage au père de famille français lorgnant la consommation au litre de son nouveau break, ce que nous déciderions de faire des moteurs Diesel changerait la donne.

Le regard dans le vide au-dessus de mon écran d'ordinateur, j'essayais avec un peu de fébrilité de me représenter la tâche qui nous attendait. C'était notre premier rapport, et nous attaquions par un gros morceau. Sandrine, elle, appuyée sur mon bureau, le nez sur son téléphone, fourbissait un second tweet tout en me parlant. « Ne t'emballe pas trop, quand même. Mettre d'accord la droite et la gauche dans le contexte actuel, ça va être coton. Grand “D” ou petit “D” à “Dieselgate” ?

– Grand “D”. Mais attends, c’est partout dans la presse. La pression de l’opinion est énorme. Tout le monde va devoir bouger !

– En tout cas, sur Twitter ça bouge : regarde, je viens de passer la barre des 10 000 *followers*. » Elle me mit l’écran sous les yeux. Avec un air satisfait, elle ajouta, songeuse : « Nico a eu du nez, quand même. »

« Nico », c’était Nicolas Marchet, un conseiller politique du groupe des Verts au Parlement européen. Sur l’échelle de Darwin parlementaire, les conseillers sont le chaînon manquant entre l’assistant et l’élu. Ils travaillent directement pour un groupe parlementaire. Quand j’étais arrivé au Parlement, j’avais été intimidé par leur aisance, par leur manière très directe de parler aux députés, et même de les contredire parfois – ce que les assistants parlementaires aimeraient, mais ne peuvent pas faire. Politiques, mais pas élus, ils ont un pouvoir considérable.

Nico avait longtemps cherché pour Sandrine un dossier technique et ardu, pour lui donner une image de bosseuse. Obtenir ce rapport, c’était une aubaine pour nous ; depuis leur nette diminution de taille après les élections de 2014, les Verts devaient se contenter des miettes que les grands groupes politiques de droite et de gauche voulaient bien leur laisser. En coulisses, Nico avait dû batailler ferme pour l’emporter. J’ignorais les détails, mais j’imaginais tout ce qu’il avait dû promettre, échanger, négocier : soutien à tel amendement de la droite, coup de main à la gauche pour telle nomination. Après plus de dix ans au Parlement, Nico savait ce qu’il fallait faire pour graisser les rouages de la machine.

Dans mon esprit, ce rapport était une occasion de vraiment changer les choses. Sandrine, elle, semblait n'y voir qu'une carte de plus dans son jeu au poker de la politique. Elle enfila sa veste et récupéra sa valise à roulettes. « Bon, vois avec Nico pour les éléments de langage. Moi je file à la manif pour les réfugiés climatiques. »

Les « éléments de langage », c'était sa préoccupation principale. Je voyais bien que les problèmes de la planète ne l'empêchaient pas de dormir. S'étant cassé les dents aux Jeunesses socialistes, elle avait jeté son dévolu sur Europe Écologie Les Verts, énième recomposition des écologistes français qui, à l'image du climat, ne cessaient de changer. Elle tenait là un excellent calcul politique. Être chez les Verts, ça ne mange pas de pain – tout le monde communie dans l'écologie – et cela ouvre de nombreuses possibilités dans l'arithmétique électorale. Au-delà de son sens aiguisé de la politique, elle avait aussi une sacrée dose de chance. En 2014, pour les élections européennes, elle avait été mise en deuxième position sur la liste Rhône-Alpes. Ce n'était *a priori* pas une position éligible : les Verts, affaiblis, ne pouvaient pas vraiment espérer plus d'un député par circonscription. Mais c'était un bon moyen de se faire une petite notoriété locale et de se placer pour les régionales en se mettant dans la roue d'un vieux briscard bien installé qui en était à son troisième mandat. La chance de Sandrine avait été que le briscard en question, à peine l'élection passée, s'était trouvé mêlé à une affaire de mœurs qui l'avait poussé à la démission. Suivante sur la liste, elle avait récupéré son poste. Sandrine avait été la première surprise de se retrouver eurodéputée à l'été 2014. Au départ, elle avait un peu négligé son mandat européen, préférant se montrer dans « sa circo » comme elle qualifiait à présent la région Rhône-Alpes, mais, deux ans après les élections, elle commençait à s'inquiéter de son bilan, et, accessoirement, de sa réélection.

En passant la porte du bureau, Sandrine m'avait lancé un « Bon week-end ! » qui signifiait que, pour moi, la journée était terminée. Nous n'étions que jeudi, mais, le jeudi, les députés rentrent dans leur circonscription. C'est la fin de la semaine de travail parlementaire. Plus rien ne pouvait obscurcir la journée. L'Europe n'allait pas mieux que lorsque j'étais arrivé au bureau ce matin-là, mais Sandrine était heureuse. Ma journée était gagnée.

3

Le même jour, un peu plus tard

Nico jouait avec son briquet du bout de ses doigts. « Te plains pas, Émile. Tu es *très* bien loti. Sandrine est jeune, c'est une femme, elle est parfaitement positionnée politiquement – ni trop à gauche ni trop à droite. Ça fait beaucoup d'atouts. »

Une fois Sandrine montée dans son train pour Paris, j'avais proposé à Nico de quitter le bureau un peu plus tôt que d'habitude pour prendre une bière sur la place du Luxembourg, juste en face du Parlement. Les travailleurs de l'Europe sortaient au compte-gouttes de derrière les vitres bien lavées des institutions et venaient s'installer sur les terrasses. Il faisait beau comme rarement en Belgique – même pour un mois de juin.

Je commençais à me sentir chez moi à Bruxelles. Et puis j'étais heureux et fier d'être au Parlement. Le boulot ne manquait pas d'intérêt, j'étais bien payé, et surtout j'y croyais. Mais j'étais désorienté par l'attitude nonchalante de Sandrine. Elle et moi n'avions pas vraiment la même conception de l'écologie politique. J'aimais l'écologie, elle aimait surtout la politique.

Nico, lui, semblait avoir dépassé ce genre de problèmes depuis longtemps.

« Écoute, ce qu'il fallait, c'est que Sandrine se place dans le paysage. Et avec ce dossier, c'est fait. La présidentielle est dans moins d'un an, les primaires ouvrent vachement le jeu. Comme le FN est à vingt-cinq pour cent dans les sondages, il va falloir que le gagnant rassemble. On répondra présent s'il y a besoin d'une jeune politique dynamique, bosseuse, avec de l'expérience sur les sujets européens…

– Bosseuse… Tu parles de Sandrine, là ?

– Tu peux sourire, mais si on joue finalement la partie sur cette affaire de diesel, ce qui se profile c'est peut-être un secrétariat d'État aux transports. Et qui sera conseiller en cabinet si Sandrine chope un beau poste après la présidentielle ? C'est toi.

– Et je me demande bien qui tu as en tête pour dircab'…

– Oh, moi tu sais, répondit Nico, sourire en coin, je suis là pour servir, pas pour me servir. »

Un vélo s'arrêta à côté de notre table. En me retournant je vis à ma hauteur un grand sac en toile rouge parsemé de logos, du genre de ce ceux que l'on ramène des grands raouts politiques. C'était celui de Solène, une amie qui travaillait pour une députée socialiste. « Salut Émile !

– Salut, Solène, ça va ?

– Ça va, et toi ? Mieux ?

– Mieux ?

– Ben oui. Tu n'étais pas malade ce week-end ?

– Ah, oui, non, si, ça va mieux. C'était bien ta soirée ? Je suis vraiment désolé de ne pas avoir pu venir.

– Tout le monde était là sauf toi. » Elle me décocha un clin d'œil qui signifiait « sans rancune », fit un sourire poli à Nico, puis remit son sac sur son épaule et donna un grand coup de pédale.

Nico se dévissa le cou pour la suivre du regard. « C'est criminel une robe d'été pareille. Il y a un truc entre vous ?

– Avec Solène ? Non, c'est une copine !

– Bon, donc tu ne m'en voudras pas si je tente ma chance ? » Je tordis la bouche sans lui répondre. Je me demandais parfois si Nico se rendait compte qu'il n'avait plus vingt ans.

Ancien cadre d'un mouvement syndical étudiant de gauche, il avait fait une thèse de sociologie à Nanterre, avant de s'éloigner du monde « éthéré et petit-bourgeois » de l'université pour se « frotter aux réalités du terrain » en se consacrant au militantisme. D'abord chez Greenpeace, puis chez les Verts. Il avait finalement été recruté comme assistant parlementaire par José Bové, avant de devenir conseiller politique pour l'ensemble du groupe parlementaire. Avec les années, il était devenu incontournable chez les Verts. Certes, à quarante-neuf ans, l'ardeur militante de sa jeunesse et son goût pour l'action directe l'avaient définitivement quitté, mais il avait conservé de cette époque une éternelle chemise col Mao en flanelle et une connaissance parfaite des dynamiques de pouvoir au sein du parti.

« Bon, et pour ma directive Diesel ?

– Écoute, voilà ce qu'on va faire. On commence par sortir un communiqué en disant que la Commission européenne ne va pas assez loin dans sa proposition de directive, qu'ils ont encore cédé aux lobbies, comme d'habitude.

– Tu trouves ?

– Aucune idée. J'ai pas encore lu leur texte. Mais bon, c'est la Commission, alors…

– Mais…

– Mais quoi, Émile ? Tu veux qu'on dise quoi ? Ça y est, la Commission a trouvé la solution, signez en bas à droite et hop le tour est joué ? Et à quoi on sert, nous, au Parlement ? La Commission, c'est fait pour taper dessus. Tiens, on dira que la Commission oublie les accords de Paris sur le climat et qu'elle est dans la main des Allemands. Voilà, c'est l'Europe allemande. Et puis on dira que les technocrates n'y comprennent rien…

– Attends, ça risque pas de faire le jeu des eurosceptiques, ce genre de discours ? On est les Verts, on est supposés être pro-européens !

– Bien sûr, mais nous refusons *cette* Europe. Nous voulons une *autre* Europe.

– OK, mais laquelle ?

– Mais celle que tu veux ! Une Europe plus politique, une Europe sociale, une Europe puissance. Une Europe plus proche des citoyens, une Europe moins bureaucratique. » Nico comptait sur ses doigts les Europe que nous voulions. « Je dirais que dans le cas présent, nous, nous voulons une Europe de l'air pur, contre les émanations industrielles venant de la Commission. » Il se laissa aller à un sourire satisfait. « Très bon, ça…

– Et l'agence dans tout ça ?

– Quoi l'agence ?

– Ben, la proposition de la Commission : la création d'une agence européenne de surveillance du marché automobile !

– "Agence", "surveillance", "marché", oh ! Émile, on fait pas un cours à Sciences Po, là. On cherche à faire passer un message à l'électeur de base. Où est la tension ? Qui sont les ennemis ? Pourquoi nous, les Verts, nous pouvons changer les choses et pas les autres ? Explique-le-moi comme si tu étais à la tribune d'un meeting de campagne. Allez, vas-y !

– Eh bien… Je dirais qu'on est dans un cas typique d'intégration européenne inachevée : on est au milieu du gué. Le problème, c'est que l'homologation des véhicules est encore faite à l'échelon national, mais que le marché est européen et que les régulateurs sont dans la main des États qui n'ont aucun intérêt à ce que leurs constructeurs soient surveillés de façon plus stricte que…

– Non, mais tu t'écoutes ? T'as perdu toute la salle mon pote.

– … et comme le problème est d'envergure européenne, il n'y a que le Parlement européen qui peut apporter une solution démocratique…

– Voilà ! Tu y es : le problème, au fond, c'est la démocratie. Dans la tête des gens, l'Europe est aux mains des lobbyistes qui imposent leurs choix aux citoyens. Il faut y aller à fond : à Bruxelles c'est pas l'intérêt général qui prime, c'est l'appât du gain, *et cetera*. L'Europe est prisonnière. Prisonnière de la technostructure et des lobbies. Tout se fait dans le dos des gens.

– Enfin, pour le coup on est en charge du dossier, et Sandrine est élue…

– Concentre-toi sur la *big picture*, Émile. Pense au public et fais dérouler le film. Sandrine, elle est là pour délivrer l'Europe.

– Je vois pas trop le concept. Une Europe plus libre, c'est ça ton idée ?

– Et pourquoi pas ? Libérée de la pollution. Libre de respirer. "Dieselgate : pour une Europe qui respire", beau titre de tribune, ça. Je vois déjà le truc : Sandrine cosigne un papier avec Nicolas Hulot dans

Le Parisien à la rentrée, et on est placés. Hulot, il marche à droite, à gauche, en haut et en bas. »

La démonstration de Nico était implacable, mais assez éloignée de mes préoccupations immédiates. À la vérité, je voulais tester avec lui une idée que j'avais glanée chez un *think tank* finlandais et qui consistait à donner à la nouvelle agence européenne la possibilité d'imposer une redevance élevée sur l'homologation des véhicules les plus polluants. Le concept lui plut immédiatement. « Taxer les constructeurs, c'est la revanche citoyenne, c'est très bon ! Et puis on va mettre aussi l'interdiction du diesel dans un délai de dix ans. C'est fort, ça, une interdiction. Ça marque dans l'opinion. Les gens veulent plus entendre parler de mesurettes. »

Nico étendit ses jambes sous la table, puis but une grande gorgée de bière en me regardant. Son contentement devenait communicatif. La journée de travail se terminait, et la terrasse était maintenant remplie d'eurocrates au nœud de cravate desserré qui sirotaient des bières d'abbaye belges. Le soleil de la fin d'après-midi chauffait les pavés. Et nous avions un angle, comme disent les communicants.

Nico, qui s'était tourné face au soleil, ouvrit un œil à demi : « Et c'est qui l'administrateur qui s'occupe du dossier ?

– Jørgen Pedersen. Tu le connais ?

– Oula, oui, t'es pas tombé sur le plus facile. Dépêche-toi de lui passer un coup de fil pour lui dire dans quelle direction aller. Sinon, il va arriver avec un rapport déjà tout fait, truffé d'articles des traités, et tu vas te retrouver avec une dentelle juridique invendable.

– Tu veux pas qu'on écrive les amendements à la directive nous-mêmes ?

– Non. Nous, c'est les communiqués, chacun son métier. Et puis je te dis, le rapport, personne ne va le lire à Paris. Alors que la tribune cosignée avec Nicolas Hulot, elle… »

Mon téléphone se mit à vibrer en faisant tout trembler sur notre petite table en inox. « Merde, c'est Sandrine ! Elle va voir que je ne suis plus au bureau.

– Passe-la-moi. » Nico sortit un petit papier de sa poche, sur lequel il avait griffonné quelques mots. « Allô, Sandrine ?… Non, c'est Nico, je suis avec lui… oui… Émile est super enthousiaste pour la révision de la directive Diesel… C'est bon, ça, ça te place, tu sais… La tronche des autres quand on sortira la tribune avec Nicolas Hulot… Ouais… ouais… Sinon, quoi de neuf ?… Tu as vu, Merkel a changé de position sur les accords commerciaux… oui… "comprends les préoccupations" elle a dit… oui… J'ai *checké*, elle n'a encore jamais employé la formule… C'est du lourd… Ouais, elle est sous pression, tu penses bien… les efforts payent… oui… Sinon j'ai vu ton dernier *post* Facebook sur les déchets nucléaires… Soixante *likes*, c'est bien, on passe des messages, là… Ah, autre chose : j'ai eu le secrétariat sur un truc un peu technique en commission affaires sociales… oui… oui, je sais que tu n'es que suppléante… En tout état de cause, ils veulent ta position sur les travailleurs détachés et… bon… OK… Je te laisse… ne loupe pas ton train… allez… bise. »

Nico raccrocha et me rendit mon téléphone. Je le regardai, admiratif. « Je sais pas comment tu fais pour ne jamais être pris de court quand Sandrine appelle. Moi, elle me coince toujours au mauvais moment, quand on vient de se quitter et que j'ai rien à lui dire parce qu'on s'est déjà tout dit. Je suis sûr qu'elle fait ça pour me fliquer d'ailleurs. En tout cas, je suis toujours sec.

– L'expérience, Émile, l'expérience. Douze ans au Parlement, t'apprends quelques petites astuces. Et notamment, toujours avoir un bout de papier sur lequel tu écris trois trucs à raconter. Trois histoires, c'est important : moins, ça fait pas sérieux, plus, le député peut pas imprimer. L'attention des élus baisse très vite. Trois trucs donc, mais attention, pas jetés comme ça. Il faut une structure : premièrement, un truc d'actu, ça montre que t'as la *vista*, deuzio un truc sur les affaires du Parlement, ça rassure, le député est parti, mais la maison est bien tenue, et troisièmement un truc un peu technique, un peu rebutant, toujours à la fin, pour lui donner envie de raccrocher.

– Pas mal…

– Attention, le timing, ça compte aussi. Un député c'est comme un Tamagotchi géant, ça demande à être nourri toutes les deux heures environ. Tu dois anticiper et leur servir ce qu'ils ont besoin d'entendre, au moment où ils ont besoin de l'entendre. » Nico demanda l'addition. Et alors qu'il jetait de la monnaie sur la table en se levant, il lâcha : « Tente de t'en souvenir si tu veux durer dans ce métier. Dans un Parlement, s'il y a des assistants, c'est bien qu'il y a des assistés. »

4

Le lendemain

Suivant le conseil de Nico, j'avais pris contact avec Jørgen Pedersen, le fonctionnaire qui serait chargé de la directive au sein de l'administration du Parlement. J'avais encore en tête ses mises en garde contre ces produits de la technostructure qui s'ingénient à mettre des bâtons dans les roues du politique. Mais dans l'immédiat, ce qui me préoccupait, c'était la rédaction du rapport. J'étais un complet novice dans ce domaine, et je n'avais aucun espoir de m'en sortir sans l'aide d'un expert.

« Hello, Jørgen ? I'm calling from the office of Sandrine Berger, my name is Ém…

– Émile, enchanté, Jørgen Pedersen.

– Vous parlez français ?

– Oui. J'ai fait le lycée français de Copenhague dans ma jeunesse, puis Sciences Po, où je donne des cours à présent.

– Parfait ! Vous auriez le temps de prendre un café et discuter du dossier ?

– Bien entendu, il est important de commencer à y travailler sans tarder. Le Parlement doit montrer qu'il est capable d'agir vite sur ce genre de dossiers techniques – et de faire un travail de qualité.

– Vous savez, Sandrine tient à faire quelque chose de grand avec cette directive… Interdire le diesel, taxer les véhicules polluants. » Sandrine n'était pas encore au courant du plan que Nico et moi avions mis sur pied, mais je savais pertinemment que les assistants doivent toujours s'abriter derrière leur député pour être pris au sérieux par le secrétariat. « J'ai quelques idées que j'ai couchées sur le papier…

– …

– Jørgen ? Vous êtes là ?

– Oui. Je vois que vous m'appelez de votre poste, vous êtes dans votre bureau ?

– Oui.

– Ne bougez pas, j'arrive. J'emporte avec moi les traités européens et le règlement de procédure du Parlement. Vous en avez une copie, je suppose ?

– Euh… je… c'est que… je les consulte sur Internet selon les besoins… mais…

– Je passe à la Distribution et je vous en apporte un exemplaire de chaque. Les traités, ce sont des textes impressionnants au départ, mais vous verrez, vous finirez par apprécier leur belle architecture. Quant au règlement de procédure, eh bien, sans lui ce serait le chaos, au Parlement.

– Merci.

– Ne me remerciez pas. C'est mon travail.

– Bon, je vous attends. Merci de vous déplacer.

– Ce n'est rien. Une bonne clarification dès le départ permet toujours un gain de temps et d'énergie considérable. La base légale est étriquée dans cette directive, difficile d'aller beaucoup plus loin que la proposition de la Commission européenne. »

Un peu austère de prime abord, Jørgen se révéla un type assez sympathique. C'était un Danois au teint pâle, qui portait de petites lunettes rondes cerclées de métal. J'étais incapable de lui donner un âge. Il pouvait tout à fait être un jeune né avec un physique de vieux, ou alors un homme du Nord très bien conservé pour son âge. Grand, épaules larges, portant beau, parfaitement mis : costume gris foncé bien taillé, souliers cirés et brillants. Il parlait un français châtié, avec un très léger accent qui n'était pas sans charme. Jørgen était un membre de l'administration européenne d'un genre particulier : un « expert national détaché », c'est-à-dire un fonctionnaire danois mis à disposition du Parlement européen pour un temps et voué à retourner ensuite dans son administration d'origine. Il insistait sur ce point, cela faisait apparemment une grande différence. Les fonctionnaires sont des gens précis. En me l'expliquant, il avait ajouté : « Mal nommer les choses, c'est ajouter au malheur de ce monde. » Il prenait un malin plaisir à citer devant moi nos auteurs classiques.

Il avait avec lui un épais dossier où il trouvait sans effort un nombre impressionnant de documents divers. Il se lança dans un grand monologue, me rappelant que la directive Diesel visait à amender une directive de 2007, la directive 2007/46/CE, dite « Véhicules à moteur ». On y trouve les règles européennes définissant comment les véhicules à moteur étaient « reçus », c'est-à-dire comment leur mise sur le marché européen était autorisée. Après avoir posé les bases, il monta *crescendo*. Pendant vingt bonnes minutes, il balisa le travail de façon complète et concise. Textes déjà existants dans le domaine, jurisprudence de la Cour européenne de justice, accords commerciaux avec les pays tiers, il ne laissa rien au hasard. J'opinais à intervalles réguliers, n'ayant rien à gagner à étaler mes lacunes.

Après avoir fini son laïus, il se tut un instant, puis inspira. Je compris qu'il en venait au fait. « Il me semble important que Mme Berger ait bien conscience, cher Émile, que l'objet unique du texte est de modifier la directive de 2007, afin de mettre à jour les exigences techniques relatives aux contrôles auxquels doivent être soumis les véhicules avant leur entrée sur le marché européen, notamment en créant une agence européenne dont ce serait le rôle.

– Bien sûr, mais qu'est-ce qui nous empêche d'utiliser ce pied dans la porte pour tout changer, aller beaucoup plus loin ?

– Eh bien, ce n'est pas le rôle du Parlement. Le Parlement donne l'onction démocratique. C'est essentiel, mais l'assentiment des élus ne remplace pas l'expertise. C'est une directive très technique, vous savez, nul besoin d'un chien dans le jeu de quilles. »

Il avait cru bon d'accompagner son explication d'un petit schéma sur le processus décisionnel européen qu'il servait probablement aussi à ses étudiants. Il semblait faire comme si je venais de débarquer à Bruxelles. « La proposition part de la Commission européenne vers le Conseil des ministres, dit-il en prolongeant un trait, … et le Parlement qui l'adoptent. Les trois institutions forment le "triangle institutionnel". » Il détachait les syllabes, d'une manière assez vexante. Il avait ajouté dans la marge les articles pertinents des traités. Difficile de dire s'il avait pour moi de la bienveillance ou de la condescendance, ou un mélange des deux. C'était un vrai bureaucrate ; on ne sait jamais vraiment ce que pensent ces gens-là. Et puis Jørgen, c'était le genre à sourire quand il se brûle. Enfin, pensai-je, ils sont bien gentils les technos de l'administration, mais nous, comme le répétait souvent Nico, on fait de la politique, on a été élus sur des programmes et des idées.

Jørgen reprit. « Si vous le voulez bien, passons au plus important : le calendrier. Quand Mme Berger compte-t-elle faire adopter son rapport par la commission des transports ?

– Rapidement… Vers la fin du mois prochain, ce serait idéal. »

Jørgen eut un petit rire nerveux. Il rehaussa ses lunettes. « C'est votre premier dossier, j'oubliais. Écoutez, il faudra déjà six à huit semaines à Mme Berger pour rédiger son rapport, difficile de faire à moins. Comptez ensuite dix jours ouvrables pour les traductions. Mme Berger pourrait raisonnablement présenter son projet de rapport lors de la réunion de commission… laissez-moi voir… celle du 12 octobre, voilà… Ensuite, nous laissons un peu de temps pour que les autres députés rédigent leurs amendements, mettons jusqu'au 20 octobre. Encore dix jours ouvrables pour la traduction des amendements… Les amendements pourraient être discutés en commission le 14 novembre. Ensuite, il nous faudra au moins un mois pour négocier des compromis entre les groupes, puis viennent les fêtes de fin d'année… Eh bien voilà, nous pourrions voter le 12 janvier 2017.

– Mais c'est affreusement long !

– Ah, mais c'est le temps qu'il faut pour faire naître une norme, ça ne se fait pas à la légère. Et ce n'est que le début : il faudra ensuite négocier avec les États membres, qui doivent aussi approuver le texte, avant de procéder au vote solennel en séance plénière. Ce n'est qu'à ce moment que le texte pourra être signé et publié au Journal officiel de l'Union. En moyenne, au cours des deux dernières législatures, il a fallu vingt mois pour accomplir toute la procédure entre la publication d'une proposition par la Commission et l'entrée en vigueur du texte final. »

Vingt mois. Le temps de la gestation chez les éléphants. En politique, il est impossible de se projeter aussi loin, et la campagne des présidentielles arrivait à grands pas.

Jørgen se leva, ramassa les documents qu'il avait éparpillés sur mon bureau. Je le retins.

« Dites-moi, Jørgen…

– Oui ?

– S'agissant de la rédaction du rapport… Comment dire ? Je pensais que vous pourriez faire un premier jet.

– Naturellement, Émile, naturellement. Mais pour cela, j'ai besoin d'avoir une idée précise de ce que Mme Berger entend amender dans la directive.

– Eh bien, comme je vous l'ai dit… Interdiction du diesel à un horizon de dix ans, taxation des véhicules polluants.

– Je pensais que vous plaisantiez, dit-il visiblement gêné. Cela sort du champ de la proposition de la Commission. Il faudrait même… Je veux dire : la base légale ne le permet pas… »

Jørgen vit dans mon regard que je n'étais pas entièrement au fait de cette question. Il souleva ses lunettes, se massa la base du nez et se rassit. Il replaça le schéma qu'il avait dessiné plus tôt devant moi.

« L'Europe, ce n'est que du droit. Ça peut paraître intimidant de prime abord, mais c'est en réalité très simple, presque mécanique. L'Union européenne ne peut légiférer que dans les limites strictes posées par les traités. Chaque proposition de la Commission est fondée sur une base légale, un article des traités qui l'autorise à intervenir dans un domaine bien précis, et fixe les limites de ce qui peut être fait. Or quelle est la base légale dans le cas présent ? »

Je m'aperçus après quelques secondes que ce n'était pas, comme je l'avais espéré, une question rhétorique. Jørgen vit mon désarroi, et, avec un air de professeur déçu, reprit ses explications.

« Voyez la proposition de la Commission. » Il pointa du doigt l'une des premières lignes. « "Vu l'article 114 du Traité". Or, en vous reportant aux traités, là où j'ai mis un marque-page dans la copie que je vous ai apportée, vous lisez : "Rapprochement des législations". Dans cette directive, c'est tout ce que nous pouvons faire : rapprocher les législations des États membres.

– Je comprends bien, mais enfin, ce n'est quand même pas très grave : je suis sûr que vous trouverez une astuce.

– Le droit, ce n'est pas de l'astuce, c'est l'application attentive et minutieuse de la norme.

– Mais comment est-ce qu'on peut faire de la politique dans ces conditions ?

– Mais dans le respect des règles, Émile. Dans le respect des règles. »

Automne

5

11 octobre 2016, 9 h 10, commission des transports

Le contact quotidien avec les députés semble provoquer chez les petites mains de la politique deux réactions contradictoires en fonction de leur personnalité. Certains, comme moi, développent une forme d'empathie pour les élus, qu'il faut accompagner et protéger à chaque pas. Ils sont ravis d'avoir, dans le grand théâtre parlementaire, la meilleure part, et s'accommodent très bien de vivre à l'ombre des politiques, loin de l'éclat toxique des caméras. D'autres constatent rapidement, en côtoyant les députés, qu'ils ne sont pas moins capables qu'eux et concluent qu'au fond ils auraient eux-mêmes très bien fait le boulot. C'était le cas de Nico.

« On peut tout faire pour eux – tout ! – sauf lire leurs interventions à leur place… » Un fonctionnaire se retourna pour lui jeter un regard désapprobateur. Il continua de grogner un ton en dessous. « Elle le sait au moins, Sandrine, qu'on parle de son rapport ce matin ? »

Un élu bien entouré peut se reposer largement sur ses conseillers et assistants. Mais l'exercice trouve rapidement ses limites naturelles : encore faut-il que le député vienne aux réunions. Ce matin-là, les membres de la commission des transports du Parlement étaient réunis pour la présentation du rapport de Sandrine sur la modification de la directive Diesel. Tous les acteurs indispensables au déroulement de cette cérémonie étaient présents : président de commission parlementaire, députés, représentants des États membres, conseillers politiques et assistants parlementaires, membres du secrétariat du Parlement, et même le commissaire aux transports qui s'était déplacé pour l'occasion. Mais Sandrine, elle, manquait à l'appel.

Une nuée de journalistes entassés au fond de la salle l'attendaient de pied ferme. Le *Dieselgate* passionnait au-delà de toutes nos espérances. Depuis le mois de juin, les interviews s'étaient multipliées et chaque commentaire de Sandrine sur le sujet était repris dans la chambre d'écho de la presse bruxelloise. J'avais d'abord cru que nous profitions du vide journalistique qui caractérise la période estivale, mais je me rendis vite compte que le scandale prenait, semaine après semaine, une ampleur inattendue. En déroulant la pelote, on s'était aperçu que Volkswagen n'était pas un cas isolé. Daimler, Audi, Porsche, BMW, l'ensemble des constructeurs allemands trempaient dans l'affaire. Les têtes tombaient au sein du groupe Volkswagen, mais l'ogre médiatique était loin d'être repu. On était à la recherche d'autres coupables. À la rentrée, toute l'attention s'était tournée en direction de la Commission européenne. D'après le *Financial Times*, le commissaire aux transports avait été informé de la fraude par ses services avant que le scandale n'éclate, et n'avait rien fait. Peu importait que les pouvoirs de la Commission européenne en la matière aient été très limités ou que la fraude ait été le produit d'une culture d'entreprise toute nationale, tout le monde s'apprêtait à entonner l'air bien connu du « c'est la faute à Bruxelles ».

L'enjeu pour le commissaire, c'était de reprendre les choses en main dans le dossier Diesel. Les journalistes présents attendaient la petite phrase qui ferait le titre de leur article, et ils n'allaient pas être déçus. Nico et moi avions passé le mois de septembre à faire monter la sauce. Notre projet de rapport et ses propositions audacieuses allaient avoir l'effet d'une bombe.

Comme à son habitude, le très allemand président de la commission des transports, Helmut Grassmann, avait fait démarrer les travaux à neuf heures pile. Il avait ouvert la séance, fait adopter les minutes de la réunion précédente, lu quelques annonces (le report d'une délégation parlementaire en Slovénie, l'organisation d'un séminaire sur la régulation portuaire), puis il avait ouvert la séance sur le premier point à l'ordre du jour : le dossier Diesel et la présentation du rapport Berger. Il était 9 h 10, et la parole revenait à la rapportrice. Et la rapportrice n'était toujours pas là.

« Mais elle fout quoi, Sandrine, bordel !

– Aucune idée…

– T'es son assistant, merde, c'est ton boulot de savoir où elle est ! Tu peux pas la laisser divaguer dans le bâtiment…

– Écoute, Nico, je vais pas non plus lui mettre une puce GPS. C'est une grande fille. Elle n'a rien à l'agenda avant neuf heures. Je lui ai rappelé hier qu'elle devait être là à temps, je lui ai fait un SMS ce matin. Je vois pas ce que je peux faire de plus.

– Moi tout ce que je vois, c'est qu'on a une meute de journalistes aux basques, mais pas de Sandrine. Elle est où, merde ? Ils sont tous là pour voir ce qu'elle va balancer à la figure du commissaire. Putain, j'ai le *tweet* au bout des doigts… Il faut retarder le débat ! »

Il se leva brusquement et alla souffler quelque chose à l'oreille d'un député vert hollandais qui prit la parole pour annoncer que Sandrine était en retard et qu'il demandait une suspension de séance. Grassmann accorda dix minutes de pause, mais pas une de plus. Nico s'agitait, appelant Sandrine toutes les trente secondes. Pour ma part, le retard de Sandrine ne me surprenait qu'à moitié. Depuis quelques semaines, elle me déroutait. Je n'arrivais pas à la saisir. Elle était parfois tendue et irritable, souvent dispersée.

Soudain, deux policiers firent irruption dans la salle de réunion. L'un d'entre eux demanda si quelqu'un dans l'assistance travaillait pour Sandrine Berger. Je levai timidement le doigt. Tout le monde se tourna vers moi. La suite est connue : le grand hall, le cadavre de Sandrine, la moquette bleu Europe.

6

Plus tard, le même jour

« Sandrine Berger avait-elle des ennemis ? » Le commissaire Peters, accoudé sur son bureau, avait le regard vitreux. Il avait devant lui un carnet de notes où il n'avait encore rien écrit. Il me regardait d'un air résigné – mais résigné à quoi ? Installé en face de lui, je m'enfonçais dans ma chaise. J'avais l'impression de subir un interrogatoire. Et c'était un interrogatoire.

« Vous savez, commissaire, en politique on n'a jamais d'amis. Ça peut être trompeur, parce que chez les Verts on se tutoie et on se tape dans le dos. Mais à la première occasion, quelqu'un vous pousse dans l'escalier. »

Peters resta immobile quelques secondes, comme pour méditer ma réponse, puis il se tourna vers son collègue qui était resté debout, appuyé sur un meuble à tiroirs. « Bon, je sens que je vais avoir besoin d'un café... Maarten, sois gentil, *twee stukken van suiker.* »

Le Maarten en question sortit du bureau. J'entendis bientôt le bruit familier du gobelet qui tombe et de la machine à café qui se met en marche. Le commissariat d'Etterbeek, qui avait dans son ressort le bâtiment du Parlement européen, n'avait rien du « 36, quai des

Orfèvres ». On aurait plutôt dit une agence de courtier d'assurance des années 1980 : c'était un bâtiment en brique de trois étages arborant une enseigne bleue avec le logo en forme de flamme de la police belge, une boîte aux lettres de la poste rouge vif toute taguée et un parking à vélos devant. Le tout était à l'image de Bruxelles : bordélique, mais accueillant. Je m'y serais senti à l'aise s'il n'y avait pas eu le regard de Peters, que je n'arrivais pas à interpréter.

« Bon, après, ils sont pas méchants.

– Pardon ?

– Je disais : il y a même beaucoup de gentils, chez les Verts. Mais comme chacun a sa manière de voir, et que personne ne veut lâcher son morceau… »

Le commissaire refusait de répondre à mes sourires entendus ou de finir mes phrases. Je ne parvenais pas à le cerner. Et comme souvent quand je suis mal à l'aise, je meublais.

« C'est ce que les psys appellent le narcissisme des petites différences. Comme on est très proches idéologiquement, chez les Verts, on s'agace mutuellement. On cultive les nuances, on s'oppose vigoureusement sur les détails… »

Dans ma tête, je me repassais le film des dernières semaines. La nouvelle popularité de Sandrine avait eu un prix. Son ascension fulgurante à la suite de sa nomination comme rapportrice pour la directive Diesel lui avait valu quelques inimitiés, surtout parmi ses « amis politiques ». Beaucoup dans le parti, jaloux de la publicité inattendue que ce dossier avait soudain procurée à Sandrine, soulignaient sans trop de subtilité son manque d'expérience. Je n'étais pas le seul à avoir remarqué que Sandrine n'avait pas brillé par son allant au travail parlementaire. Qu'importe. Nous balayions ces arguments en invoquant le machisme en politique, présentant Sandrine comme une fissure de plus dans le plafond de verre qui bloquait encore les carrières des femmes.

Alors que je m'apprêtais à expliquer tout ça au commissaire Peters, son collègue revint. Il se tourna vers moi en souriant. « Je vous ai pris un café aussi. Et pour toi, chef, deux sucres. J'ai manqué quelque chose ?

– Rien. Enfin, si, maintenant je sais pourquoi je ne vote pas pour les Verts, répondit Peters, sourire en coin. Ce que j'essaie de comprendre, monsieur Abadie, c'est pas comment fonctionne la politicaillerie, mais plutôt qui aurait pu avoir intérêt à se débarrasser de Sandrine Berger. »

Je sentais un léger agacement dans le regard de Peters. Soudain, les aphorismes que Nico répétait inlassablement me revinrent à l'esprit : « Où est la tension ? Qui sont les ennemis ? » Qui avait intérêt... Je me lançai : « Maintenant que vous le dites, les lobbyistes auraient pu avoir intérêt à se débarrasser de Sandrine. »

Le commissaire leva un sourcil. « Les lobbyistes ?

– Oui, les consultants payés par l'industrie pour stopper la directive Diesel... »

Depuis que Sandrine avait hérité du dossier, elle était entrée dans la ligne de mire des « parties prenantes », c'est-à-dire les représentants de tous ceux qui seraient touchés par la modification de la directive. Cela avait commencé dans les heures qui avaient suivi sa désignation comme rapportrice. La paix que j'avais goûtée pendant les deux premières années du mandat de Sandrine n'était plus qu'un vague souvenir. Comme je l'expliquai au commissaire Peters, notre bureau était devenu une véritable cour des miracles. Chaque jour amenait son lot de déçus, de grincheux et de pleurnicheurs. De la petite association de consommateurs au directeur d'ONG au nom ronflant, tout ce que la terre comptait de gens concernés par les moteurs et les particules fines demandait audience à Sandrine. Par souci d'équité, nous acceptions de rencontrer l'ensemble de ces parties qui étaient décidément très prenantes.

Nous avions notamment rencontré la Fédération européenne des constructeurs automobiles, la très puissante FECA. Pour la FECA, voir les Verts s'occuper de la révision de la directive Diesel avait été, en soi, une mauvaise nouvelle. Alors à l'annonce de notre projet de taxer les véhicules polluants et d'interdire à terme le diesel, la FECA avait décidé de prendre les choses à bras le corps, en dépêchant l'artillerie lourde. Il est vrai qu'à ce moment, il semblait peu probable que nous réussissions à convaincre les autres groupes politiques de voter ces mesures ambitieuses avec nous. Mais l'industrie ne laisse rien au hasard et pour la FECA, au-delà de la directive elle-même, il était essentiel de minimiser les coûts en termes d'image causés par la campagne médiatique que nous avions mise en place. Signe que l'affaire était d'importance, son directeur, Miguel Bondigas, avait fait le déplacement en personne. Il avait mis à la boutonnière de son élégant costume sur mesure un pin's où l'on pouvait lire : « Avec la FECA, ça roule ! »

Miguel Bondigas était un ancien commissaire européen. Il avait eu le portefeuille des transports dans la Commission présidée par le portugais José Manuel Barroso, qui avait lui-même pantouflé chez Goldman Sachs. La FECA ne regardait pas à la dépense pour recruter d'anciennes personnalités influentes dans le sérail bruxellois.

Si quelqu'un avait des raisons de se débarrasser de Sandrine, c'était bien l'industrie. Elle avait un mobile, mais surtout des moyens considérables. Je racontais en détail cette entrevue à Peters qui semblait ne m'écouter que d'une oreille distraite.

*

Miguel Bondigas était venu flanqué d'un grand type bodybuildé qui débordait de son costume bon marché et d'une jeune femme aux traits asiatiques en tailleur sobre. Nous avions pris place autour de la table de réunion, dans le bureau de Sandrine. Bondigas et la jeune femme d'un côté, Sandrine, Nico et moi de l'autre. Le chauffeur, lui, était resté à la porte. Quand je lui avais demandé s'il souhaitait un verre d'eau, il m'avait lancé un regard torve. Bondigas avait accepté pour lui : « Goran en serait ravi, merci. »

Bondigas, Espagnol de bonne famille, crin blanc et cuir tanné, avait entamé la conversation dans un français excellent – beaucoup d'Européens de sa génération sont plus francophones qu'anglophones. « Madame la députée, au nom de la FECA et de ses membres, je vous remercie de me recevoir. Je vous sais très occupée depuis que vous avez hérité de cet épineux dossier Diesel. Laissez-moi vous présenter Kim, notre meilleure experte de la directive. Elle est là pour vous présenter une étude indépendante commissionnée par la fondation Air pur et qui jette une lumière nouvelle sur la performance des moteurs des constructeurs que nous représentons. »

Alors que Kim déposait avec des gestes soigneux une série de documents devant nous, Bondigas occupait le milieu du ring en meublant la conversation. « Vous comprenez, madame Berger, contrairement à ce que l'on peut lire dans la presse, les Américains ne jouent pas un jeu très clair. Ce n'est tout de même pas un hasard si leur Agence de protection de l'environnement s'attaque au fleuron de l'industrie automobile européenne : le diesel, où nous excellons. »

Nico s'apprêtait à l'interrompre – peut-être pour rappeler que ces brillants experts du diesel avaient surtout montré leurs compétences en matière de fraude aux émissions – mais Bondigas avait tourné les épaules en direction de son experte. « Il ne faut pas me croire sur parole. Kim, je vous en prie, c'est à vous. »

Kim avait réajusté ses lunettes, puis, de sa voix fluette mais ferme, elle s'était lancée dans un long monologue. Après un exposé sur la distinction entre filtre à particules additivé et filtre à particules catalysé auquel je n'avais pas compris grand-chose, elle avait détaillé les études indépendantes de la fondation Air pur, qui montraient bien comment on pouvait progresser vers beaucoup moins d'émissions de microparticules. Les systèmes de dépollution les plus récents, les SCR de dernière génération, permettaient, nous avait-elle dit, de diviser quasiment par trois les émissions de NO_x.

Je commençais à avoir des sueurs froides. J'avais sorti mon portable pour chercher discrètement « SCR » sur Internet. Je voyais que Sandrine montrait des signes d'impatience. Nico, lui, était impassible. Kim, semblant percevoir le flottement, avait ajouté : « Pardonnez-moi, j'utilise le sigle anglais. On dit RCS en français. Réduction catalytique sélective. » J'avais marmonné : « Ah, je me disais bien ! » Sans relever, Kim avait poursuivi son exposé, abordant la problématique des injections de carbamide pour convertir les NO_x en eau et en azote, avant de conclure sur la nécessité de revoir les normes Euro 6.

En dix minutes, elle avait envoyé tout le monde au tapis. Nous tournions les pages, revenant en arrière, faisant mine d'y comprendre quelque chose. La vérité brute s'imposait à nous : Sandrine, Nico et moi voulions changer les moteurs européens, mais aucun de nous trois n'avait jamais soulevé un capot.

Nico avait avisé dans le document un graphique montrant les principales sources d'émissions de CO_2 dans le monde et exécuta une figure de style dont il était coutumier quand il se trouvait en difficulté : « Les chiffres sont de cette année ?

– Non, de 2014.

– Ah, je vois. » Il avait affiché une mine dégoûtée. « Et vos résultats prennent en compte le quotient triche ? Parce qu'il y a un sérieux doute sur vos méthodes depuis 2014. » Il avait posé par-dessus les graphiques de Kim la une du *Spiegel* qui titrait « *Das Kartel* ». Ils avaient les chiffres pour eux, nous avions l'opinion publique derrière nous.

Nico avait sauvé la face. Bondigas était intervenu sans se départir de son sourire affable. « Vous avez raison, monsieur Marchet, il faut être dans le présent, et se tourner vers l'avenir. Et l'avenir c'est le round de négociations "voitures" qui va commencer dans le cadre de l'accord commercial entre l'Europe et les États-Unis. Les Américains n'attendent qu'un affaiblissement des constructeurs européens pour nous extirper des concessions. Les attaques de l'agence américaine tombent à point nommé, vous ne trouvez pas ? »

Kim était venue en soutien à son patron. « Par ailleurs, comme le montrent les statistiques que nous produisons, ce sont les bénéfices que nos constructeurs engrangent dans le diesel qui leur permettent d'investir dans l'électrique.

– Nous sommes en effet des concurrents sérieux en matière de voiture verte. Si, comme nous le souhaitons, l'accord commercial nous ouvre le marché américain, Tesla, Ford, Chrysler et les autres n'auront qu'à bien se tenir !

– Vous voulez dire que nous sommes manipulés par les Américains ? »

Nico m'avait jeté un regard désapprobateur. Il avait rectifié immédiatement la trajectoire. « Traitez-nous d'idiots utiles tant que vous y êtes !

– Oh, je ne me le permettrais pas. Mais une chose est claire : si vous bridez les entreprises européennes, dans dix ans, vous conduirez une voiture électrique faite en Californie ou en Chine. Tous les membres de la FECA sont engagés à embrasser la transition électrique à l'horizon 2035.

– 2035 ! D'ici là, on sera tous morts asphyxiés. »

Sandrine avait repris la main : « Et vous avez des preuves de ce que vous avancez ?

– Mais, madame Berger, les chiffres parlent d'eux-mêmes. Kim, je vous prie, le graphique sur les investissements de recherche et développement de nos membres… » Dans un enchaînement trop fluide pour ne pas avoir été chorégraphié, Kim avait tiré de sa pochette des graphiques imprimés en couleur sur du beau papier et les avait tendus à Bondigas qui avait fait glisser trois copies en notre direction. « Voilà, comme vous le voyez, nous sommes engagés à plein dans la transition électrique. Si vous ne nous laissez pas faire les choses à notre rythme, vous aurez tué l'industrie automobile la plus verte du monde, laissant le marché mondial aux Américains et aux Chinois. »

Les représentants de la FECA maîtrisaient parfaitement leur *pitch*. En bons négociateurs, ils mettaient la barre très haut. Il fallait non seulement que nous renoncions à interdire le diesel, mais ils voulaient encore qu'on les laisse organiser la régulation de leur propre secteur. Pour faire bonne mesure, ils faisaient valoir des études « scientifiques » à l'appui de leurs arguments, et maniaient parfaitement le jargon. Tout ça en se payant le luxe de se présenter comme la force de progrès qui nous sortirait du diesel à long terme. L'ancien commissaire jouait décidément très bien sa partition. Même Nico accusait le coup.

Bondigas s'était tu un instant. Kim le regardait, et nous-mêmes nous étions suspendus à ce qu'il allait dire. Il s'était enfin décidé à porter le coup de grâce. « Mais ce qui est plus grave, c'est que si par malheur votre plan d'interdiction du diesel venait à être adopté, plusieurs usines seraient menacées dans la région dont vous êtes l'élue. Renault Trucks à Saint-Priest, Iveco à Annonay, Volvo dans l'Ain... » Il avait marqué une pause. « Kim, combien d'emplois seraient directement impactés dans la circonscription de Mme Berger ? 2700 ? Et je ne compte pas tous les petits équipementiers, un vrai tissu industriel ! Je vous parle d'emplois, mais au fond, c'est aussi une partie du savoir-faire de toute votre région qui serait mise en danger. »

Bondigas utilisait nos propres armes contre nous. Les pourfendeurs de l'impérialisme américain, proches des gens, avec le réel chevillé au corps, c'était nous d'ordinaire.

« Bon, écoutez, je crois qu'on a fait le tour de la question », avait conclu Sandrine qui en avait visiblement assez entendu.

Bondigas avait fait glisser sur la table du bureau une belle carte de visite, au moins deux fois plus épaisse que les miennes. Kim avait donné à chacun d'entre nous un porte-documents avec la position de la FECA sur chacun des amendements à la directive Diesel qui étaient proposés dans notre rapport. « Madame Berger, ce fut un plaisir de discuter avec vous. Mon numéro de portable personnel est au dos de cette carte. Si vous souhaitez prolonger cette discussion, vous pouvez me joindre à n'importe quelle heure. »

Après les salutations d'usage, la délégation de la FECA avait pris congé de nous. Dans le couloir devant notre bureau, il y avait l'armoire à glace au crâne rasé qui accompagnait Bondigas et Kim. D'habitude, les factotums des grands pontes européens sont de jeunes retraités de la police belge qui jouent sur leurs téléphones entre deux rendez-vous. Lui n'avait pas bougé d'un poil : il était resté debout, les mâchoires serrées. Il n'avait pas touché à son verre d'eau.

Sandrine avait raccompagné le trio jusqu'au bout du couloir. En refermant la porte, je pensais au nombre d'emplois perdus que Miguel Bondigas avait avancé. Deux mille sept cents, ça en faisait du monde.

« Dis, Nico, t'es pas un peu inquiet pour les emplois menacés ?

– C'est des conneries ça, Émile. L'électrique créera des emplois ailleurs. L'important dans ce dossier c'est la démocratie. On va pas se faire imposer nos choix par les lobbyistes. Et puis quoi, il faut interdire le diesel ou pas ? »

En écoutant Nico, je feuilletais le document que la FECA nous avait donné. « Oui, mais ils ont un argument de taille. Selon eux, le Parlement n'a pas le pouvoir d'interdire le diesel. D'ailleurs, l'administrateur du Parlement m'a déjà mis en garde sur la base légale…

– "La base légale." Oh, Émile, tu passes trop de temps avec les technos. On fait de la politique, nous !

Le pouvoir, ça se prend. On est les Verts, les écologistes, les seuls qui défendent vraiment la nature. Qu'est-ce que ça peut bien faire, si on dépasse un peu en coloriage ? C'est ça la politique, quand t'es de gauche – tu ne choisis pas entre la veuve et l'orphelin. T'embarques tout le monde sur ton arche. La politique, c'est avoir des convictions claires, pas se faire plaisir en citant les articles des traités. »

*

Le commissaire Peters me regardait, dubitatif. « Et donc ?

– Et donc, je n'y avais pas réfléchi avant, mais la FECA avait peut-être des raisons de se débarrasser de Sandrine.

– Vous voulez dire qu'elle avait reçu des menaces après votre entretien ?

– Non, mais en termes politiques... »

Peters poussa un long soupir.

7

13 octobre, deux jours après la mort de Sandrine

Le lendemain de la mort de Sandrine avait été une journée pénible, une de ces journées de l'automne bruxellois où la chape de nuages semble ne devoir jamais se dissiper, et où le ciel fait pleuvoir sans enthousiasme un crachin pénétrant. Il m'avait fallu prendre des mesures pour le rapatriement de la dépouille, répondre aux questions du commissaire Peters et me charger d'interminables procédures internes au Parlement. J'étais rentré chez moi exténué, l'esprit vide, avec la sensation qu'un monde s'achevait.

Le jour d'après, c'est en franchissant la porte de mon bureau que l'absurdité de ma situation me sauta aux yeux : qu'est-ce qu'un assistant parlementaire sans parlementaire ? Nous étions dans ces limbes qui dureraient jusqu'à la fin du mois, pendant lesquels mon contrat perdurait encore. Et après, c'était l'incertitude.

Jamais les couloirs du Parlement ne m'étaient apparus aussi ternes. En arrivant à Bruxelles quelques années auparavant, j'avais été frappé par la tristesse du décorum européen. Loin des ors de la République, l'intérieur du Parlement européen est un alignement de moquette grise, d'acier et de lambris couleur hêtre. Je jetai un œil triste sur cet endroit que j'occupais seul depuis la mort de Sandrine. La porte communicante qui séparait mon petit bureau du sien était depuis restée close.

Je m'installai machinalement face à mon écran d'ordinateur. La boîte mail du bureau débordait de messages de condoléances. Je ne me sentais pas d'affronter cette tâche tout de suite. Je me mis à consulter les sites d'offres d'emploi bruxellois. La Fédération des produits amidonnés, l'Association européenne du plastique, le Consortium européen des tubes d'acier : les lobbies aux noms les plus invraisemblables défilaient sur mon écran. Toutes les descriptions étaient à peu près les mêmes. Chacune de ces organisations cherchait des profils « dynamiques », « créatifs », « proactifs ». J'étais franchement rebuté par le monde du lobbying, mais je n'aurais peut-être pas le choix. Je m'étais spécialisé au fil des années dans les questions liées aux transports, mais la seule annonce dans ce domaine n'était autre que celle de la FECA : « consultant affaires européennes ».

Au fond, je voulais à tout prix rester au Parlement européen. Mais les places sont chères dans le petit monde des assistants. Chez les Verts, je le savais, les équipes étaient complètes. La gauche de la gauche est fermée sur elle-même, et dispose d'un réservoir de militants énorme dans lequel elle a tout loisir de recruter des assistants au pedigree politique incontestable : parents encartés au PCF, maîtrise en gauchisme nouvelle vague mention « indignados ». Aucune chance de ce côté-là. Solène m'avait dit que les socialistes avaient quelques postes vacants. Après tout, le Parti socialiste, c'était toujours la gauche ; nous étions dans le même camp. Et puis, l'écologie, c'est la religion laïque du XXIe siècle, les socialistes y venaient petit à petit. D'ailleurs, même la droite n'y était pas insensible. En voyant deux offres d'emploi de conseiller politique pour le groupe des conservateurs européens je me surpris même un moment à songer qu'après tout, la droite payait bien, et que tous ses députés n'étaient pas antipathiques. Mais enfin, c'était quand même la droite…

Alors que je me débattais avec ma conscience, trois grands coups retentirent à la porte de mon bureau. Je n'attendais personne – je n'avais même pas fait l'effort de repasser ma chemise. Personne ne m'avait rendu visite depuis la mort de Sandrine. J'allai ouvrir.

Devant moi se dressait Guy Camaraud. Camaraud, le grand spécialiste des questions européennes, le faiseur d'opinion, celui par qui l'info arrivait. Guy Camaraud, du journal *Libération*, c'était plus de vingt ans de bouteille dans les institutions européennes, des centaines d'éditos chocs et autant d'ennemis. La cinquantaine bien tapée, la charpente large, il avait le look un peu soixante-huitard, de ceux dont on pressent une jeunesse bien remplie. Je ne l'avais naturellement jamais rencontré. Il chassait d'ordinaire un gibier autrement plus important que les assistants dans mon genre.

« Bonjour, Guy Camaraud, de *Libération*. Tu dois être Émile. »

Les mots sortirent de ma bouche de façon automatique. « Oui, c'est moi. »

J'étais saisi, un peu comme quand on tombe nez à nez dans la rue avec une célébrité. Camaraud força doucement le passage. Sans enlever son blouson en cuir noir, il avança vers la porte qui menait de mon bureau à celui de Sandrine. « Je peux ? » Sa main était déjà sur la poignée. J'étais comme subjugué. « Oui, oui, allez-y. » Il entra dans le bureau de Sandrine et vint s'écraser sur le canapé gris clair qu'elle avait fait installer devant ses fenêtres par le service du mobilier. « Toutes mes condoléances, Émile. » Il se pencha sur sa sacoche pour en tirer un calepin, puis il releva la tête. « Maintenant, dis-moi, quand est-ce que tu as vu Sandrine Berger pour la dernière fois ? »

Camaraud, c'était la référence pour les jeunes Européens de ma génération. Il faisait partie de cette espèce rare de journalistes qui savaient parler de l'Europe de façon charnelle. Ses traits de plume remuaient les tripes, ses papiers faisaient battre les cœurs des eurocrates. Il était une bouée de sauvetage pour les passionnés d'Europe, la preuve vivante qu'elle pouvait être affaire de sentiments, de tribuns, un sujet pour le grand public. Et puis c'était un vrai journaliste à l'ancienne. Plutôt que de commenter le fil de l'eau, il se plongeait pendant des semaines dans un sujet avant de sortir une bordée d'articles. Enquêteur minutieux, il avait révélé des scandales de corruption, mis au jour des affaires de mœurs et fait trembler des colonnes de l'édifice bruxellois. Stylo à la main, il me posa des dizaines de questions sur Sandrine, sa personnalité, ses habitudes, ses manies.

Au bout de quelque temps, je lui demandai s'il préparait un portrait posthume de Sandrine. « Non, je fais mon enquête.

– En parallèle de celle de la police ?

– Oui », répondit-il en passant d'un regard rapide le bureau de Sandrine au scanner. « Vous n'avez pas de café dans ce bureau ?

– Si, si, mais la machine est dans la pièce à côté. On a beau être chez les Verts, c'est quand même les assistants qui préparent le café. » Il me fixait en souriant. Je compris qu'il n'avait pas demandé ça juste par curiosité. « Vous en voulez un, peut-être ?

– C'est pas de refus. »

En remplissant le réservoir à eau de la cafetière, je lui lançai à travers la porte restée entrouverte : « Qu'est-ce que vous pensez qu'il lui est arrivé, à Sandrine ?

– Je n'exclus rien pour l'instant.

– Vous pensez que c'est un suicide ? »

Je l'entendis s'esclaffer. « Le suicide, moi, j'y crois pas. Les députés sont des animaux coriaces : lâchage, humiliations, scandales, rien ne les atteint. Non, on ne s'en débarrasse que de deux façons : le vote ou le meurtre. »

Quand je revins avec mes deux cafés à la main, je trouvai Camaraud debout face à la fenêtre, derrière la chaise de bureau de Sandrine. Il fixait un laveur de vitres, suspendu par des cordages, qui faisait aller sa raclette sur la paroi du bâtiment d'en face. « On a déjà retrouvé des eurocrates morts au pied d'un bâtiment, à Bruxelles… » Il se pencha un peu pour regarder plus bas le laveur de vitres qui venait de descendre d'un étage. Il avait laissé sa phrase en suspens.

Planté au milieu du bureau, je le regardais les yeux ronds, une tasse de café dans chaque main. « Il y a déjà eu un mort au Parlement ?

– À la Commission européenne. Tu es trop jeune pour avoir connu cette époque, mais au début des années 1990, un fonctionnaire a été retrouvé mort rue de la Loi, une vingtaine de mètres sous la fenêtre de son bureau. Antonio Quatraro, chef de la division tabac à la direction générale de l'agriculture.

– Il a été poussé ?

– On ne sait pas. En tout cas, c'était pas un simple cas de dépression.

– Et l'enquête n'a rien donné, à l'époque ?

– Pas grand-chose. Il était soupçonné d'avoir trempé dans un système de fraude aux fonds agricoles en faveur de producteurs de tabac italiens. Ce qu'on sait, c'est que le service antifraude de la Commission avait lancé une enquête sur lui, et que ça commençait à sentir le roussi. Certains ont parlé de lien avec la mafia. D'autres y ont vu la patte du lobby du tabac.

– Et vous ? Vous pensez quoi ?

– Moi j'en pense que j'étais un jeune journaliste, et que c'est une des plus grosses occasions manquées de ma carrière. Je m'étais beaucoup démené, à l'époque. Sans succès. J'étais inexpérimenté, aucun contact ou presque à Bruxelles. Bref, pas équipé pour une affaire aussi compliquée. Ce n'est plus le cas aujourd'hui. »

Je m'étais assis sur le canapé, remuant le sucre dans mon café, pensif. Au bout de quelques secondes, je finis par me décider. « J'ai parlé à la police du lobby des constructeurs.

– La FECA ?

– Oui. Mais ça n'a pas eu l'air de les intéresser beaucoup.

– Ah ! Tu m'étonnes ! De toute façon, on ne peut pas faire confiance à la police belge. Crois-moi, ils vont vite classer le dossier. Au fait, tu sais ce que ta patronne faisait près de l'hémicycle le matin de sa mort ?

– Non. Il n'y avait rien dans son agenda. Enfin, rien avant la présentation de son rapport à neuf heures.

– Et la réunion de commission parlementaire était dans une autre aile du bâtiment.

– Oui. »

Il jeta un œil à sa montre, et sans un regard pour le café qu'il m'avait réclamé, il attrapa son sac et se dirigea vers la porte. Il arracha un bout de papier de son bloc-notes et y inscrivit ses coordonnées. « Restons en contact. En attendant, ouvre l'œil et fais gaffe à toi. »

8

Camaraud m'avait fichu la trouille avec ses insinuations. Après son départ, j'avais passé une heure sur Internet à éplucher les articles de presse sur la FECA et son directeur, Miguel Bondigas. Il avait été l'un des leaders de la droite espagnole pendant les années Aznar. Trésorier du parti, ministre de 1999 à 2004, Bondigas avait réussi à se faire nommer commissaire européen dans la première Commission Barroso, juste avant la défaite de son camp aux élections nationales. En Espagne, son parti s'enfonçait dans les affaires et la presse parlait de corruption institutionnalisée. Mais Bondigas n'avait jamais été inquiété.

J'avais été interrompu par plusieurs coups de fil de Solène, sur mon poste fixe, puis sur mon portable. Voyant que je ne répondais, pas, elle avait pris les choses en main et était venue me voir directement dans mon bureau. Elle avait obtenu deux entrées pour l'un des événements les plus courus de l'année : la soirée des régions françaises. C'était le soir même et elle voulait que je l'accompagne. J'avais d'abord hésité à haute voix. Elle avait insisté, j'avais cédé et, au fond, j'avais été heureux qu'elle insiste. La perspective d'une nouvelle soirée chez moi à ressasser la mort de Sandrine était franchement déprimante.

Je la retrouvai en début de soirée devant l'entrée principale du Parlement. Le vent froid d'octobre commençait à faire rosir les joues, mais Solène avait décrété qu'il faisait encore assez bon pour traverser Bruxelles à pied. Elle me raconta comment elle avait obtenu les deux invitations en se faisant passer pour sa boss au téléphone – certains assistants parlementaires imitent aussi bien le grain de voix que la signature de leurs députés. Nous arrivions à hauteur de la petite ceinture qui balafre Bruxelles et marque la fin du quartier européen, et elle enchaîna sur les misères que lui causait le chef des assistants de la délégation socialiste. À mesure que l'on s'éloignait du Parlement, les sujets devenaient plus légers. Alors que nous approchions du but, elle avait bifurqué sur le dernier concert qu'elle était allée voir et ses projets de vacances au Cambodge, à Noël. Elle parlait d'un ton enjoué, et moi je me contentais de renvoyer les balles. Je laissais s'installer des silences, des hésitations.

Elle finit par mettre les pieds dans le plat : « Et toi alors, tu tiens le coup ? »

Je n'avais pas très envie de m'épancher devant elle. Je bottai en touche. « Ça va. Mais je commence à me demander si je ne vais pas devoir chercher un autre boulot.

– Pourquoi ? Le nouveau député ne va pas te reprendre ?

– Je sais pas.

– Tu sais au moins qui va remplacer Sandrine ?

– C'est Nico. Il était juste derrière elle sur la liste.

– Ah bon ? Mais c'est une super nouvelle !

– Ça ne garantit rien, tu sais.

– Attends, mais tu rigoles : bien sûr qu'il va te reprendre... »

Solène tendit nos deux invitations à une hôtesse qui les déchira et nous indiqua les vestiaires. Cette nouvelle édition de la soirée des régions se déroulait dans une ancienne brasserie reconvertie dans l'événementiel. Chaque région y présentait ses produits du terroir, rivalisant de saucissons, de pâtés et d'alcools plus ou moins forts. Il n'était pas encore huit heures et l'endroit était déjà plein à craquer. Il y avait une ambiance de chapiteau. Les éclats de rire rebondissaient sur les grandes chaudières de brassage en cuivre. La soirée des régions françaises, c'est un des ces événements où se mélangent toutes les espèces du microcosme européen : fonctionnaires, diplomates, députés et leurs assistants, conseillers politiques, journalistes et lobbyistes.

Solène affichait une mine réjouie. « Regarde-moi ça ! On va bien manger, bien boire, et tout ça en bonne compagnie. Que demander de plus ?

– Tu vois, le paradoxe c'est que tant que t'es bien installé dans ton poste au Parlement avec ton salaire qui tombe tous les mois, t'as des occasions de manger gratis trois fois par semaine, mais dès que je vais me retrouver au chômage, je serai plus invité.

– Ah, tu vas pas repartir là dessus ! Tu as appelé Nico au moins ?

– Je l'ai eu rapidement au téléphone cet après-midi, il ne m'a pas parlé de mon poste.

– Mais tu lui as rien demandé ? »

Je hochais la tête ; évidemment que je n'avais pas osé lui en parler. Solène fit une petite moue amusée. « Ah, les mecs ! Faut vraiment vous prendre par la main des fois. Tiens, il est au stand Périgord, on va lui demander !

– Non, attends ! »

J'essayai de la retenir, mais elle était déjà en train de jouer des coudes pour rejoindre Nico. Je pris sa suite. Arrivée à sa hauteur, elle fila droit devant en me laissant seul avec lui. Elle ne se retourna que pour me lancer un clin d'œil en guise de bonne chance.

Lui ne me remarqua qu'après un moment. Il était seul, les avant-bras posés sur un mange-debout, un verre de vin blanc devant lui. « Salut, Nico.

– Salut, Émile.

– Tu es venu te changer les idées, toi aussi.

– Ouais. J'avais pas très envie de venir, pour te dire la vérité.

– Moi non plus. Mais on est là.

– Voilà. Et j'ai besoin de voir l'ambassadeur. » Il fit un petit signe du menton en direction d'un grand type un peu précieux, qui, coupe de champagne à la main, amusait sa cour de jeunes diplomates. Il y eut un moment de silence.

« Quand est-ce que tu prends tes nouvelles fonctions de député ?

– Il y a toutes sortes de procédures. Il faudra au moins deux ou trois semaines. Et c'est pas plus mal, au fond.

– Ça te laisse un peu de temps pour te retourner.

– On peut dire ça. »

Nico fixait le fond de son verre. Je caressais la nappe de la main. Le silence s'installait à nouveau.

« Député, c'est les ennuis qui commencent ! »

Nico tourna légèrement la tête, étonné. Il répondit en cherchant un peu ses mots. « Oui. Et puis c'est pas une manière idéale d'arriver. On est presque à la moitié du mandat, tout est déjà bien en place. Ce sera pas facile de changer le regard des gens. Pour beaucoup, je suis juste un conseiller.

– Oui, mais au moins tu sais comment fonctionne la machine. Et puis ce qui compte, c'est d'être bien entouré... »

Je regrettai immédiatement l'allusion. Nico se tourna tout à fait vers moi et me regarda droit dans les yeux, esquissant un sourire : « Exactement. Avec un bon assistant, je ne crains rien... À moins que tu ne me laisses tomber justement au moment où j'ai besoin de toi ? »

J'essayais de donner le change malgré une brève bouffée d'euphorie. Un serveur passa avec du crémant d'Alsace. Nico lui donna son verre vide et prit deux coupes sur son plateau. Mais nous n'avions pas vraiment le cœur à trinquer. J'hésitai un peu avant de changer de sujet. « Dis, toi qui es toujours au courant de tout, tu sais ce que Sandrine faisait au douzième ?

– Il n'y avait rien dans son agenda ?

– Non. Enfin, rien dans l'agenda du bureau.

– Et dans ses mails ?

– Je n'y avais pas accès.

– Il faut croire qu'elle ne nous disait pas tout. »

9

J'avais laissé Nico avec l'ambassadeur, et je m'étais jeté dans un taxi pour rejoindre le Parlement. Le chauffeur conduisait comme quelqu'un qui termine une longue journée. Moi, je n'avais presque pas dormi depuis deux jours, mais avec le soir qui venait, la fatigue qui m'avait engourdi toute la journée s'estompait peu à peu. Le front sur la vitre, je regardais défiler les lumières du tunnel de la petite ceinture qui débouche sur le quartier européen. Mon téléphone se mit à vibrer. Un message de Solène : « T'es où ? » Je tapotai nerveusement une excuse. Elle répondit aussi sec : « Pas cool. Tu as mon ticket de vestiaire. » Puis elle ajouta, presque immédiatement : « J'espère quand même que ça s'est bien passé avec Nico… » Alors que je soupesais une réponse, mon taxi s'arrêta.

Les abords du Parlement étaient encore animés à cette heure-là. Les bars et restaurants affichaient complet. À quelques mètres, l'esplanade Simone-Veil qui sépare la place du Luxembourg de l'entrée du Parlement était, elle, totalement déserte. Il avait plu, et le grand parvis reflétait les lumières qui éclairaient encore le bâtiment. Deux agents de garde, emmitouflés dans des anoraks gris, jetèrent un coup d'œil furtif à mon badge. Ils me firent signe de passer, sans dire un mot.

Les jours de réunion de commission parlementaire, les activités se poursuivent parfois jusque tard dans la nuit. Mais c'était un jeudi soir, les députés étaient repartis en circonscription, et le bâtiment était complètement endormi. De part et d'autre de l'entrée, les grands escalators étaient à l'arrêt. Je badgeai pour passer les portiques et me mis à les grimper lentement. Chacun de mes pas provoquait un petit bruit métallique. En haut, dans le grand hall, il régnait un silence étonnant. Les machines à café étaient en veille. Les écrans d'affichage étaient désactivés. Les couloirs, l'hémicycle, les casiers des députés, partout l'éclairage était au minimum, laissant s'installer des ombres dans les recoins.

J'arrivai finalement dans le couloir où se trouvaient les bureaux des députés verts. À l'exception des lampes signalant les sorties, il était plongé dans la pénombre. Alors que j'hésitais à m'engager, je sentis comme une présence derrière moi. Je me mis à courir un peu, comme un enfant qui prend soudain peur du noir, puis je jetai un œil par-dessus mon épaule. Rien. Je laissai échapper un petit rire pour me donner une contenance. En tournant la clé, j'eus un moment de soulagement – mais aussi la sensation absurde de faire effraction dans mon propre bureau.

Secouant la tête, je refermai la porte d'un coup sec. Sans m'arrêter dans mon bureau qui servait d'antichambre, je me dirigeai vers celui de Sandrine. La paume de ma main entra en contact avec l'interrupteur, mais je me ravisai. Mieux valait ne pas attirer l'attention, les fenêtres donnaient sur l'extérieur. Sans enlever ma veste, je m'installai du bout des fesses sur le fauteuil de Sandrine, profitant de la séquence de démarrage de l'ordinateur pour reprendre un peu mon souffle.

Le service informatique nous intimait régulièrement de ne jamais communiquer notre mot de passe réseau à quiconque, pas même à eux, et de ne l'écrire nulle part. Mais ils nous forçaient aussi à en changer tous les trois mois, et Sandrine oubliait inévitablement le sien après chaque retour de vacances. Je savais qu'elle le notait sur un papier quelque part. J'ouvris le premier tiroir de son caisson, faisant rouler deux crayons de papier esseulés. Le fond était tapissé de post-it. À la lumière de mon écran de téléphone, j'en identifiai un sur lequel était écrit à l'encre un peu passée : « FuckSarkozy123 ». J'esquissai un sourire. C'était le bon mot de passe, la session se lança.

La boîte mail de Sandrine avait des centaines de messages non lus, rien que dans les derniers jours. Invitation à des événements, conférences, dîners, meetings à Bruxelles, Lyon, Paris, newsletters d'associations diverses, sollicitations de candidats stagiaires, spams en tout genre – c'était un fouillis innommable. Je cliquai sur l'onglet « messages envoyés ». C'était là que je verrais les derniers échanges auxquels Sandrine avait participé. Dans la liste qui s'afficha, mon attention fut immédiatement attirée par une demi-douzaine de mails adressés à une certaine Agnieszka Rudowski. C'était une adresse mail du Parlement, mais je n'avais jamais entendu ce nom auparavant. Mon doigt s'arrêta un moment ; j'étais en train de fouiller dans la correspondance d'une morte. J'inspirai avant de cliquer sur le premier mail.

La signature de cette Agnieszka indiquait qu'elle était la « *chief of staff* » d'Helmut Grassmann, le président de la commission des transports – autrement dit une assistante, comme moi, mais qui s'était donné un titre pompeux. Elle avait apparemment été à la manœuvre durant les deux semaines précédentes pour organiser un petit déjeuner entre Sandrine, Grassmann et Martin Krüger, allemand comme Grassmann, mais de gauche, et surtout président du Parlement. Agnieszka expliquait avec des formules alambiquées que Grassmann était « très embarrassé » par les orientations qu'elle avait retenues sur le dossier Diesel. Le projet de rapport, dont il avait apparemment eu une copie, lui avait causé de « très sérieuses préoccupations ». Il souhaitait bien entendu respecter l'indépendance des membres de sa commission parlementaire, mais, ajoutait-elle dans son mail, il avait cru bon d'informer le président du Parlement que, dans ces conditions, une majorité serait très difficile à trouver sur un sujet pourtant essentiel pour l'institution. Agnieszka avait mis en copie le cabinet du président Krüger qui avait ensuite pris la main. Sandrine avait d'abord été un peu réticente à accepter une rencontre, d'autant que les équipes de Krüger demandaient à ce qu'elle se déroule entre députés, sans conseillers politiques ni assistants. Et puis finalement, rendez-vous avait été pris le matin de la présentation du rapport, à huit heures, pour un petit déjeuner de travail dans les salons protocolaires du président Krüger.

Je me penchai en arrière en levant les yeux au plafond, qui était à peine éclairé par la lumière bleue de l'écran. Les salons protocolaires du douzième étage. Ceux qui surplombent le grand hall et l'hémicycle. Grassmann et Krüger étaient donc les derniers à avoir vu Sandrine vivante. Étonnamment, Krüger n'en avait, à ma connaissance, rien dit en public. Exploitant à fond son rôle de président du Parlement, il ne perdait jamais une occasion de jouer des coudes et de se mettre au premier rang des photos de sommets européens, et s'affichait avec toutes les célébrités qui passaient à Bruxelles. Il aimait particulièrement se mettre en scène, mais dans ce cas-ci, rien. Ce qui n'aurait pas dû m'étonner, c'était de le savoir à la manœuvre sur le dossier Diesel. Krüger était un opérateur politique hors pair, capable de faire accoucher le Parlement de majorités improbables. Sa position de surplomb lui permettait d'échanger des concessions dans un dossier pour obtenir ce qu'il voulait dans un autre. C'était, à vrai dire, l'une des seules têtes qui dépassaient du groupe socialiste au Parlement. Je découvrais dans ces messages qu'il travaillait la main dans la main avec Grassmann, l'un des patrons de la droite allemande.

J'étais sur le point de remonter à des messages plus anciens, quand un bruit dans le couloir me fit sursauter. Mon souffle se coupa, je tendis l'oreille. C'étaient bien des bruits de pas qui s'approchaient. Immédiatement, j'appuyai sur le bouton de l'écran pour l'éteindre. Je bondis du fauteuil et me glissai dans la petite salle de bains dont sont munis tous les bureaux des députés, refermant derrière moi du bout des doigts. Dans l'obscurité totale, bloqué entre la cuvette des toilettes et la cabine de douche, je pris trois grandes inspirations pour essayer de me calmer un peu. Une poignée de secondes s'écoulèrent, puis j'entendis la porte du bureau de Sandrine s'ouvrir. Celle qui donne directement du couloir à son bureau. Celle qui, normalement, restait toujours fermée de l'intérieur.

Les néons du bureau crépitèrent, et je vis un rayon lumineux jaillir sur le bout de mes chaussures. Il était dix heures passées, personne n'avait de raison de se trouver ici. Quelqu'un venait fouiller le bureau de Sandrine – ou bien on en avait après moi. Il y eut quelques bruits de pas étouffés par l'épaisse moquette en polyamide. Je n'arrivais plus tout à fait à respirer.

Mon cœur envoyait des décharges de sang dans mes artères qui faisaient bourdonner mes tympans. À travers la cloison, il me semblait entendre le ventilateur de l'ordinateur pousser de petits gémissements. J'avais éteint l'écran, pas l'unité centrale – assez pour me faire repérer. Retenant toujours ma respiration, je me retournai, et, avec des gestes lents, je me mis dos contre la porte, un pied contre le petit placard du lavabo. En appuyant assez fort, je pourrais probablement bloquer l'entrée un bon bout de temps. Bandant les muscles, je poussai mon dos contre le battant. Cela provoqua un petit cliquetis de gonds, presque imperceptible, mais j'eus l'impression d'un vacarme étourdissant. Je tendis l'oreille. Le bruit des pas sur la moquette semblait se rapprocher. Je me mis à pousser des deux jambes, paupières, mâchoires et poings serrés.

Une porte claqua alors doucement, celle du bureau de Sandrine. J'ouvris les yeux : le rai de lumière entre mes jambes avait disparu. L'intrus venait de filer.

10

Le lendemain, 14 octobre

Après une autre nuit d'anxiété, j'étais arrivé au Parlement un peu plus tard que d'habitude. Quatre types en treillis noir et polo de la sécurité attendaient devant la porte de mon bureau avec deux chariots roulants et des cartons marqués « PROPRIÉTÉ DU PE ». Ils venaient prendre les affaires de Sandrine – j'avais bien vu passer un mail à ce sujet, mais ça m'était sorti de l'esprit. Ils étaient accompagnés d'un fonctionnaire du Parlement en costume et cravate qui supervisait l'opération. Il me fit signer un document de trois pages. À peine la mine de mon stylo levée, ils s'engouffrèrent dans le bureau de Sandrine et se mirent à le vider. Ils commencèrent par son ordinateur. J'eus un petit frisson en les voyant glisser sa souris et son clavier dans des sachets en plastique transparent. S'ils cherchaient, ils y trouveraient certainement mes empreintes digitales de la veille. Ils commencèrent ensuite à vider les armoires de tous les documents que Sandrine y avait entassés au cours des deux années précédentes. Je vis passer toute sa collection de carnets moleskine. Y prendre des notes lui permettait de donner, à peu de frais, de l'importance à ses interlocuteurs. J'en avais vu repartir plus d'un avec un sourire jusqu'aux oreilles, croyant avoir façonné la pensée de Sandrine de manière décisive, alors qu'elle avait passé le rendez-vous à dessiner dans les marges.

Les déménageurs du Parlement emportèrent jusqu'à ses crayons, et même le grand ficus que j'avais arrosé la veille. À mesure que les effets de Sandrine étaient placés dans les cartons, le fonctionnaire du service juridique du Parlement en faisait une rapide description qu'il retranscrivait sur un grand formulaire. L'ensemble de l'opération prit moins d'une heure. Je venais d'apposer une dernière signature sur le formulaire complété quand je fus saisi d'un malaise. Attrapant la main du fonctionnaire pour ne pas m'effondrer, je m'appuyai à une armoire, en essayant de prendre de grandes inspirations. Cœur qui s'accélère, douleur au thorax, respiration bloquée, j'avais l'impression de faire une crise cardiaque. Les quatre déménageurs me regardèrent quelques secondes, manifestement stupéfaits, puis le fonctionnaire demanda à deux d'entre eux de me porter à l'infirmerie, un étage en dessous. Ils m'accompagnèrent avec douceur, me tenant chacun un bras.

Le médecin du service médical diagnostiqua une crise de panique. « Après ce que vous venez de vivre, ça ne va pas aller en s'améliorant. » Il me prescrivit du Tranxène, et ajouta : « Vous devriez prendre des vacances. » Je protestai que je ne pouvais pas. Il restait un tas de procédures liées au décès de Sandrine, je devais tout mettre en ordre pour l'arrivée de Nico, et puis il y avait la directive Diesel, la prochaine session plénière du Parlement à préparer, mes obligations dans la délégation des Verts français… Il marqua un temps, posa sur moi un regard clinique, avant de conclure : « C'est bien ce que je dis. Vous devriez prendre des vacances. »

Je posai deux jours de congé pour me rendre au funérarium de Villeurbanne, où avaient lieu les obsèques de Sandrine. Nico y fit un long discours. Il eut quelques mots pour la famille, mais son éloge funèbre en forme de liste des combats politiques menés au côté de Sandrine s'adressait avant tout aux élus locaux qui tenaient les premiers rangs. Il n'avait pas encore été intronisé député, pourtant il en avait déjà pris le pli. Son entrée en fonctions avait été fixée au 1er novembre, trois semaines après la mort de Sandrine. Au cours de cet interrègne, le quotidien reprit petit à petit le dessus. À la cantine, mes collègues assistants me parlaient de politique et de moteurs Diesel, mais je me sentais encore étranger aux conversations. La rapidité avec laquelle tout était revenu à la normale me donnait le vertige. Il y avait bien eu la minute de silence en séance plénière, le livre de condoléances en face des casiers des députés, le mail « In Memoriam » entouré de son cadre noir dans les messageries électroniques, mais la grande machinerie du Parlement continuait à tourner sans que le décès de Sandrine ne semble perturber, même un petit peu, ses rouages.

Le président Krüger finit par donner une interview à *Politico*, le site d'information que lisait le tout-Bruxelles institutionnel. Il y narrait ses derniers moments avec Sandrine, racontant sa rencontre avec une jeune collègue intelligente et passionnée, leurs discussions autour du rapport sur la directive Diesel, la vision de Sandrine pour l'Europe, leur confiance commune dans le couple franco-allemand. Bref, du *storytelling* à la Krüger. La presse n'avait pas beaucoup d'éléments et s'était bornée à émettre des hypothèses – meurtre ? suicide ? accident ? – avant de passer à autre chose. Camaraud, lui, n'avait pas écrit une ligne. Qu'est-ce qui était arrivé à Sandrine ? Qui pouvait lui en vouloir ? À la vérité, personne ne semblait en avoir la moindre idée. Moi, je me demandais surtout qui avait visité son bureau deux jours après sa mort. J'avais cru au début que, comme assistant de Sandrine, je serais tenu au courant des avancées de l'enquête par le commissaire Peters. Mais la police ne me donnait aucune nouvelle sur ce qu'ils pouvaient bien faire ou sur les informations dont ils disposaient.

Je me doutais bien que j'avais probablement commis un délit en fouillant la boîte mail de Sandrine, et j'avais hésité plusieurs jours avant d'appeler Peters pour lui parler du visiteur nocturne. J'avais finalement arrangé la vérité en lui disant que j'étais resté tard pour travailler sur un dossier ce soir-là, et que j'avais entendu du bruit en utilisant les toilettes du bureau de Sandrine. « Une salle de bains dans chaque bureau… C'est le château de Laeken, ce Parlement ! » En réalité, les douches tenaient plutôt de l'hôtel Formule 1 que du Hilton, mais je préférais laisser Peters s'imaginer des robinets en or et des sols en marbre. « Donc, si je comprends bien quelqu'un est entré dans le bureau. Quelqu'un qui avait la clé.

– Non, la clé était sur la porte, à l'intérieur. Je la laisse toujours là, pour forcer tous les visiteurs à passer d'abord par mon bureau. Pour faire le tri et bloquer les importuns.

– Oui, oui. Mais ce jour-là, la porte est ouverte. Quelqu'un entre. Reste moins de trente secondes, et puis s'en va, si je comprends bien.

– Voilà.

– Et qu'est-ce que vous voulez que je fasse de ça ? » Je restai pendu au bout du fil, le combiné à la main. Je n'en avais aucune idée.

11

Quelques semaines plus tard, le 8 novembre,
commissariat d'Etterbeek

Le gardien de l'accueil me fit attendre un long moment avant de m'accompagner dans le bureau du commissaire au deuxième étage. Son collègue, le Maarten de la fois précédente, était déjà là, debout contre le meuble à tiroirs, le nez plongé dans un document, comme s'il n'avait pas bougé depuis ma dernière visite. Il m'adressa un sourire intrigant en me voyant. « Installez-vous, installez-vous ! Je vais voir une fois où est le commissaire. »

Peters m'avait fait savoir qu'il voulait de nouveau me parler. Je m'étais élaboré les scénarios les plus noirs. Mes inquiétudes venaient surtout du fait que je n'avais pas vraiment d'alibi. J'étais seul dans mon bureau au moment de la mort de Sandrine. J'avais fini par me convaincre que mes explications confuses sur la FECA lors de ma première déposition n'avaient pas convaincu Peters. Il savait peut-être aussi que j'avais menti en disant que le jour de la soirée des régions, j'étais au bureau pour travailler. Des dizaines de gens avaient pu me voir entrer avec Solène ou discuter avec Nico. En m'approchant du commissariat, j'avais laissé libre cours à mes angoisses : nouvel entretien peu concluant, garde à vue, procès, témoignage accablant d'un collègue jurant m'avoir vu me disputer avec Sandrine les jours précédant sa mort, ma mère à la barre, des sanglots dans la voix, mon avocat plaidant la folie, et puis la prison où je passerais le meilleur de ma jeunesse…

J'avais la gorge serrée au point de ne plus pouvoir respirer normalement. À la recherche de quelque indice, je détaillai le bureau du commissaire. Un code civil belge des éditions Marabout, un code pénal de l'année précédente, un vieil ordinateur couleur crème, deux gobelets de café vides, un téléphone à grosses touches, et une pochette cartonnée turquoise où il était écrit « Sandrine Berger ».

Le commissaire Peters arriva enfin, flegmatique. Il se laissa tomber dans son fauteuil, l'air las, ouvrit son dossier, tourna quelques pages, puis me regarda sans rien dire pendant une poignée de secondes. Le silence m'était intolérable. Je lançai sur le ton de la plaisanterie, avec un petit rire nerveux : « Commissaire, vous vous trompez de client, je n'ai rien fait !

– Un eurocrate qui ne fait rien, ça ne m'étonne qu'à moitié. » Il regarda Maarten avec un sourire en coin. « Mais effectivement, vous n'y êtes pour rien dans cette histoire. Tenez. » Peters fouilla dans son dossier. « J'ai obtenu la liste des appels passés de votre bureau ce matin-là. » Il allait me la tendre, mais marqua une pause : « Et je peux vous dire, ça n'a pas été une sinécure de l'obtenir. “Immunité parlementaire”, *godverdomme*. Avec leur immunité, vos collègues du Parlement n'en font qu'à leur guise, et ne nous donnent que ce qu'ils veulent bien nous donner. On se pousse du col, on prend des airs. Résultat, rien n'avance. »

Le commissaire me mit sous le nez un grand tableau plein de chiffres, de dates et d'horaires. « Voyez, vous avez badgé à l'entrée du bâtiment à 8 h 28, puis vous vous êtes connecté à votre ordinateur à 8 h 37. Et ensuite, on voit ici que vous appelez un numéro du Parlement, à deux reprises, à 8 h 47 et à 8 h 52.

– Oui, Nicolas Marchet, il conseillait Sandrine sur ce dossier. Mais il n'était pas dans son bureau.

– Peu importe, vous ne pouvez matériellement pas être sur le lieu du crime à 8 h 51. Mais tout ça, la sécurité du Parlement s'est fait prier pour nous le donner. Comment voulez-vous qu'on travaille ? "Immunité", "extraterritorialité", j't'en foutrais moi ! Vous cacheriez un arsenal nucléaire dans le parking que ces technocrates payés à rien faire seraient pas plus méfiants. Et votre Martin Krüger, hein, parlons-en ! C'est la dernière personne à avoir vu Sandrine Berger vivante, il donne des interviews à tout va, mais pas moyen qu'il vienne au commissariat. Il est président du Parlement, et il faut le voir, dis, il se prend pour le roi Baudouin ! Il a fallu qu'on se présente dans son bureau avec le procureur général, le chapeau à la main, pour qu'il daigne nous accorder un quart d'heure. »

Peters continua sur sa lancée pendant de longues minutes, pestant contre les fonctionnaires européens qui ne payent pas d'impôts, qui encombrent les routes de leurs gros breaks allemands, qui font monter les prix dc l'immobilier, et qui ne font aucun effort pour apprendre le flamand. Je me ratatinais progressivement dans mon fauteuil sans réagir à ses attaques, trop content d'échanger une suspicion de meurtre contre une assimilation à l'eurocrate paradigmatique – les repas de famille à parler d'Europe et les piques de mon oncle contre la technocratie bruxelloise m'avaient appris à prendre sur moi. Au bout d'un moment, Maarten se racla la gorge un peu fort. Peters s'interrompit.

« Bref. Si on vous a fait venir aujourd'hui c'est pour affiner le profil de Mme Berger. Prenons les choses par le commencement : comment est-ce que vous en êtes venu à travailler pour elle ? Vos parents la connaissent ? Vous êtes de la famille ? »

Le commissaire Peters serait déçu, mais non, on n'atterrissait pas en politique uniquement grâce à son réseau. Un peu d'astuce pouvait faire l'affaire. Dans mon cas, cela remontait à 2014, alors que je venais de terminer mes études et que j'enchaînais les stages non payés. Mes parents commençaient à trouver que le temps était venu pour moi de « couper le cordon », de « me confronter à la vie d'adulte », et accessoirement de ne plus être dépendant du virement bancaire mensuel sur lequel reposaient aussi bien mes études que mes sorties depuis mon bac. C'était pour mon bien, et cela permettrait en plus de financer le camping-car dont mon père rêvait pour sa retraite.

Pour chasser la perspective angoissante des entretiens d'embauche, j'étais descendu à Lyon à l'occasion d'un festival de jazz, profitant de la chambre d'ami du grand appartement de mon oncle, mélenchoniste insoumis et révolutionnaire, mais surtout maître de conférences en sociologie à l'université Lyon II. C'est là que, à la faveur d'un dîner arrosé au côtes-du-rhône, j'avais fait la connaissance de Nico.

« Nico ? interrompit le commissaire.

– Pardon. Nicolas Marchet.

– Celui qui a pris la place de Sandrine Berger », nota Maarten en regardant Peters avec insistance. « Celui qui ne décroche pas au téléphone de son bureau à 8 h 47 et à 8 h 52…

– C'est ça. Il était alors conseiller politique au groupe des Verts. Il a étudié avec mon oncle à Nanterre. Ils se connaissent depuis vingt-cinq ans. À cette époque, j'étais stagiaire à la Commission européenne et je cherchais du boulot à Bruxelles. Nico étant au Parlement, nous avons tout de suite sympathisé. Nous étions à l'approche des élections européennes de 2014, les députés étaient sur le point d'être renouvelés. Il m'avait très vite promis de me mettre en contact avec les futurs élus qui devraient se constituer une équipe en cas d'élection. »

Les Verts, c'étaient ceux qui m'enthousiasmaient le plus en politique. Ils étaient les plus européens, et pour moi, le petit provincial, l'Europe était devenue la grande affaire. À dix-huit ans, après avoir empoché un bac avec mention qui avait fait le bonheur de mes parents, j'avais quitté Tarbes pour Toulouse, où, pendant cinq ans, j'avais appris tout et rien sur les bancs de Sciences Po. En dernière année, un Erasmus à Bologne m'avait tiré de mon tropisme français. J'étais devenu européen sans m'en rendre compte, au cours des longues conversations en mauvais anglais qui terminaient les soirées. J'avais embrassé l'idée d'une Europe unie en même temps que Giulia, la présidente de la section locale des Jeunes fédéralistes européens. Sur les marches de la fontaine de Neptune, elle m'avait fait découvrir ses maîtres à penser : De Gasperi, Spinelli, le *Manifeste de Ventotene,* Jean Monnet et le reste du panthéon européen. C'est cet idéalisme, nourri par la dernière utopie qui s'offrait à ma génération, que j'avais emporté avec moi à Bruxelles – Giulia, elle, était restée à Bologne, et un peu de ma candeur avec elle.

« Vous avez donc demandé à Nicolas Marchet de vous mettre en contact avec Sandrine Berger ?

– Pas vraiment, non. Elle était deuxième de liste. Or les Verts ne pouvaient pas espérer raisonnablement plus d'un élu, même avec un très bon score. Moi, je voulais qu'il me rencarde avec la tête de liste, un cacique du parti, député européen depuis dix ans. Mais bon, il avait déjà une équipe d'assistants constituée à Bruxelles, et n'embauchait que des femmes. Nico, lui, me répétait que ce qui comptait, c'était d'être en embuscade. Sandrine ne gagnerait peut-être pas ce coup-ci, mais elle gagnerait bien un jour quelque chose. "Le tout c'est de savoir attendre son tour, et de provoquer le destin" – c'est ce que Nico dit toujours. »

Le commissaire Peters leva les yeux de ses notes. « Et ça lui a réussi, apparemment. »

J'enchaînai sans relever, lui racontant ma première rencontre avec Sandrine. Elle et Nico avaient été invités par la Maison de l'Europe de Lyon pour une discussion sur l'avenir de l'Union européenne. Les Maisons de l'Europe ne pèsent pas grand-chose électoralement, mais c'est le passage obligé des pro-européens. Une cinquantaine de retraités tremblant sur leurs cannes tendaient l'oreille dans une salle polyvalente qui sentait la naphtaline. Nico pestait contre ce rendez-vous pris par les apparatchiks locaux. « Ils veulent nous flinguer avec ce genre d'événements, Sandrine. Je t'ai arrangé une rencontre avec des jeunes de banlieue la semaine prochaine : ça, c'est l'Europe colorée, l'Europe mélangée, l'Europe de demain. Là, c'est l'Europe à papa. Je te préviens, je ne chante pas *La Marseillaise* ! » De mon côté, je ne pouvais ressentir que tendresse et affection pour ces vrais croyants de l'Europe, émus de rencontrer les membres du clergé européen qui descendaient de Bruxelles avec un air désabusé. Sandrine, en bonne professionnelle, avait fait le job, et elle était repartie avec la satisfaction d'avoir engrangé quelques dizaines de voix.

Même si elle était candidate en Rhône-Alpes, Sandrine vivait à Paris, et, à l'issue de la journée de campagne, elle avait prévu de rentrer en train sans passer la nuit sur place. Grâce à Nico, j'avais calé mon heure de départ sur la sienne, me payant le luxe d'un billet en première classe dans la même voiture qu'elle. Pendant le trajet, j'avais pu faire preuve de ma connaissance des sujets européens, montrer mon dévouement à la cause et mon admiration pour le profil de Sandrine dont j'avais appris par cœur la page Wikipédia. Je lui avais fait dédicacer son livre de campagne que je n'avais pas lu, mais dans lequel j'avais glissé cinq ou six post-it au hasard. En refermant son bouquin, elle avait plongé ses yeux dans les miens et m'avait dit que, si elle était élue, elle aurait besoin de toutes les forces disponibles. Ceux qui pensent que la flatterie ne mène à rien n'ont jamais côtoyé de politiques.

12

Le même jour, un peu plus tard

Dès ma première année à Sciences Po, je m'étais abonné à *Libération*. Je le lisais rarement plus d'un jour sur trois, mais j'aimais *l'idée* d'être un lecteur de *Libération* – j'étais de gauche, je m'identifiais aux « unes » irrévérencieuses et au parti pris clair contre Sarkozy. Mais il y avait un rendez-vous que je ne manquais jamais, celui du papier hebdomadaire de Guy Camaraud sur l'Europe. Avant même de le rencontrer, j'avais l'impression de le connaître déjà.

Quand il s'était mis à m'envoyer des mails plusieurs fois par jour et que j'avais commencé à le tutoyer, j'avais eu le sentiment de renouer avec une vieille connaissance. Très rapidement, nous étions « tombés en amitié ». Une amitié qui était, chez moi, acquise avant même de naître, et qui semblait sincère chez lui, même si le journaliste n'était jamais loin derrière. Il m'avait fait détailler par le menu mon premier passage au commissariat, et j'avais promis de lui raconter ma deuxième audition autour d'un dîner dès que je sortirais du bureau de Peters. Il m'avait proposé de se voir dans le quartier de Matonge, m'annonçant au passage qu'il avait mis la main sur de nouvelles informations.

Il m'avait donné rendez-vous au Soleil d'Afrique, une valeur sûre de Matonge, le quartier congolais qui, avec les statues équestres de Léopold II payées grâce à l'argent du caoutchouc et la collection du Musée royal de l'Afrique centrale, est là pour rappeler à qui voudrait l'oublier le passé colonial de la Belgique. Matonge se trouve en plein cœur de Bruxelles, mais vit à l'heure africaine. On y tchipe autour d'une bière sur des terrasses improvisées, on y fait son marché au milieu d'un quasi-embouteillage permanent, on y commente l'actualité politique congolaise – parfois jusqu'à l'émeute quand le résultat des élections est contesté, comme en 2011 où la réélection de Kabila avait enflammé le quartier.

Coincé entre une boîte d'import-export et un salon de coiffure afro, le « Soleil » proposait une carte de spécialités d'Afrique centrale qui attirait aussi bien des habitués que des eurocrates lassés par les cantines des institutions. Matonge, avec ses taxiphones et ses étals de manioc, se trouve à quelques dizaines de mètres du quartier européen – il faut s'imaginer Barbès jouxtant le Palais-Bourbon.

Depuis le trottoir d'en face, j'examinai un instant la devanture du restaurant qui affichait encore des décorations de Noël de l'année précédente. À travers la vitrine embuée, je voyais Camaraud, déjà attablé, qui blaguait avec une serveuse en boubou. Il avait visiblement son rond de serviette dans l'établissement. Un dealer en doudoune noire, adossé à un mur, me siffla ; je pressai le pas et poussai la porte du Soleil.

Camaraud m'accueillit d'une ferme poignée de main. « Quoi, t'es jamais venu ici ? Tu vas voir, c'est un régal. Prends pas la chèvre, fausse bonne idée la chèvre. Typique, mais caoutchouteux. » Camaraud appela la serveuse qui slalomait lentement entre les tables. J'attaquai directement. « Tu me disais que tu avais du nouveau ?

– Oui, je vais te montrer quelque chose. Mais avant, je voulais te parler de Nicolas Marchet…

– Pourquoi ? T'as trouvé un truc sur lui ?

– Non. Pas encore. Mais j'ai pas besoin de ça pour me dire que c'est à lui que profite le crime. »

Devenir député était la grande ambition de Nico, son rêve, mais j'avais le plus grand mal à l'imaginer commettre un acte de violence physique. Il avait, c'est vrai, un passé de militant, et, depuis les démontages de McDonald's jusqu'aux sabotages de caténaires, le mouvement écologiste avait ses faits d'armes, mais au Parlement, les Verts faisaient maintenant partie du sérail et cherchaient plutôt à attirer le vote des bobos urbains. Nico, apparatchik légèrement ventripotent vivant à l'ombre des institutions européennes, en était l'incarnation.

« Écoute, franchement, je le connais bien, Nico… Je le vois pas faire ça.

– Tu dirais que c'est un copain ?

– Oui. Je crois qu'on peut dire ça. » Nico et moi n'étions jamais partis en vacances ensemble, nous parlions rarement d'autre chose que de politique, mais il ne m'avait jamais fait de coups tordus. En politique, c'est déjà beaucoup.

« Et il avait quel genre de liens avec Sandrine ?

– Elle se reposait beaucoup sur lui. C'est vraiment lui qui lui a mis le pied à l'étrier au début de la législature. Ils étaient très proches. Mais on le voyait moins depuis quelques semaines. Avant, il était toujours fourré au bureau. Il ne frappait même plus avant d'entrer. Et depuis la rentrée, plus grand-chose. Il me faisait passer des messages pour Sandrine, et elle faisait pareil. C'est vrai que c'était une période hyper chargée, avec le rapport, tout ça.

– Et il est comment ces derniers temps ?

– Je ne l'ai pas revu depuis l'enterrement de Sandrine. Il a pris quelques jours avant d'entamer officiellement son mandat. Je l'ai eu rapidement au téléphone pour les démarches administratives, c'est tout.

– Hum. Je ne l'ai vu que quelques fois dans des déjeuners presse du groupe des Verts, mais je lui ai toujours trouvé un petit côté macho. Il le vivait bien, de bosser pour une femme ? Elle était plus jeune que lui, non ?

– Oui, d'une dizaine d'années. Mais tu sais, chez les Verts c'est pas l'ambiance patriarcale de la droite. Et puis il a toujours été sur plein de dossiers à la fois. Il ne bossait pas que pour elle. Il a son propre réseau. Il faut bien voir qu'il était au Parlement longtemps avant qu'elle n'arrive. Il a un accès direct aux députés les plus influents, et pas que chez les Verts.

– Et maintenant il est l'un des leurs.

– Oui, avec un coup de bol phénoménal. En 2014, il était en troisième position sur la liste électorale, au départ. Même en Rhône-Alpes, on ne pouvait pas espérer plus d'un élu. Deux, ç'aurait été champagne. Et puis Sandrine a débarqué à Bruxelles quand le type qui était tête de liste s'est retrouvé empêtré dans une histoire de harcèlement sur son assistante.

– Une affaire révélée par *Le Canard enchaîné*, si je ne m'abuse. Il a bien fallu que quelqu'un leur balance l'info… Quelqu'un qui le connaissait bien. Nicolas Marchet a eu de la chance, mais parfois, la chance, ça se provoque.

– C'est grave ce que tu dis là !

– Je fais des hypothèses, c'est tout. Et toi, tu défends ton nouveau patron, c'est bien naturel. » Il me lança un clin d'œil comme pour faire tomber la pression. « En attendant, c'est un mobile crédible. Et puis c'est la seule piste qui tienne la route pour l'instant.

– Tu oublies la FECA ! Ils avaient clairement intérêt à bloquer le rapport de Sandrine. Ils ont tout fait pour la dissuader de proposer une interdiction du diesel. Et puis c'est Grassmann et Krüger qui ont vu Sandrine en dernier…

– Oui, oui, le petit déjeuner, tu me l'as déjà dit. Mais c'est quoi le rapport avec l'industrie ?

– Eh bien j'ai vérifié, ils ont tous les deux des usines automobiles dans leur circonscription.

– Hum. Montre-moi ne serait-ce qu'un député allemand qui n'a *pas* d'industrie automobile dans sa circo. Et puis on peut ne pas aimer la FECA, mais je me suis renseigné, ils sont réglo, y a rien qui dépasse. Bondigas a respecté à la lettre la période de *cooling off* en attendant plus de deux ans après son mandat de commissaire pour prendre la direction de la FECA. Ils sont inscrits au registre des lobbies et publient d'eux-mêmes les rencontres qu'ils ont avec les élus.

– Presque trop *clean*. Je t'ai déjà parlé du type flippant qui accompagne Bondigas partout où il va ? » La serveuse arriva avec du poulet frit, du riz et de la sauce arachide. J'attendis qu'elle s'éloigne avant de reprendre : « Il y a quelque chose que je ne t'ai pas dit. Le surlendemain de la mort de Sandrine, vers dix heures du soir, quelqu'un est venu prendre quelque chose dans le bureau de Sandrine. Je suis sûr que c'est le molosse de Bondigas… »

Camaraud s'arrêta de rogner l'aileron de poulet qu'il tenait à deux mains. « Hein ? Mais qu'est-ce que tu tricotais dans le bureau de Sandrine à cette heure ?

– L'idée m'est venue pendant la soirée. Je me suis rendu compte que je n'avais même pas pensé à regarder dans la boîte mail de Sandrine. J'ai tout lâché et puis j'ai couru au Parlement. C'est comme ça que j'ai appris pour le petit déjeuner avec Krüger et Grassmann, et la pression qu'ils mettaient sur Sandrine. J'ai bien fait de me dépêcher, la sécurité a enlevé son PC et coupé son compte le lendemain. »

Camaraud leva les yeux au ciel. « J'y crois pas. Tu as hacké le PC d'une morte ?

– Non, pas vraiment, c'est juste que je savais où elle cachait ses codes...

– Ah, tout s'arrange alors ! "J'ai pas vraiment piqué le fric, je savais où il était caché !"

– Attends, tu me fais quoi, là ? Ça n'a fait de mal à personne. Et puis ça te va bien, c'est toi qui m'as dit d'ouvrir l'œil...

– Ça va être de ma faute maintenant ! » Visiblement contrarié, il roula en boule le morceau de serviette en papier qui lui servait d'essuie-mains. « Et tu sais ce qu'il était venu trafiquer, ce type ?

– Rien. Il est entré et sorti, ça a duré trente secondes, pas plus.

– Dans ce cas, sauf à se faire des films, c'était sûrement un mec du nettoyage.

– À dix heures du soir ?

– Ou un type de la sécurité qui t'aura entendu fouiner, j'en sais rien. » Il secouait la tête avec le même air un peu déçu que prenait mon père quand il me grondait, enfant. « Hacker une boîte mail, se cacher dans les toilettes... Tu fais vraiment n'importe quoi. Enfin, franchement, c'est pas des méthodes ! »

Vexé par l'attitude de Camaraud, je changeai de sujet. « Bon, et toi ?

– Quoi moi ?

– Tu m'as fait venir parce que tu avais du nouveau, non ?

– Ah oui. » Il tira son téléphone de sa poche de jean, puis tapota un instant, en pestant par intermittence contre l'écran tactile qui ne répondait pas sous les assauts de ses doigts imbibés de gras de poulet. Il me tendit l'appareil, agacé. « Tiens, moi il m'obéit jamais ce bordel. Appuie sur "*play*". »

La qualité de l'image était bonne, mais les couleurs étaient ternes et les formes étirées. On reconnaissait sans peine l'entrée des salons protocolaires du Parlement, avec sa porte vitrée et son grand drapeau européen. C'est là que le président Krüger recevait. On voyait aussi trois des six ascenseurs qui arrivaient du grand hall, douze étages plus bas, où Sandrine avait atterri. Avec cet angle de prise de vues, en surplomb, ce ne pouvait être qu'une vidéo de surveillance du Parlement.

« Mais comment t'as pu obtenir ça ?

– Pas en piratant une boîte mail, je te rassure. »

Brusquement, Sandrine apparut, tel un fantôme. Je fus parcouru d'un frisson. Elle sortait des ascenseurs, puis Martin Krüger lui donnait l'accolade à l'entrée du salon protocolaire. Ils s'y enfonçaient tous les deux, sortant ainsi du champ de la caméra qui ne prenait que l'arrivée des ascenseurs, l'entrée du salon et une partie de la rambarde que je considérais avec angoisse. Helmut Grassmann arrivait à l'étage quelques secondes plus tard et s'engouffrait à son tour dans le salon. Camaraud me pressa d'avancer la vidéo jusqu'à 8 h 26, soit une trentaine de minutes après que Sandrine eut rejoint Krüger et

Grassmann. À 8 h 26 précise, je vis sortir d'en dessous de la caméra Karl Stauff, le secrétaire général du Parlement européen, celui que la presse avait surnommé le « Prince noir de Bruxelles ».

« C'est Stauff ! D'où est-ce qu'il sort ?

– Escalier de service, juste en dessous de la caméra. Son bureau est au onzième », dit Camaraud en vidant sa bière d'un coup sec.

Stauff, un proche de la Chancelière allemande, était au centre de toutes les intrigues au Parlement. Il régnait d'une main de maître sur l'institution et l'on se demandait parfois qui de lui ou des députés faisait vraiment la politique de la maison. Sur la vidéo, on le voyait s'introduire dans le salon protocolaire. Il en ressortait quelques minutes plus tard, visiblement contrarié, avant de disparaître sous la caméra, par là où il était venu. Puis Sandrine sortait à son tour peu de temps après. J'appuyai sur pause.

« Tu es sûr que je veux voir la suite ?

– Tu peux y aller, on ne voit pas la chute elle-même.

– Tu as donné cette vidéo à la police ?

– Ça, c'est pas mon affaire. Ils ont leurs sources, j'ai les miennes. »

Baissant les yeux vers l'écran, je relançai la vidéo. Sandrine était plantée devant l'ascenseur, son téléphone dans une main. Soudain, elle regarda en direction de la caméra comme si elle était interpellée et fit un signe de l'autre main. On la voyait s'avancer vers la caméra, puis sortir du champ, comme Karl Stauff quelques minutes auparavant. Pendant six longues minutes, plus rien. Puis, soudain, je vis la partie visible de la rambarde trembler imperceptiblement. L'incrustation sur la vidéo indiquait 8 h 51, heure de la mort de Sandrine.

13

Le lendemain

Dans le nord de l'Europe la ponctualité est un devoir, plus au sud elle est une politesse. Ce matin-là, j'étais résolument latin. Jørgen m'avait donné rendez-vous pour discuter de la directive Diesel qui, m'avait-il écrit dans un long mail, en était « au point mort ». Je devais le rencontrer au « Mickey Mouse » à 8 h 30 et je pestais contre cette habitude de Scandinave de donner des rendez-vous à des heures indues.

La proximité de l'hémicycle, la jolie vue sur le parc Léopold et la déco légèrement déjantée avec ses sièges de couleurs vives font du Mickey Mouse *le* bar emblématique du Parlement européen, où se mêlent assistants parlementaires, administrateurs, visiteurs, lobbyistes et députés. On ne s'y retrouve certes pas pour la qualité du café. Les amateurs sont orphelins dans les institutions. Un ancien ministre italien avait un jour noté que l'*espresso* que l'on sert à Bruxelles est un des signes avant-coureurs du déclin de la civilisation européenne.

Le bar doit son nom à l'une des seules peintures intéressantes de la collection d'art du Parlement : une grande toile figurant un Mickey Mouse en pleine crise de panique, s'égosillant dans une forêt de bouleaux. D'ordinaire, je passais devant les œuvres qui ornent les couloirs sans y jeter un regard. C'est souvent du sous-Picasso, dépeignant pour la énième fois l'enlèvement de la déesse Europe par Zeus, ou de l'art abstrait dans le genre de ce qu'on trouve à Ikea entre les luminaires et les plantes vertes. Au milieu de toutes ces banalités, ce *Cri* d'Edvard Munch version Walt Disney a quelque chose d'inquiétant et de fascinant.

On accédait au bar en passant devant l'hémicycle, dans le grand hall où avait été retrouvé le corps de Sandrine. Les images que Camaraud m'avait montrées la veille au soir étaient encore bien présentes dans mon esprit et je ne pus me résoudre, en marchant dessus, à regarder le carré de moquette neuf et un peu plus bleu que les autres. Je détournai mon regard du sol pour le porter vers *Confluences*, une sculpture gigantesque d'une trentaine de mètres de haut, qui s'élance vers la verrière abritant les salons protocolaires. Cet enchevêtrement monumental de barres de fer métalliques est une allégorie de la formation progressive des compromis par le travail parlementaire, mais aussi de la devise de l'Union européenne, « Unie dans la diversité » – c'est, en tout cas, ce qu'affirmait le dépliant offert aux visiteurs du Parlement.

À mesure que j'avançais, les longues barres d'acier de *Confluences* semblaient vriller sur elles-mêmes et danser au milieu du grand hall, dans un effet hypnotique. Sans réussir à quitter la sculpture des yeux, je commençai à dévier de ma trajectoire, comme entraîné dans son orbite. Il aurait fallu que je tourne à droite pour me remettre en direction du bar. Mais je continuai à contourner *Confluences* et m'approchai inexorablement des ascenseurs qui menaient au douzième étage, comme si la sculpture m'invitait à aller voir par moi-même d'où Sandrine était tombée. Sans même avoir le temps d'y penser, je m'enfonçai dans un des ascenseurs. J'appuyai d'un doigt décidé sur le 12.

La porte allait se refermer, quand un bras s'interposa entre les deux battants qui hoquetèrent douloureusement. Deux mètres de costume crème s'engouffrèrent dans l'ascenseur, emportant avec eux un grand mouvement d'air et une bouffée d'eau de Cologne. Mes yeux arrivaient à peine à la hauteur du nœud de cravate rose satiné qui venait de faire irruption. Je levai la tête. Dans la lumière électrique de la cabine d'ascenseur, en contre-jour, se dessinait un visage émacié et barré d'une petite moustache. Le même visage que j'avais vu s'afficher, la veille, sur l'écran du téléphone de Camaraud. L'un des derniers visages qu'avait vus Sandrine vivante, peut-être même le dernier : celui de Karl Stauff, le secrétaire général du Parlement européen. Je baissai immédiatement les yeux. Savait-il qui j'étais ? M'avait-il suivi ? Les veines de mon cou battaient fort contre mon col de chemise, et je sentais des vagues de chaleur monter des flancs de ma veste. Karl Stauff dirigea lentement sa main vers le bouton du douzième, mais je l'avais déjà pressé. Sa main s'arrêta, interrogative. Sans décoller les yeux du sol, je vis la pointe de ses mocassins cirés se tourner lentement dans ma direction. Une goutte de sueur glacée prit naissance dans le creux de mon dos, sur laquelle ma chemise vint se coller. Les mocassins étaient toujours tournés vers moi, inquisiteurs. L'atmosphère était pesante et les portes de l'ascenseur ne semblaient plus vouloir se refermer.

J'étais coincé, le douzième étage était celui des salons protocolaires, je n'avais évidemment rien à y faire. Ça, Stauff le savait. Je sentais son regard posé sur moi. Qu'allais-je faire une fois arrivé là-haut ? Sortir à ses côtés ? Et quoi ? Redescendre ? Flâner les mains dans les poches ? Stauff savait qui j'étais, c'était certain. Il avait sûrement lu mon nom quelque part, ou diligenté une enquête interne sur l'équipe de Sandrine. Il était, après tout, le patron de l'administration.

La perspective de monter en sa compagnie me glaçait le sang. Un meurtrier revient toujours sur les lieux du crime, pensais-je, et c'est au douzième qu'il allait. L'ascenseur était sur le point de partir. Je dégainai mon téléphone, feignant de recevoir un appel : « Jørgen, vous êtes déjà au Mickey Mouse ? J'arrive tout de suite. » Je tendis ma jambe pour arrêter la fermeture des portes, qui hoquetèrent à nouveau, et sortis précipitamment. Après trois pas, sans trop savoir pourquoi, je me retournai. Stauff, les sourcils froncés, me dévisageait. Sa petite moustache ressortait sur son visage pâle et son crâne blanc surplombé de quelques cheveux fins. Crâne, moustache, costume crème et cravate rose disparurent derrière les portes en acier brossé.

Arrivé au Mickey Mouse, je vis Jørgen installé près d'une baie vitrée légèrement embuée. Derrière lui, le parc Léopold était recouvert de feuilles mortes. J'étais soulagé de voir ce visage familier ; je lui fis un grand signe de la main. Il répondit d'un sourire discret et surpris.

« Désolé pour mon retard, un problème d'ascenseur.

– Vous allez bien, Émile ? On dirait que vous avez vu un fantôme.

– J'ai besoin d'un café. Vous voulez un café ?

– Je vous remercie, j'ai eu le temps de boire une verveine en vous attendant. »

J'avais soupçonné Jørgen de m'avoir donné rendez-vous pour me rebattre les oreilles avec des histoires de base légale et de procédure. Mais ce qui le préoccupait, ce jour-là, c'était le calendrier.

« Comme vous le savez, à la suite du décès de Mme Berger, c'est à M. Marchet qu'il échoit de mener à bien le dossier Diesel. Voyez, le calendrier prévisionnel prévoit un vote en commission des transports en janvier. Et à partir de là, il nous faudra plusieurs mois de négociations avec le Conseil pour parvenir à un accord avec les États membres. Voter en janvier, c'est indispensable si on veut obtenir un accord avant les élections françaises au printemps. Et vu le retard que nous avons pris, cela semble désormais quasiment impossible si l'on veut respecter la procédure normale. Mais tout n'est pas perdu. » Il tira de son énorme porte-document une fiche qu'il avait glissée dans une pochette plastifiée. « Nous pourrions utiliser la procédure simplifiée prévue à l'article 50 du Règlement pour accélérer les choses. Voyez, comme je l'indique dans cette petite note que je vous avais fait suivre quelques jours après le malheureux accident qui est survenu à Mme Berger…

– "Accident" ? Elle n'est tout de même pas passée par-dessus la rambarde par hasard ! » Jørgen leva la tête de sa note, l'air étonné par ma véhémence. Je poursuivis un ton en dessous. « Est-ce que c'est ce qui se dit dans l'administration ? Que Sandrine aurait eu un accident ? »

Il écarta la tasse vide qui était devant lui et posa sa pochette plastifiée. « Pour être tout à fait franc, Émile, je ne sais pas vraiment ce qui se raconte dans les couloirs. Mais ce que je sais, c'est que Mme Berger s'était mis une charge considérable sur les épaules avec cette affaire d'interdiction du diesel. Vous savez, la veille de sa mort, elle m'avait passé un coup de téléphone. Elle était visiblement paniquée par la présentation de son rapport. Elle ne me paraissait pas, disons, stable.

– Un coup de téléphone ? À vous ?

– Oui, j'en ai été le premier surpris. Elle voulait que je l'accompagne à un petit déjeuner le lendemain au sujet du dossier Diesel. Avec le président Krüger et le président Grassmann. Mais vous comprenez bien que le rôle de l'administration n'est pas de faire de la politique. J'ai donc refusé. De toute façon, à lire son projet de rapport, elle ne faisait guère cas de mes conseils – à ce propos, vous lui aviez bien fait passer ma fiche technique sur la directive Diesel ?

– Bien sûr ! » Je mettais tout ce que Sandrine était censée lire dans une pochette jaune à intercalaires. Elle avait la gentillesse de la prendre avec elle pour le week-end, j'avais la pudeur de ne pas vérifier ce qu'elle avait effectivement lu.

« Bien. Quoi qu'il en soit, quand j'ai appris sa mort, j'ai d'abord été très ému, mais j'ai aussitôt repensé à ce coup de téléphone assez, disons… agité. Mme Berger était une jeune députée et avait la responsabilité d'un lourd dossier. La ligne que vous aviez adoptée, mon cher Émile, était ambitieuse, mais vouée à l'échec. Peut-être s'est-elle rendu compte qu'elle avait libéré un golem, qu'il était trop difficile de revenir en arrière. Je ne sais pas.

– Un golem ? »

Jørgen prit le ton professoral qu'il affectionnait. « C'est une légende d'Europe centrale. Le golem était une grande statue façonnée dans de l'argile, à laquelle on avait insufflé vie par des formules magiques. Très vite, ses créateurs en ont irrémédiablement perdu le contrôle.

– Un peu comme le monstre de Frankenstein. »

Il hésita, puis haussa les épaules. « Si vous voulez. Mais reprenons. »

Il me tendit de nouveau sa note, mais mon esprit était ailleurs. Je tentais de faire sens des éléments que j'avais à ma disposition. Je repensais à l'attitude de Sandrine sur la vidéo. Bien sûr, on ne voyait personne la pousser, mais elle avait le visage serein avant de disparaître dans l'angle mort de la caméra, un visage qui n'était pas celui d'une candidate au suicide. Par ailleurs, elle avait bien fait signe à quelqu'un. Certainement quelqu'un qu'elle connaissait.

Jørgen interrompit mes rêveries. « C'est entendu ?

– Je vous demande pardon.

– Je disais que le vote pourrait avoir lieu lors de la réunion du 29…

– Comme vous voudrez.

– Vous m'en voyez ravi ! »

Alors qu'il se levait, Jørgen me tendit une pochette. « Tenez, voici un calendrier mis à jour, avec la nouvelle date de vote sur laquelle nous venons de nous mettre d'accord. Je vous ai aussi mis une version commentée du rapport de Sandrine Berger qui pointe les obstacles juridiques contre lesquels elle aurait nécessairement buté. Je vous laisse fixer un rendez-vous avec M. Marchet pour que nous puissions revoir ensemble le contenu du rapport. C'est essentiel. Les bases légales ne mentent pas dans ce genre de dossier. »

14

Quelques semaines plus tard, le 8 décembre 2016

Helmut Grassmann, le président de la commission des transports, avait souhaité voir Nico au sujet de la directive Diesel. En arrivant avec Nico dans le couloir des députés de la CDU, je vis Jørgen assis sur une chaise devant la porte, une pile de documents sur les genoux. Une jeune femme aux yeux tristes nous ouvrit, l'air un peu dédaigneux. C'était Agnieszka, la « cheffe de bureau » de Grassmann. « *Please have a seat. The Chairman will see you in a minute.* » C'était la meilleure : son patron avait demandé à nous voir, et elle trouvait le moyen de donner l'impression que c'était nous qui lui réclamions une audience.

Au bout d'un moment, Grassmann sortit de son bureau, un exemplaire de la *Süddeutsche Zeitung* à la main. Au Parlement comme ailleurs, le bureau est un attribut essentiel du pouvoir. En entrant dans le sien, j'eus la confirmation qu'il était très, très haut placé dans la *nomenklatura* parlementaire. Au moins quarante mètres carrés dans l'angle du bâtiment qui surplombe le parc Léopold. Une magnifique table de réunion en acajou. Plus encore que son bureau, c'était l'accoutrement de Grassmann qui exprimait son pouvoir : la cravate légèrement desserrée, la vieille chemise d'une couleur indéterminée, le costume un peu fatigué. Chez les Verts, une tenue relax est de mise. Mais chez les démocrates-chrétiens allemands, une tenue négligée a une autre signification. Tout chez Grassmann semblait dire : « Je suis tellement indéboulonnable que je peux faire ce que je veux. »

Grassmann salua Nico en français. « Mon ami Nicolas, comment va ?

– À merveille… Helmut. »

Ses cinq mandats consécutifs au Parlement européen lui avaient permis d'apprendre un peu de français. Il faisait partie de la vieille garde des démocrates-chrétiens : la génération du tout franco-allemand, le souvenir de la guerre, le traité de l'Élysée, Mitterrand et Kohl qui se donnent la main devant l'ossuaire de Douaumont. Mais il ne savait que trop bien qui de l'Allemagne ou de la France menait la danse en Europe. S'il avait de la sympathie pour les eurodéputés français, il avait également pour eux une forme de commisération. Nico, lui, était visiblement heureux que le très respecté président de la commission à laquelle il appartenait lui donne du « Nicolas » et du « mon ami » à lui, l'ancien conseiller politique. Il se prêtait à ces amabilités avec délectation, tout en se doutant certainement que plus les sourires de l'Allemand étaient larges, plus les concessions à faire seraient grandes. Si nous étions dans le bureau de Grassmann, c'était qu'il voulait quelque chose de nous. Or nous n'avions qu'une chose à céder : le dossier Diesel.

Grassmann nous invita à pénétrer dans son antre, éructant quelques consignes en allemand à son deuxième assistant, un jeune homme dont le visage évoquait le garçon des publicités Kinder. Je compris le mot « *Kaffee* ». Au lieu de se joindre à nous, Agnieszka partit dans le couloir, téléphone à l'oreille, l'air affairé – elle n'était manifestement pas du genre à servir le café. Une fois la porte refermée, Grassmann se cala confortablement sur son imposante chaise de bureau. Nico était en face de lui dans le fauteuil destiné aux invités, et moi, un cahier de notes sur les genoux, mal installé sur une chaise que j'avais tirée pour être à ses côtés. Jørgen, lui, était un peu en retrait, devoir de réserve oblige.

« Nicolas, je t'ai demandé une réunion, c'est pour faire un point du dossier Diesel. C'est le dossier très important.

– Très important », reprit Nico, l'air grave.

« Dans le congrès du parti à Berlin, nous avons discuté. Nous avons les positions.

– Oui. » Nico se concentrait pour bien comprendre ce que Grassmann racontait. À Bruxelles, parler sa langue donne en principe un avantage très net dans une négociation. On peut manier la nuance, soigner la rhétorique, trouver le mot juste, cultiver les ambiguïtés instrumentales. Mais en l'occurrence, l'insistance de Grassmann à parler un français approximatif ne nous aidait pas franchement.

« Nous avons aussi discuté avec les partenaires de coalition, les social-démocrates. Et puis avec nos Verts à nous. Vous aussi, j'imagine ?

– Naturellement. Je suis en contact étroit avec mes collègues français de tous les groupes. »

C'était un mensonge éhonté. Nos contacts avec la droite française et la gauche de gouvernement étaient quasi inexistants. Même entre eux, les Verts français ne se voyaient que quand ils y étaient contraints. Grassmann le savait. Le puissant *Konzern* allemand se dressait devant nous, et nous étions seuls. Grassmann était le maître des forges ; Nico un métallo esseulé, sans un camarade derrière lui.

Grassmann reprit. « La situation est grave. Les concitoyens attendent la réponse. Le dossier doit être bien mené. Il faut la majorité large pour le rapport.

– C'est notre objectif à tous », concéda Nico qui voyait probablement déjà où Grassmann, dont le groupe était le plus gros du Parlement, voulait en venir.

« Le CDU a étudié ta position. L'interdiction du diesel, la agence, la taxation sur les constructeurs… Les délégués du CDU qui ont la Volkswagen et la BMW dans la circonscription ont étranglé ! » Grassmann tressauta de rire et se tourna vers Jørgen, qui restait impassible.

« Nos concitoyens aussi s'étranglent à cause des tricheries des constructeurs, Helmut. » C'était bien envoyé de la part de Nico, mais il avait une voix mal assurée. Faire le malin, c'est permis, et même encouragé devant les lobbyistes de l'industrie, mais se mettre à dos son président de commission, c'est l'assurance de passer un mandat désagréable ; on risque d'être privé des missions parlementaires dans les pays ensoleillés et de rab' de temps de parole. Sans relever, Grassmann recentra sa cravate et continua.

« Je peux donner la garantie du soutien des collègues allemandes sur certains de tes positions. Attention ! Pas que du CDU, tous les collègues allemandes ! » Il avait dit ça avec un grand geste. « Mais pour gagner la confiance des Allemandes, je dois m'occuper du dossier Diesel *moi*. »

Nous y étions. Grassmann voulait nous prendre la directive. Inquiet, je regardais Nico en guettant ses moindres frémissements – lui-même était rompu à l'exercice de la tractation politique, et je l'avais vu élaborer des pièges plus tordus que celui, grossier, mais efficace, que nous tendait l'Allemand, et qui consistait à faire parler le nombre. Quelques mois auparavant, il m'avait d'ailleurs longuement théorisé les ressorts d'une bonne négociation. La pièce, selon lui, se jouait en trois actes, et ce jour-là j'étais au premier rang.

Premier acte : poser le conflit. « Helmut ! Il n'en est pas question, tu m'entends, pas question. C'est un dossier clé pour les Verts. Personne ne comprendrait que nous vous le laissions. Je vois déjà les gros titres… "Bruxelles : petits accords et tractations derrière des portes closes autour du diesel". L'image de Bruxelles en serait abîmée. »

Grassmann s'esclaffa en se jetant en arrière sur sa chaise de bureau qui gémit de douleur. « Nicolas, j'aime ton énergie ! Mais tu peux me croire, l'Europe s'en remettra, elle se remet toujours. »

Nico passa au deuxième acte : nouer l'intrigue. « De toute façon, ce dossier appartient aux Verts. Impossible de le transférer à un autre groupe. Nous avons payé des points pour l'avoir. Je ne vais pas expliquer à un député allemand l'importance du respect des règles !

– Justement, Nicolas, la règle du Parlement ne dit rien dans le cas de la mort d'un rapporteur. Et quand c'est le doute, c'est le président de la commission qui tranche. »

Jørgen se racla la gorge. Grassmann tourna un œil dans sa direction. « Le règlement est ambigu sur ce point, monsieur le président, et l'on peut tout aussi bien argumenter que le groupe des Verts conserve ses droits sur le dossier. » Grassmann jeta un regard noir à Jørgen pour lequel j'étais soudain saisi d'admiration. Le droit, rien que le droit.

C'était le moment de passer au dernier acte en concluant la négociation. « Helmut, j'en fais une affaire personnelle. C'est un dossier sur lequel je me suis beaucoup investi. Et puis qu'aurait pensé Sandrine ?

– Elle penserait que si je m'en occupe, le rapport sera un succès plus grand encore. Je suis prêt à donner les garanties sur le fond du dossier… » Grassmann connaissait lui aussi la pièce et savait qu'il y aurait un prix à payer. Il en venait de lui-même au dénouement.

Nico joua le jeu, l'air concentré. « J'y compte bien.

– Tu auras ! Nous sommes tous préoccupés des émissions de microparticules. Il faut agir. Mais pas abandonner la diesel. Alors je propose : je m'occupe le rapport, on abandonne l'interdiction de la diesel… » Nico s'apprêtait à bondir, mais Grassmann l'arrêta dans son élan. « Mais, mais ! Mais en échange, nous disons oui pour une taxe sur les véhicules polluants. »

C'était inespéré. De fait, l'interdiction du diesel faisait joli sur le papier, ça plaisait aux Verts, mais nous n'aurions jamais pu obtenir une majorité là-dessus au Parlement. La droite aurait pu tout bloquer, et la voilà qui arrivait avec une proposition alternative, une vraie avancée pour l'environnement. Nico marqua un temps, songeur. « Pollueur, payeur » était un mantra chez les Verts.

« Helmut, la chose n'est pas faite, mais ton soutien sur la taxe pourrait être un pas vers un accord. Tu parles bien du soutien de toute la droite ? Et aussi des socialistes allemands ?

– *Ja.* »

Nico marqua une pause. « Laisse-moi y réfléchir.

– *Natürlich.* Prends la soirée pour bien penser. »

Et alors que Grassmann allait se lever et mettre fin à l'entrevue, Jørgen prit la parole pour la seconde fois : « Monsieur le président, si je puis me permettre… »

Grassmann, d'une voix mielleuse : « *Bitte, bitte !*

– Eh bien, je pense qu'il faut garder en tête les limites juridiques dans lesquelles nous opérons. Comme je l'avais expliqué à Mme Berger, la base légale ne nous permet que d'harmoniser les législations des États membres. Nous pouvons modifier les normes pour la mise sur le marché des moteurs Diesel. Pas les taxer. La fiscalité est un domaine dans lequel l'Union européenne n'a pas vraiment de compétences : il faut l'unanimité des États membres pour décider quoi que ce soit. Comme vous le savez, cette directive a pour base légale l'article 114 du traité, alors que la fiscalité, c'est l'article 113.

– Arf ! à un article près, c'était bon ! » interjeta Grassmann, hilare.

C'est à ce moment que son assistant arriva avec quatre cafés sur un petit plateau, qu'il déposa sur la table. Il chercha son maître du regard, mais ne trouva que le mien, plein de compassion. Grassmann reprit : « J'ai lu la note, Jørgen. » Quelqu'un lisait donc la production de Jørgen. « Je suis conscient, mais j'ai confiance dans ta créativité juridique. Le sujet de la prochaine note : pas *si* c'est possible, mais *comment* c'est possible taxer les véhicules diesel avec la directive. » Il jeta un regard en direction de Jørgen qui, tête baissée, écrivait dans son carnet, avant de reprendre avec un large sourire : « *Gut.* C'est réglé ! »

Grassmann nous raccompagna, une main sur l'épaule de Nico. En passant la porte, je songeais au *deal* qui se dessinait. Le soutien de la droite sur un des points clés de notre programme était inespéré. Mais avions-nous fait une bonne affaire pour autant ? Quelle garantie avions-nous que Grassmann ne trahirait pas sa parole ? Est-ce que c'était ce genre de proposition que Grassmann et Krüger avaient fait à Sandrine le matin de sa mort ?

J'ouvris la porte du bureau pour laisser passer Nico, et je tombai nez à nez avec nul autre que Karl Stauff, en train de plaisanter avec Agnieszka. « Karl ! » s'écria Grassmann. Les deux hommes se donnèrent une chaleureuse accolade et échangèrent quelques mots dans leur langue maternelle. Grassmann se tourna vers nous et, en anglais : « Nicolas, naturellement tu connais le secrétaire général ? »

Sous sa moustache bien taillée, Karl Stauff afficha un large sourire. Il décocha aussitôt une main en direction de Nico et dit sur un ton faussement obséquieux : « Monsieur Marchet, c'est un plaisir de faire enfin connaissance.

– Oh, mais tout le plaisir est pour moi, monsieur le secrétaire général. Rendez-vous compte, douze ans au Parlement comme conseiller politique et je n'avais jamais eu la le privilège de vous rencontrer. Quelques semaines comme député, et nous voilà déjà face à face. »

J'aurais volontiers souri à la pique de Nico, mais la présence de Karl Stauff me tétanisait. Il se tourna doucement vers moi et me tendit une main froide. « Et vous êtes ? »

Je levai la tête pour le regarder dans les yeux. Une bonne poignée de secondes s'écoula. Il ne me lâchait pas la main. Son regard insondable était plongé dans le mien. Sa question appelait une réponse. Je lâchai : « L'assistant de Sandrine Berger ». Je sentis la main de Karl Stauff glisser sur la mienne comme une couleuvre.

15

Le même jour, en fin d'après-midi

J'attendais le bus, détrempé et en retard. Plus tôt, dans l'après-midi, Camaraud m'avait annoncé par message qu'il avait fini par obtenir les relevés des appels téléphoniques de Sandrine la veille et le jour de sa mort. Il ne voulait rien mettre par écrit, et avait terminé son message par : « Dîner ce soir ? » J'avais répondu : « Génial ! » Il avait conclu : « 20 heures, chez toi. Je m'occupe du pif. »

Nico, lui, avait un rendez-vous dans un restaurant chic du centre-ville avec la présidente du groupe des Verts, une Allemande pas commode avec une tête de maîtresse d'école. Naturellement, il n'avait rien à faire entre-temps, et il avait donc fait traîner les choses. J'étais resté bloqué pendant une bonne heure à l'écouter commenter l'actualité, les pieds sur le rebord de la fenêtre, *Le Monde* à la main ; pour un assistant, la journée se termine quand le patron passe la porte du bureau. Je m'en étais tiré en avançant un peu l'horaire de la voiture du Parlement qui devait le mener en ville. Elle était arrivée juste avant qu'il n'entame les pages sport.

En regardant depuis l'abribus la pluie battre les pavés de la place du Luxembourg, je ressassais notre entretien avec Grassmann, les sourires complices d'Agnieszka et de Karl Stauff. Le 38 me tira de mes songeries en lançant une grande éclaboussure sur mes chaussures. Une fois à bord, je me laissais ballotter au gré des coups de frein, coincé entre une poussette et un type avec une guitare dans le dos. Dans un virage un peu raide, je pris le risque de lâcher la barre pour attraper mon téléphone qui vibrait.

« Peters à l'appareil.

– Bonsoir commissaire.

– Dites-moi, Nicolas Marchet est avec vous ?

– Je viens de le quitter. Pourquoi ?

– Nous avons tenté de le joindre plusieurs fois, sans succès. Et demain ? Il sera dans les parages ?

– Malheureusement, non. Il repart très tôt en circonscription. »

Une seconde s'écoula. Dans le fond, j'entendais Peters qui se concertait avec son collègue. « Bon, vous sauriez lui dire qu'on voudrait le voir la semaine prochaine quand il sera de retour à Bruxelles ?

– C'est-à-dire que… la semaine prochaine nous ne sommes pas à Bruxelles.

– Vous êtes en vacances ?

– Non. C'est la session plénière. Nous serons à Strasbourg.

– Ah oui, c'est vrai, le cirque Pinder part voter en France… Et pendant ce temps-là, mes demandes d'accès aux archives sont, à ce qu'il paraît, à Luxembourg ! Mais comment vous vous y retrouvez dans ce bazar ? »

Le commissaire Peters semblait assez peu accessible aux fins équilibres diplomatiques qui ont fait éclater le siège du Parlement dans trois villes. De mon temps de jeune fédéraliste militant défendant l'Europe en bloc, je lui aurais expliqué les racines historiques de cette situation, pourquoi le Luxembourg refusait de voir partir la moitié du secrétariat du Parlement qu'il logeait depuis les années 1950, comment Strasbourg avait récupéré les sessions plénières parce que c'est là qu'on avait pu trouver dans les premières années un hémicycle disponible et assez grand – celui du Conseil de l'Europe –, et pour quelles raisons on ne pouvait pas, le reste du temps, travailler ailleurs qu'à Bruxelles où se trouve la Commission européenne. Ou bien j'aurais évoqué avec des trémolos dans la voix Strasbourg comme symbole de la réconciliation franco-allemande. Mais j'étais dans le bus, et je préférais gagner du temps. Au côté de Nico, j'avais de toute façon appris qu'il ne sert à rien d'essayer de détromper les convaincus. « Vous avez raison, commissaire, c'est un véritable bazar. »

Peters grogna de satisfaction. « Bon, dites à Nicolas Marchet que je voudrais le voir. Il n'est pas tenu de répondre à nos sollicitations, mais son immunité parlementaire ne l'empêche pas de prendre trente minutes de son temps pour venir nous parler. Enfin, s'il veut que l'enquête avance et s'il n'a rien à se reprocher…

Je lui dirai, commissaire.

– À la bonne heure. »

Le bus pila au niveau de la place Flagey. C'était dans ce quartier mi-populaire, mi-branché, adopté par les fonctionnaires européens qui souhaitent se fondre dans le paysage, que je me sentais désormais chez moi. Je retrouvai Camaraud accroché au manche d'un grand parapluie noir, qui attendait devant la porte de la maison de maître dans laquelle se trouvait mon appartement.

« Désolé, Guy, Nico voulait pas me lâcher, tu sais ce que c'est…

– Pas vraiment, non. Allez, ouvre, on se les gèle. »

Dans l'entrée, Camaraud égoutta son parapluie en maugréant. Après avoir enjambé le vélo d'un voisin hollandais qui travaillait à la Commission et la poussette qui appartenait au couple de diplomates grecs du premier étage, nous arrivâmes à l'escalier qui menait à mon petit appartement. Une fois à l'intérieur, Camaraud s'éclipsa aux toilettes, et j'en profitai pour remettre discrètement en évidence les revues internationales auxquelles j'étais abonné et que ma femme de ménage s'obstinait à ranger.

Camaraud s'essuya les mains dans le torchon de la cuisine. « Qu'est-ce que tu nous fais de bon ?

– *Linguine* au pesto de pistaches de Sicile et *parmigiano reggiano*. » Je prononçai le tout à l'italienne. J'avais mis au point ce repas standard que je servais à tous ceux que j'invitais chez moi : ça épatait toujours, c'était prêt en quinze minutes, et ça me donnait surtout une occasion imparable de parler de mon année d'Erasmus à Bologne à grand renfort d'anecdotes.

Pendant que je mettais de l'eau à chauffer et que je débouchais la bouteille de vin corse qu'il avait apportée, je l'entendais qui tournait et virait dans le salon. « Fiuuu, jolie garçonnière ! Tu loues ça combien ?

– J'ai acheté l'année dernière.

– Propriétaire ? Eh ben, on ne s'en fait pas au Parlement. Moi, à ton âge, j'étais pigiste. Je créchais dans une chambre de bonne dans le Quartier latin. Le week-end, j'allais faire mon linge chez mes grands-parents, en banlieue – je te dis pas les dîners lugubres à écouter le balancier de l'horloge normande de la salle à manger… »

Le couvercle de la casserole commençait à frémir : il était temps de jeter les pâtes dans l'eau. « Dis, tu me parles des relevés téléphoniques de Sandrine ? »

Camaraud répondit : « Oui, oui ! » d'un air distrait, en continuant à fureter dans le salon.

Quand je revins de la cuisine, il était en train de détailler mes livres.

« Tocqueville, Montesquieu, Raymond Aron, René Rémond. C'est la bibliothèque Sciences Po ici !

– Il faut bien trouver des phrases d'accroche pour les concours. »

Je lui tendis un verre de vin. Passant son doigt sur les rayonnages, il tira un livre de ma rangée « Europe », et se mit à le feuilleter d'un air rieur. C'était *L'Europe que nous voulons*, le livre de campagne de Sandrine, qui avait en fait été écrit par Nico.

« "Nous devons retrouver l'esprit des pionniers, l'esprit des fondateurs, l'esprit de Monnet, qui, dans l'après-guerre..." Non mais franchement, c'est nul. On dirait un sermon du pasteur de l'Église fédéraliste pour la messe de la Saint-Schuman. "Car en vérité je vous le dis, mes frères, l'euro sera notre rédemption !"

– T'es dur !

– Vraiment ? Et elle en a écoulé combien, Sandrine Berger, de ce pensum ?

– Je sais pas trop. Moins de mille...

– Ouais, je parie sur cinq cents, dont une bonne partie achetée sur le budget de campagne. »

Son verre de Clos Canarelli à la main, il se mit à égrener en les jetant sur mon canapé les livres de députés européens que j'avais accumulés au cours des années. « *L'Europe sort de l'Histoire*, *Les Maux de l'Europe*, *Adieu l'Europe*, *Quand la nuit tombe sur l'Europe*, mais bordel, quelle barbe ! Avec des trucs pareils, faut pas s'étonner si personne ne veut entendre parler d'Europe. Parfois, je me demande ce que je fous encore ici. Quand j'ai débarqué à Bruxelles, il y avait une espèce d'énergie, on sentait que tout bougeait. » Camaraud occupait le milieu du salon et faisait de grands gestes – je regardais son verre de vin plein avec inquiétude. « T'as pas connu, toi, l'Europe avant 1991. Delors, le Marché unique. Même les Anglais étaient pro-européens, à leur manière. Et puis avec l'haleine des Soviétiques qu'on sentait sur notre cou… On était du bon côté de l'Histoire. Aujourd'hui, c'est le cynisme ambiant. Dans les couloirs des institutions, tu ne sens plus d'amour pour le projet européen. Il n'y a plus que des mercenaires. » Il s'arrêta, comme s'il cherchait ses mots. Sa voix se faisait plus grave. « Tu vois, l'Europe il lui faut un chroniqueur. Il faut qu'on la raconte, qu'on la vive. Il lui faut du souffle. Il faut qu'on en parle comme Michelet parlait de la France : avec les tripes. C'est *ça* que je suis venu faire ici. Mais avec les minables qu'on a dans les bureaux de la Commission et les seconds couteaux qu'on se coltine au Parlement, qu'est-ce que tu veux que je fasse ? J'ai une plume moi, pas une baguette magique. » Il posa brusquement son verre sur la table basse, éclaboussant un numéro de *Courrier international* sur le monde arabe. « Mais les affaires de meurtre, ça, ça intéresse le public ! » Je le regardai avec des yeux écarquillés. « Quoi ? Personne ne l'avouera en salle de presse, mais l'affaire Berger c'est de l'or en barre. Il se passe enfin un truc à Bruxelles. Va intéresser le lecteur de Montluçon à la révision de la directive Travailleurs détachés ou au classement d'une espèce de poisson dans l'annexe IV de la directive Habitats. Le meurtre passionnel, l'assassinat politique, les lobbies, voilà un truc qui parle au-delà de la bulle bruxelloise.

– Justement, pourquoi tu n'écris rien dessus ?

– Je ne suis pas là pour traiter du fait divers. Il ne suffit pas de colporter les petites histoires, il faut raconter la grande Histoire, celle qui fera l'Europe dans la tête des gens. Il nous faut un *Watergate* européen, sur lequel on pourra reconstruire.

– Et tu feras Dustin Hoffman ou Robert Redford ?

– Marre-toi, mais c'est à ça que sert la presse. Pas à faire circuler des ragots de cafétéria comme les morveux de *Politico*. »

Politico Europe, créé deux ans auparavant à grand renfort de dollars, représentait tout ce que Camaraud détestait. C'était d'abord une boîte américaine qui symbolisait l'emprise idéologique des Anglo-Saxons sur Bruxelles. Lui n'écrivait qu'en français, et houspillait régulièrement les gratte-papier de la Commission drogués au *Financial Times* qui pensaient en *globish*. Mais ce qui, en l'occurrence, valait à *Politico* les foudres de Camaraud, c'était surtout Zoe Parker, la jeune et jolie journaliste star dépêchée de Washington au chevet de l'Europe. En l'espace de quelques mois, cette novice dans les affaires bruxelloises s'était fait un nom et une place. Elle avait à peu près mon âge, et pour un vieux briscard qui avait consacré sa vie à la chose européenne, la pilule était difficile à avaler.

« Écoute, *nous* allons découvrir ce qui est arrivé à Sandrine Berger et *nous* allons faire éclater cette affaire au grand jour. Tu m'entends ?

– Et pour ça, on pourrait déjà commencer par regarder les relevés téléphoniques dont tu m'as parlé, non ? »

J'étais au bord de l'impatience et le discours enflammé de Camaraud avait aiguisé un peu plus encore mon appétit. Camaraud avait, lui, une fringale plus prosaïque. « Tu m'avais pas parlé de pâtes au pesto ? »

Tous les deux un peu portés par le vin de Bonifacio, nous nous installâmes à ma petite table de cuisine devant des assiettes fumantes. Sans se presser, Camaraud sortit de la poche de sa veste trois morceaux de papier qu'il déplia lentement. Il montra du doigt le premier. « Ça, c'est les appels reçus par Sandrine la veille et le jour de sa mort. » Puis il pointa les deux autres. « Ça, c'est les appels qu'elle a passés. » Je tendis la main vers la première feuille. Camaraud posa la sienne dessus. « C'est ultra-confidentiel. Personne ne peut savoir que j'ai tout ça, pour l'instant du moins.

– Attends, tu me fais confiance, quand même ! »

Camaraud leva la main, mais ne répondit pas. Il avait de toute façon besoin de moi pour croiser les numéros qui, grâce à mon répertoire, se transformeraient en une série de noms. Sans rien dire, je pris la feuille et me mis à entrer un à un les numéros dans mon portable, à l'exception du mien, qui apparaissait sur le listing plus d'une dizaine de fois – comme pour un jour normal. Sandrine avait reçu, la veille du meurtre, plusieurs appels. Un appel de Nico, et deux du siège des Verts, à Paris. Rien d'extraordinaire. Camaraud prenait note dans son petit calepin.

Je bloquai sur un numéro qui n'était pas enregistré sur mon téléphone. J'étais un peu pris par l'excitation. « On l'appelle comme ça, à froid ?

– Non. Trop risqué. Tu ne pourrais pas regarder dans le répertoire du bureau ?

– Attends… » J'avais une pile de cartes de visite qui traînaient dans l'entrée, là où je vidais mes poches de veste en arrivant. « Je m'en doutais ! C'est Miguel Bondigas de la FECA !

– Un appel la veille de la présentation de son rapport… Un moyen de faire pression sur Sandrine Berger ? » Camaraud souligna deux fois le nom de Bondigas dans son carnet. « Et là, le matin de sa mort, à 8 h 41, quelqu'un l'appelle avec un numéro masqué. C'est juste avant qu'elle sorte de chez Krüger. Tu sais ce que c'est ?

– Non. Mais quand quelqu'un appelle d'un téléphone fixe du Parlement, le numéro est masqué.

– Dans ce cas, je devrais pouvoir savoir rapidement qui c'est. Le Parlement aura l'appel correspondant dans ses propres listings, et j'ai une source qui… Enfin, je devrais pouvoir me rencarder. C'est peut-être un élément clé.

– Et là, juste avant le petit déjeuner, un numéro en +49 ?

– Un numéro allemand. J'ai vérifié : c'est Grassmann.

– Il a dû lui faire la proposition qu'il vient de faire à Nico.

– Quelle proposition ?

On l'a vu aujourd'hui, il veut récupérer le dossier Diesel.

– Vous allez le lui lâcher ?

– On n'a pas vraiment le choix… et il est prêt à nous donner des trucs sur le fond en échange.

– Attends, mais c'est une grosse info, ça ! Je peux l'écrire ? Je sors un papier après-demain sur la prochaine plénière du Parlement.

– Ah non, c'est du *off* ! Déjà, c'est pas fait. On doit encore en discuter au sein des Verts, avec les autres délégations. Pas dit qu'ils acceptent. Ça va être tendu, mieux vaut qu'ils n'apprennent pas ça par la presse.

– Dommage… » Il dégaina la seconde feuille. « Et les appels qu'elle a passés ? Croise les numéros.

– Attends, je regarde… La veille du meurtre, je vois sa mère, moi, et puis Jørgen Pedersen, du secrétariat. Il m'en a parlé, Sandrine voulait qu'il l'accompagne au petit déjeuner avec Grassmann et Krüger, c'est lui qui est en charge du rapport. Il avait refusé d'y aller. Pas le genre à se laisser traîner dans des tractations de basse politique. »

En réalité, rien n'émergeait clairement de ces relevés téléphoniques. La FECA, Nico, Grassmann : on pouvait tout argumenter. Camaraud reprit une platée de pâtes et rempila une bonne heure sur le besoin de donner des contours à l'Europe. Après avoir nettoyé son assiette avec un bout de pain, il ramassa ses affaires. Je le raccompagnai à la porte de l'immeuble. Les premières décorations de Noël clignotaient au-dessus de nos têtes et se réfléchissaient sur les pavés couverts d'un peu de givre. « Quel froid, bordel ! Quand je pense au poste en Italie que j'ai refusé il y a dix ans pour rester ici. À Rome, il fait beau, la bouffe est meilleure et les livres sur les intrigues du Vatican se vendent mieux que ceux sur l'Europe. Fais gaffe, hein. Le bel appart, le salaire qui va avec, t'as vite fait de te retrouver bloqué ici, tu sais. Et puis si t'as le malheur de tomber sur une belle Scandinave… Bref. » Il se retourna et me salua d'un mouvement de parapluie. Je me rendais soudain compte que même Camaraud rêvait d'ailleurs, et que l'Europe était peut-être devenue son combat un peu par hasard. Il s'éloigna dans la rue déserte.

En refermant la porte, je reçus un message en anglais d'un numéro que je ne connaissais pas : « Salut, Émile, je suis Zoe Parker de *Politico*. Tu serais libre pour un verre demain après le boulot ? Xxx Zoe. »

16

Le lendemain soir

Le journaliste bruxellois est un animal particulier, un peu déprimé, souvent abrasif. On ne peut qu'avoir de la sympathie pour ces reporters qui veillent pour couvrir jusque tard dans la nuit des sommets en vingt-quatre langues sur des dossiers abscons, tout ça pour produire des papiers qui seront relégués dans les tréfonds d'un site Internet, parce qu'il n'y a plus de place dans le journal imprimé. Avec le temps, un peu du gris des costumes des eurocrates qu'ils interviewent déteint sur eux.

Quand un correspondant bruxellois veut une info, il passe en général un coup de téléphone ou bien il propose un café. Si vraiment il tient à sa source, il offre un déjeuner. Zoe Parker, elle, m'avait donné un créneau pour le moins inhabituel : dix-neuf heures. C'était quasiment une invitation à dîner – mais pas tout à fait non plus.

Beaucoup de choses avaient été dites sur Zoe Parker : pimbêche, arrogante, journaliste par imposture, et, surtout, américaine. Les commentaires désobligeants étaient principalement le fait de certains de ses collègues qui jalousaient le succès commercial de *Politico*, dont elle était l'une des têtes de gondole. Elle se situait à la limite du *gossip* et de l'info. Sous sa plume, les acteurs de la bulle européenne prenaient tout d'un coup forme humaine. Ils avaient leurs travers, leurs ambitions et leurs sautes d'humeur. À la lire, tout était plus simple et plus divertissant. Bruxelles était un univers de personnages bariolés qui avaient tous gardé quelque chose de l'enfance, et qui se mouvaient, maladroits, dans le monde compliqué de la politique européenne.

Elle m'avait donné rendez-vous dans un bar à vin, un peu à l'écart du Parlement. Deux tonneaux en guise de mange-debout, une douzaine de tables, et un comptoir en bois brut : c'était un petit troquet tenu par deux hipsters à barbe et dont les murs étaient couverts de bouteilles, le genre qui sert des vins naturels hors de prix. J'y étais arrivé très en avance. Ce rendez-vous me rendait un peu nerveux.

Pour ne pas être à court de conversation, j'avais passé une bonne heure à éplucher son actualité sur les réseaux sociaux, les articles qu'elle postait, les groupes dans lesquels elle s'activait. Les dossiers photo « *Sicily by the beach* » et « *Mikonos summer* 2016 » de son compte Facebook avaient attiré mon attention, mais j'étais surtout tombé sur une série d'anciens articles qu'elle avait consacrés à l'influence allemande au Parlement européen. Statistiques à l'appui, elle avançait que derrière chaque dossier clé ou presque, il y avait un Allemand comme chef de file, ou, quand ce n'était pas possible, comme numéro deux. La plupart des présidents de commission non allemands se voyaient mettre dans les pattes un chef de secrétariat allemand ou bien germanophone. Pour elle, le Parlement était passé sous le contrôle de la délégation allemande qui, droite et gauche ensemble, relayait les ordres de Berlin. Et au cœur de ce système, il y avait Karl Stauff, le secrétaire général dont elle faisait un portrait grinçant et anxiogène. Il s'était fait un réseau grâce au groupe Adler, un mystérieux groupe informel qui, d'après elle, faisait la pluie et le beau temps à Bruxelles.

Zoe entra dans le bar et m'aborda dans un bel anglais mâtiné d'accent new-yorkais. « *Hi Emil', sooo nice to meet you. I've heard so much about you.* » Elle ne s'assit pas en face de moi, mais de trois quarts – je pouvais sentir son parfum, un parfum aux notes sucrées. Au moment d'appeler le serveur, elle posa sa main sur mon avant-bras et me demanda si j'avais envie de grignoter quelque chose. Je répondis que oui.

Je n'avais pas encore touché à mon verre, pour ne pas perdre mes moyens. Si elle avait demandé à me voir, c'est qu'elle avait quelque chose en tête. Pendant une bonne demi-heure elle me parla de sa vie à New York et de Bruxelles qu'elle trouvait « *sooooo boring* » par comparaison. Je répondis avec les anecdotes italiennes dont Camaraud n'avait pas fait grand cas, et dont elle sembla se délecter. C'était autre chose que ces journalistes qui vous assaillent de questions précises sur un sujet technique, carnet de notes et stylo à la main. Zoe, elle, m'interrogeait sur un sujet que je maîtrisais et que j'appréciais tout particulièrement : moi-même. Elle voulait tout savoir de mon parcours, riait à mes plaisanteries, me demandait mon point de vue sur les grands sujets du moment, et me faisait parler de vin en flattant ma culture française. Je me prenais au jeu en reniflant les bouteilles que le propriétaire nous apportait. J'avais l'impression d'être dans un *date*. Les deux verres de rouge que j'avais fini par vider avaient commencé à me désinhiber. Alors que nos plateaux de fromages arrivaient enfin, elle finit par entrer dans le vif du sujet.

« Ça doit être difficile de changer de député, comme ça, en cours de mandat.

– Pas vraiment, tu sais. Sandrine et Nicolas étaient très proches idéologiquement, et Nico est un ami. Je crois pouvoir dire que je suis plus qu'un assistant pour lui…

– Oh *wow* !

– Oui, Nico et moi ça remonte. Rien n'a vraiment changé, on fait une bonne équipe. On bossait déjà ensemble sur le même dossier pour Sandrine, alors du coup…

– Ah oui, la directive Diesel, c'est ça.

– C'est ça. Et c'est pas de tout repos.

– J'imagine. Vous devez avoir une pression de dingue.

– De dingue. » J'avais lu dans un magazine masculin qu'il fallait répéter les fins de phrase d'une fille pour donner l'impression d'une écoute attentive.

« Je ne connais pas bien le dossier, mais mes collègues de *Politico* disent que c'est du lourd. Peut-être le dossier le plus important de la législature.

– C'est sûr que c'est du lourd, oui.

– Du coup, j'imagine que ça a dû être dur de voir le rapport passer à Helmut Grassmann. »

Je faillis avaler de travers ma gorgée de vin biodynamique. Comment avait-elle eu vent de cette affaire ? Le deal était encore tout chaud. La rencontre avec Grassmann avait eu lieu la veille. Elle sentit mon embarras. « Je dis ça… c'est juste qu'un collègue en a parlé pendant la conférence de rédaction, et donc… J'espère que je n'ai pas fait de gaffe. »

J'essayais de faire bonne figure. « Non, non. Il n'y a pas de secret, d'autant que Nicolas et moi, on a bien négocié l'affaire.

– Ah oui dis donc, une vice-présidence, d'entrée de jeu, comme ça, pour un député d'à peine quelques semaines... »

Sulfites ou pas, cette fois, le vin me resta en travers de la gorge. « Quoi ?

– Je ne sais pas, mais c'est ce que mon collègue semblait dire dans la réunion. Que Nicolas Marchet avait échangé le rapport sur le diesel contre un poste de vice-président de la commission des transports.

– Mais pas du tout !

– Je crois qu'il tenait ça du bureau de Grassmann. Mais je n'ai peut-être pas bien compris.

– C'est faux ! Oui, Nico va passer le dossier à Grassmann, mais on a négocié sur le fond. Chez les Verts, on ne se vend pas pour un plat de lentilles. Tu pourras lui dire à ton collègue. » Elle eut l'air un peu perplexe : je n'avais probablement pas très bien traduit « plat de lentilles ».

Elle poursuivit sans relever. « Je vois, pas de vice-présidence, donc.

– On a passé un accord. Grassmann doit s'occuper du dossier, mais ce sont nos idées qu'il portera, et notamment la taxation du diesel.

– Mais pas l'interdiction du diesel à dix ans... »

Zoe Palmer était visiblement bien mieux informée qu'elle ne le laissait entendre. Je décidai de passer à l'offensive. « Effectivement. Ça, je suis à peu près sûr que le groupe Adler ne le laissera pas faire. »

Elle sembla décontenancée. « Je ne comprends pas...

– J'imagine que sur ce sujet, comme sur le reste, c'est le groupe Adler qui mène la danse. » Je terminai lentement mon verre avant de poursuivre. « À en croire ton papier, ils ont la main partout... »

Zoe était visiblement prise de court. Sa voix se faisait hésitante. « Écoute, Émile, c'est un article que je regrette. Je venais d'arriver à Bruxelles, j'étais mal informée… » J'avais visiblement touché un nerf. Elle prit son téléphone qui était jusqu'alors resté sur la table. « *Oh my god*, il est presque 20 h 30 ! J'ai un dîner important. Je vais devoir filer, Émile.

– Est-ce que j'ai dit quelque chose qu'il ne fallait pas ?

– Pas du tout Émile, *don't be stupid.* »

Zoe avait le bras levé en direction du serveur qui préparait déjà l'addition. « Écoute, avec le recul, je me suis emportée sur le groupe Adler. J'aurais pas dû en faire toute une histoire. D'ailleurs, je me demande ce que cet article fait encore en ligne. Je vais demander à l'équipe technique de le retirer.

– Mais…

– Émile, il faut que j'y aille, vraiment. *Let's keep in touch.* » Palmer reprit sa carte de crédit, plia l'addition, la mit dans son porte-monnaie, tourna les talons et sortit du bar. Je restai là, un peu sonné.

À une table d'angle, un grand type empaqueté dans une veste de costume noir se leva brusquement. Il posa un billet sur la table sans même demander l'addition. Quand il ouvrit la porte, je devinai, de trois quarts, la mine fermée du sbire de la FECA qui avait accompagné Bondigas lors de notre réunion avec Sandrine.

17

Lundi 12 décembre au matin,
départ pour la session plénière

Le train était déjà en mouvement et le quai de la gare disparaissait lentement. L'ambiance était feutrée, comme toujours dans le Thalys charter Bruxelles-Strasbourg affrété par le Parlement. J'avançais vers la voiture-bar en dérangeant les derniers eurocrates qui finissaient de s'installer. Dans le brouhaha des assistants et fonctionnaires du Parlement qui faisaient la queue pour leur café, Camaraud était accoudé sur une des tables hautes, la presse du matin devant lui. Je m'approchai avec un large sourire, lui avait une mine renfrognée. Il me serra la main un peu plus fort que nécessaire et, sans desserrer les mâchoires, grogna : « Je te préviens, c'est toi qui payes les caouas jusqu'à Strasbourg. »

Entre un numéro de *L'Équipe* et de *La Libre Belgique*, il avait l'édition du jour de *Politico* qui titrait sur « Tractations autour des pots d'échappement ». L'article était signé Zoe Parker. Dans ce long papier sur les points chauds de la plénière, elle expliquait comment le dossier Diesel au Parlement allait passer des Verts à la droite. Elle racontait que, selon plusieurs sources concordantes, Grassmann avait proposé à Nico une vice-présidence de la commission des transports en échange du rapport sur la directive Diesel. L'article concluait : « Cependant, Émile Abadie, collaborateur de Nicolas Marchet, dément catégoriquement que ce soit le cas, évoquant plutôt des concessions sur le fond qu'aurait faites Helmut Grassmann. » En voyant mon nom dans *Politico,* je fus pris de vertige.

« Mais attends, c'est dingue, comment elle a pu imprimer ça ?

– Je me pose la même question, tu vois. Alors comme ça, moi j'ai le droit à du *off*, et elle, elle a une interview en bonne et due forme ? Quand je pense que la veille, j'étais chez toi… C'est beau l'amitié !

– Mais c'était pas une interview !

– Ah bon, et c'était quoi alors ?

– Mais rien ! Elle m'a invité à boire un verre. On papotait. On se draguait un peu… »

Camaraud me regarda avec un mélange de déception et de tendresse. « Tu crois qu'elle était là pour tes beaux yeux ? T'es vraiment un bleu. C'est ça le journalisme à l'américaine : tous les coups sont permis. En tout cas, j'espère qu'elle aime les chômeurs, la Zoe. J'ai croisé ton patron en voiture 2, avec le dernier *Politico* bien en évidence sur sa tablette. Il avait l'air furax. »

Je me sentais comme un gamin qui vient de faire une grosse bêtise, un morveux de presque trente ans en veste de costume. Être cité dans l'article m'exposait et, plus grave, exposait Nico. Accablé, je me tus un moment en regardant les plaines du Nord défiler par la fenêtre oblongue de la voiture-bar.

Camaraud me tendit la moitié du croissant qu'il venait de commander pour lui et dévia la conversation.

« Bon, ce que tu m'as dit sur Grassmann n'a pas été inutile non plus. Je me suis demandé pourquoi il s'intéressait autant à la directive. Je suis allé gratter un peu dans son CV, et c'est pas triste. Notre jovial député a été membre du conseil d'administration de l'Association des industries automobiles allemandes, la principale composante de la FECA. Rien d'illégal, bien sûr, mais au moment où il a pris la tête de la commission des transports, *Transparency International* a fait pas mal de tapage là-dessus. Il a dû lâcher son siège d'administrateur, mais j'imagine qu'il n'a pas effacé les numéros de téléphone de son carnet d'adresses. Par ailleurs, je tiens d'une bonne source à la Commission européenne que Bondigas et Grassmann sont amis de longue date. Quand Bondigas est venu au Parlement devant la commission des transports pour son audition de confirmation comme commissaire, en 2004, il a passé un sale quart d'heure. Des députés socialistes et verts lui reprochaient d'avoir poussé des projets BTP absurdes dans les quatre coins de l'Espagne quand il était ministre. Aéroports internationaux en pleine campagne, routes qui ne mènent nulle part, tu vois le genre. Bondigas avait failli y passer, mais devine qui a pris fait et cause pour lui ?

– Grassmann.

– Et voilà. Évidemment, ce qui a bien aidé, c'est que les socialistes avaient aussi leur lot de candidats-commissaires à problème. Bref, il est passé entre les gouttes, et quelques années plus tard, la bulle immobilière espagnole éclatait.

– C'est dingue.

– C'est surtout un classique bruxellois. Droite et gauche jouent à “je te tiens, tu me tiens par la barbichette”. Bref, il va falloir garder un œil sur ces deux-là. Mais discrètement : ce que tu m'as dit sur l'homme de main de Bondigas, c'est pas rassurant. Et j'ai rien trouvé sur lui… »

Le regard de Camaraud passa par-dessus mon épaule. Il s'interrompit brutalement. Venait d'arriver dans le bar une députée centriste qui nourrissait souvent ses articles de commentaires bien ciselés. Camaraud se dirigea immédiatement vers elle, en me faisant à peine un signe de la tête. Je jetai nos deux gobelets de café à la poubelle en le regardant du coin de l'œil faire la bise à cette interlocutrice d'un autre niveau que moi.

Je regardai mon portable. Nico m'avait appelé trois fois pendant que je discutais avec Camaraud. Trois essais, ça voulait dire qu'il fallait que je laisse tout tomber pour le rappeler, mais, dans les circonstances, je n'en avais pas le courage : ça attendrait Strasbourg. En retournant à ma place, je tombai sur un Jørgen très affairé, tapant avec détermination sur le clavier d'un ordinateur portable, une pile de documents sur les genoux.

« Bonjour Jørgen, comment allez-vous ? »

Il leva les yeux de ses documents, posa la liasse d'amendements qu'il était en train d'annoter, et me regarda avec une espèce de mélancolie qui m'étonna. « Je travaille sur les amendements à la directive Diesel déposés par les députés…

– Et alors, qu'est-ce que ça donne ?

– Je ne peux pas encore vous les communiquer, nous n'avons pas terminé la révision juridique et linguistique.

– Vous avez l'air inquiet. »

Il se cala lentement dans son siège en réajustant ses lunettes, jeta un œil par la fenêtre où défilaient les arbres, puis se tourna vers moi. « Vous savez, Émile, de la part des Verts, on s'attend à des excès. Le rapport de Mme Berger allait nettement au-delà du cadre. Oh, je comprends très bien pourquoi. Les petits groupes politiques doivent crier fort pour se faire entendre. Et puis le rapporteur a souvent tendance à placer la barre très haut, trop haut.

– Pour vendre un tapis, il faut une mise à prix assez élevée si on veut en tirer quelque chose d'acceptable à la fin.

– Je dois dire que j'ai un petit peu de mal à voir les textes juridiques comme des carpettes, bien que, je l'admets, le Parlement ressemble parfois à un souk… » Il fit un petit geste de la main pour écarter cette pensée. « Non, ce qui m'étonne, ce sont les amendements que le président Grassmann a déposés. C'est d'ordinaire un parlementaire très rigoureux. » Jørgen, visiblement mal à l'aise, se reprit. « Je ne veux pas dire que Mme Berger n'était pas rigoureuse, mon cher Émile, comprenez-moi bien. Mais enfin, le président Grassmann est un homme, disons, attaché au respect des procédures, aux attributions de chaque institution. Et là, je constate qu'il a l'intention d'aller dans la même direction que le rapport initial de Mme Berger.

– Il veut interdire le diesel ?

– Non, tout de même pas. Mais il reprend à son compte la taxation des véhicules polluants.

– Mais c'est fantastique, ça veut dire que nous avons gagné ! »

Jørgen me fixa, étonné. « C'est un peu tôt pour crier victoire, il faut encore attendre les négociations entre les groupes cette semaine. Nous allons bien voir ce qu'en pensent les socialistes, les conservateurs polonais et anglais, les libéraux… Et en tout état de cause, nous n'avons tout simplement pas de base légale idoine. J'ai pourtant remis une nouvelle note au président Grassmann, qui est très claire à ce sujet…

– Attendez, Jørgen, mettons de côté un instant les bases légales. Si nous réussissons à donner un coup sérieux au diesel, on aura vraiment changé le cours des choses !

– Mon travail, Émile, c'est plutôt de m'assurer que nous ayons une procédure bien menée, qui aboutisse à un texte rigoureux au plan légal, correctement rédigé, adopté par une large majorité au Parlement, et qui satisfasse les États membres. Or toutes ces idées de taxation sont très éloignées du respect des traités. Tout cela n'a pas sa place dans cette directive. » Il reposa les pages d'amendements qu'il avait noircies au crayon et poussa un soupir. Son regard se perdit dans le vide. « Nous aurions pu faire un beau rapport bien propre. Au lieu de quoi, tout ce désordre… Et dans *ma* directive ! »

Je réprimai un sourire. Ce pauvre Jørgen tentait courageusement de maintenir un peu de tenue et de rigueur dans la joyeuse pagaille parlementaire. C'était une entreprise vouée à l'échec. En repartant vers mon siège, je reçus un message de Camaraud : « Bloque ta soirée. Au dîner, je te présente une amie. »

18

L'après-midi, à Strasbourg,
dans le bureau de Nicolas Marchet

« Je me demande ce qui me retient de te virer ! » Nico avait prononcé le mot « virer » cinq fois en un quart d'heure. Il était hors de lui. « Bordel, Émile, qu'est-ce qui t'a pris ?

– Je…

– Ah, tais-toi ! » trancha-t-il en empoignant les deux cents pages d'amendements à la directive Diesel que Jørgen nous avait envoyées et que je venais de lui imprimer. Je crus un instant qu'il allait me les envoyer à la figure.

J'étais juste en face de lui, ostensiblement occupé à vérifier son agenda pour la semaine. À Strasbourg, comme les locaux sont plus exigus qu'à Bruxelles, les assistants partagent un bureau de neuf mètres carrés avec leur député. C'est inconfortable dans le meilleur de cas. Mais là, avec Nico en furie, la semaine qui s'annonçait promettait d'être un long supplice. Seule astuce à la disposition de l'assistant en délicatesse avec son patron : lui *booker* un maximum de rendez-vous pour le tenir éloigné du bureau et lui changer les idées. Mais pour l'heure, j'étais bloqué dans mon coin, et plus l'heure de la réunion de groupe des Verts approchait et plus Nico tapait fort. En parlant à Parker, j'avais fait une erreur plus grande encore que je ne l'avais d'abord imaginé. Le vrai problème, c'était que ce que j'avais dit à Parker était faux. En réalité, le soir même de notre rendez-vous dans son bureau, Grassmann avait contacté Nico par téléphone pour lui proposer exactement le *deal* qui était parvenu aux oreilles de la rédaction de *Politico*. Une vice-présidence contre la directive. Je savais depuis longtemps que *Politico* était très bien informé ; je découvrais qu'ils savaient mieux que moi ce que faisait mon propre patron.

« D'un autre côté, Nicolas, moi je ne pouvais pas m'imaginer que…

– Que quoi ? Que les choses puissent être plus compliquées que tu te les imagines ? Si j'avais besoin que tu parles à la presse, je te l'aurais demandé. Non, mais, tu t'es pris pour qui ? »

À bout de nerfs, je marmonnai : « Franchement, je pensais pas qu'on n'était le genre à faire de la tambouille en sous-main. »

C'était le commentaire de trop. Nico ne retint plus ses coups. « Écoute, merdeux, t'es pas en position de faire le malin. Tu crois quoi ? Que la politique c'est le monde des bisounours ? Moi, je deale et j'assume ! La vice-présidence de la commission des transports, je la veux pour faire avancer les choses. Est-ce que tu crois que les électeurs ont besoin de savoir ce qu'a coûté telle ou telle avancée ? Non. La vérité, c'est que l'électeur, il veut arrêter le changement climatique, il veut sauver les espèces en danger, il veut qu'on mette le diesel hors jeu. Comment on va faire pour y arriver, il s'en fout ! Et il aime mieux pas trop savoir ce qu'il se passe en cuisine. C'est ça, la politique. »

La sonnerie du téléphone du bureau retentit comme un gong. Nico s'interrompit et me fixa des yeux. Encore sous le choc, je regardai l'appareil qui continuait de sonner. Il me jeta d'un ton sec : « Ben quoi, c'est à moi de répondre au téléphone maintenant ? »

Je soulevai le combiné en déballant sans conviction le script habituel : « Bureau de Nicolas Marchet, député européen… *Yes… OK… Now?… OK.* » Je raccrochai lentement. « La présidente du groupe veut te voir avant la réunion…

– Ça y est, je vais me faire flinguer ! Les Verts allemands vont me faire la peau. Ils veulent à tout prix faire partie du prochain gouvernement à Berlin. À tous les coups, elle voulait utiliser le dossier Diesel pour faire pression sur Merkel et la droite. Rappelle, dis que je suis pas là… Non, tu dis qu'on va passer la voir, tous les deux. On va lui expliquer que cette histoire de vice-présidence, c'est du pipeau.

– On garde la ligne que j'ai donnée à *Politico* ?

– Oui, voilà. J'ai rien dealé du tout, on garde ta version. » Debout devant moi, Nico se tenait le menton. « De toute façon, elle doit se dire qu'une vice-présidence, ça sert à rien, c'est honorifique. »

Il me regarda pour avoir mon approbation. J'hésitai un peu avant de la lui refuser. « Et tu crois pas qu'elle aura vérifié auprès de Grassmann, d'abord ?

– Et merde. T'as raison. Et merde, et merde. »

Nico se mordait les lèvres nerveusement et faisait de brefs allers-retours entre sa chaise et la porte. Il avait l'air d'un petit malfrat qui aurait tenté de doubler les gros bonnets de la mafia napolitaine sur une livraison de drogue. Son téléphone portable se mit à sonner. Je compris dans son regard que c'était un appel de la présidente : il n'échapperait pas à une mise au point. Les sourcils froncés, il passa la porte du bureau en me faisant signe de ne pas l'accompagner. J'entendis ses pas qui s'éloignaient dans le couloir. Le bureau redevint soudain silencieux. Je me penchai en arrière sur ma chaise, inspirant profondément. L'orage était passé, pour un moment en tout cas.

19

Après la volée de bois vert que je venais de prendre, j'étais allé me réfugier dans les tribunes de l'hémicycle, entre des lycéens chahuteurs et un groupe de retraités émerveillés. Casque sur les oreilles, à une dizaine de mètres au-dessus du sol, j'écoutais les orateurs s'affronter dans vingt-quatre langues. À ce moment, c'était sur le rail européen, l'heure d'après ce serait sur les droits des femmes en Ukraine.

Les débats dans le grand hémicycle blanc aux lourds fauteuils bleus commencent à huit heures du matin et finissent à neuf heures du soir, quasiment sans discontinuer. Ils ne sont interrompus que par les séances de votes où les 751 représentants du continent approuvent dans leur version définitive les textes préparés et négociés depuis des mois. Certaines séances de vote, comme le budget, peuvent durer des heures. Une fois, en 2013, les votes sur la politique agricole commune s'étaient éternisés. À 14 h 30, alors que la séance durait depuis neuf heures du matin sans interruption, le député grec qui présidait s'était écroulé en plein hémicycle, frappé par une crise cardiaque. Il fut emporté par les secours à l'hôpital civil de Strasbourg. Quelques minutes à peine après l'incident, la séance avait repris comme si de rien n'était, pour une bonne heure de plus. On ne se débarrasse pas facilement de huit mille amendements. Le Parlement avait peut-être perdu un député, mais il avait une position sur l'avenir de l'agriculture européenne.

Alors que le président de séance venait de clore un point de l'ordre du jour devant un hémicycle aux trois quarts vide, mon téléphone se mit à sonner. Un huissier en frac noir, nœud papillon blanc et chaînette en métal argentée autour du cou me fit les gros yeux. Je quittai la tribune sur la pointe des pieds.

« Allô ?

– Peters à l'appareil.

– Bonjour, commissaire. Vous avez du nouveau ?

– Pas de nouvelles de votre patron, en tout cas. Vous lui avez dit que je voulais lui parler ?

– Oui. Mais il est très occupé en ce moment, on a une discussion sur le rapport Diesel et…

– …

– Il vous rappellera sans doute dans quelques jours.

– Nous verrons ça. En attendant, j'ai une question : est-ce que Sandrine Berger avait un amant ?

– Un amant ? Pas que je sache. Pourquoi ?

– J'ai ses relevés de carte de crédit sous les yeux. Resto pour deux, week-end à Bruges, places de concert. Et puis… une grosse note dans un *sex shop*. Elle ne vous a jamais parlé de quelqu'un ?

– Non.

– Et il n'y avait pas de rumeurs ?

– Il y avait toutes sortes de rumeurs, mais pas vraiment un nom en particulier.

– Je vois. Si quelque chose vous revient, vous savez où me trouver. »

Au fond, je ne savais pas grand-chose de ce que Sandrine faisait en dehors des heures de bureau. Je ne posais pas de questions non plus. Mais dans un lieu clos comme le Parlement, les rumeurs allaient bon train. La misogynie ambiante n'aidait pas ; une jeune politique un peu jolie ne pouvait pas ne pas avoir un amant caché. Et si elle n'en avait pas, on lui en inventait un.

L'heure de la réunion du groupe des Verts approchait. Je décidai de repasser en vitesse par le bureau pour récupérer mon dossier sur la directive Diesel. Je m'arrêtai devant les ascenseurs transparents qui mènent aux salles de réunion dans les étages supérieurs. Songeant à ma conversation avec le commissaire, je regardais le contrepoids qui montait lentement, les câbles qui coulaient avec fluidité. La cabine, enfin, arriva. Elle se stabilisa en face de moi, et, avant que les portes ne s'ouvrent, mes yeux furent accrochés par un regard. Juste de l'autre côté de la porte, seule dans la cabine, se tenait une fille au visage fin encadré de cheveux roux. Elle me sourit. Je lui retournai mon plus sincère sourire – celui qui, d'après ma mère, fait ressortir mes fossettes. Nos regards se soutinrent, une demi-seconde, comme en suspension, le temps que la porte s'ouvre et que je m'engouffre dans l'ascenseur. Réalisant peut-être que nous nous étions regardés un peu trop longtemps pour deux personnes qui ne partagent rien d'autre qu'un ascenseur, nous plongeâmes tous deux sur nos écrans de smartphones, légèrement embarrassés.

Alors que la descente commençait, je tentais de déchiffrer sans trop lever les yeux le badge qu'elle avait autour du cou. C'était un badge bleu azur, vertical, comme le mien : un badge d'assistant. Chacune des castes qui cohabitent au sein du Parlement est visiblement identifiable. Les fonctionnaires sont reconnaissables à leurs badges bleus horizontaux. Les lobbyistes, badges bruns. Les journalistes, badges jaunes bien voyants, comme pour inciter à la méfiance. Les députés, quant à eux, ne portent le plus souvent pas leur badge bleu nuit : leur air suffisant leur ouvre toutes les portes. L'inconnue de l'ascenseur était de la même catégorie que moi, mais je ne l'avais jamais vue. Je savais que bien des choses auraient pu être déduites de sa tenue. Vintage chez les communistes, débraillé chez les Verts, mal taillé chez les socialistes ou m'as-tu-vu chez les libéraux, le style vestimentaire devient chez les conservateurs classique et soigné. Le renforcement récent de la présence de l'extrême droite dans les murs du Parlement était venu bouleverser le paysage. Ses représentants, issus pour beaucoup de France, des Pays-Bas ou d'Autriche, avaient apporté leur touche à eux, mêlant vestes de chasse et costumes marron à gros carreaux. Les repères vestimentaires de la culture transpartisane bruxelloise en avaient été brouillés. Je fis un petit pas en arrière pour détailler ses ballerines et son jean délavé. Pas beaucoup d'indices de ce côté.

L'ascenseur s'arrêta à l'étage en dessous. Entra Frank, le chef des assistants socialistes français. Je le connaissais un peu. Nous nous étions croisés dans des dîners, mais il ne me saluait qu'une fois sur deux, et du bout des lèvres. Sur le papier, c'était un assistant, comme moi, mais en réalité son job consistait à coordonner le travail des socialistes français : chien de berger, ou garde-chiourme, selon le point de vue. C'était un poste assez atypique, qui avait en fait été créé pour lui. Au sein du PS, il était du même courant que le commissaire socialiste français arrivé à Bruxelles en 2014. Il avait été son assistant parlementaire à l'Assemblée nationale et son chef de cabinet du temps où il était ministre. Beaucoup de mes collègues socialistes, dont Solène, le détestaient. Il se comportait comme un petit chef, impérieux et volontiers vexant. Il ne faisait pas grand-chose sur le fond. Il était là pour passer des infos à Solférino et au commissaire, et surtout pour s'assurer que personne ne sortait du rang.

« Salut, Émile. Super ta sortie dans *Politico* ce matin.

– Merci, répondis-je sans desserrer les dents.

– Tu sais, parfois j'envie votre liberté de ton chez les Verts. » Il poussa un petit ricanement. Je lui retournais mon sourire le plus insincère – celui qui fait ressortir mon insécurité, d'après mon père.

L'ascenseur continua sa descente. Mon inconnue et moi n'osions pas nous regarder, Frank, lui, admirait son propre reflet dans le plexiglas. Son téléphone se mit à sonner, sur l'air de l'*Ode à la joie*. Elle explosa de rire, et moi avec elle. Il se mit à fourrager dans son briefcase pour faire cesser la sonnerie. L'ascenseur s'arrêta. Rouge d'embarras, il sortit sans dire un mot. Elle lui emboîta le pas, et me lança un petit « au revoir ». Je fus un instant traversé par l'idée de lui demander son nom, mais la porte en verre se referma. Je la vis se retourner pour me jeter un coup d'œil. L'ascenseur continua sa descente.

Une assistante. Francophone. Et vu son attitude vis-à-vis de Frank, certainement pas socialiste, ou alors assistante d'un socialiste frondeur.

20

Le même jour

Je retrouvai Camaraud à vingt et une heures, cigarette au bec, à la borne de taxis en bas du Parlement. Dans la voiture qui nous conduisait au restaurant, il m'expliqua que notre invitée n'était autre qu'Elizabeth Sheffield, la directrice chargée du dossier directive Diesel à la Commission européenne. C'était elle qui avait tenu la plume pour la rédaction de la proposition de révision dont nous débattions au Parlement. En poussant la porte du restaurant alsacien qu'il avait choisi pour le dîner, il me glissa : « Tu verras. Liz, c'est une fonctionnaire comme on n'en fait plus. Un exemple de ce que Bruxelles a de plus rare : une Anglaise europhile et francophone. »

Le Fink'Stuebel était un de ces restaurants strasbourgeois qui adaptent leurs horaires aux sessions parlementaires. Il était connu pour sa cuisine ouverte jusque tard dans la nuit. Plus la soirée avançait, plus il se remplissait d'eurocrates sortant des séances tardives. C'était une caricature de *Winstub* : poutres apparentes, peintures de cigognes aux murs, et, sur les tables, viandes fumantes et choucroutes. En entrant, nous vîmes près d'une fenêtre, dans la lumière tamisée, une dame d'âge mûr nous adresser un signe de la main : c'était Elizabeth Sheffield.

« Émile, je te présente Liz, la meilleure d'entre nous.

– Guy, tu exagères. » En riant, ils se donnèrent une accolade chaleureuse.

Liz était l'élégance même, avec une très légère touche d'excentricité anglaise. La soixantaine gracieusement portée, cheveux très courts d'un beau blanc éclatant, regard espiègle et pétillant. Tirant sur sa jupe, elle se rassit devant son verre de vin liquoreux.

À Bruxelles, Liz, c'était quelqu'un. Elle faisait partie de la noblesse administrative européenne. Jeune étudiante, elle avait eu l'occasion de rencontrer Jean Monnet alors qu'il donnait une conférence à Cambridge, et elle en était ressortie en rêvant de participer à la grande œuvre. La Grande-Bretagne venait d'intégrer la Communauté économique européenne. La mort de son père, officier dans la *Royal Navy* qui n'aurait jamais pu concevoir que la chair de sa chair rejoigne une administration supranationale, était survenue juste à temps pour la libérer d'une carrière toute tracée dans la diplomatie britannique. Elle avait commencé à la Commission européenne à vingt-cinq ans à peine et y avait depuis gravi tous les échelons. Aucun service n'avait de secrets pour elle, et elle appelait tout le gratin par son prénom. Elle était l'incarnation même de la tendance des eurocrates à s'inscrire en faux contre les stéréotypes nationaux : les Britanniques sont fédéralistes, les Italiens pointilleux sur le respect des règles, les Allemands magouilleurs ; et les Français en viennent même parfois à être modestes.

« Dites-moi, Émile, comment avance notre directive Diesel au Parlement ?

– Nous passons la main à Grassmann en échange d'une taxe sur les diesels polluants. Ça a été acté cet après-midi en réunion de groupe.

– Sacré Helmut. Il a trouvé un moyen de se refaire une santé avec ce dossier. On dit qu'il n'est plus en odeur de sainteté avec la Chancelière. Ses positions un tantinet trop pro-européennes embarrassent Berlin. Je ne sais pas combien de temps il arrivera à survivre face aux jeunes loups de la CDU. »

Camaraud intervint, avec l'air de quelqu'un qui teste une idée. « Et justement, tu penses qu'une taxe européenne sur le diesel plaira à Merkel ?

– Tout dépend où va l'argent, Guy. La préoccupation principale de la droite allemande, c'est de montrer au contribuable allemand que ce n'est pas lui qui payera pour toutes les crises du continent. Le sentiment outre-Rhin, c'est que l'épargne allemande éponge les excès grecs. Une taxe européenne sur les véhicules allégerait la contribution de l'Allemagne au budget européen, et serait un moyen de prouver aux Allemands l'utilité de l'Europe. C'est assez habile. »

Je bondis. « Mais, et l'industrie allemande, Volkswagen, Audi, BMW et les autres ?

– Je ne me fais pas de soucis pour eux. » Liz eut un petit sourire, comme pour dire : « J'en sais bien plus, mais je ne peux pas en parler. »

Je poursuivis en me donnant des airs de juriste, dans l'espoir de récupérer quelque chose d'intelligent à répéter lors des négociations sur le texte. « Et vous pensez que la base légale nous permet d'aller jusqu'à la taxation des véhicules ?

– *Jus est ars boni et aequi*. Le droit est l'art du bon et de l'équitable. Si c'est vraiment nécessaire, on trouvera un habillage juridiquement acceptable. Quand on fait de la politique, on ne peut pas regarder le droit comme une grande chose majestueuse et intouchable.

– Ouh, celle-là je la ressortirai au fonctionnaire qui s'occupe du dossier au Parlement. Il hyperventile dès qu'on sort un peu des clous, le pauvre.

– Je le comprends. C'est le drame classique du fonctionnaire. Il faut obéir aux injonctions des politiques, tout en gardant l'œil toujours fixé sur les règles et l'intérêt général. C'est un vrai dilemme. »

Camaraud leva les yeux au ciel. « On y est. Le coup des experts de la Commission garants de l'intérêt général !

– Que tu le veuilles ou non, c'est notre rôle, Guy. En politique, une priorité en chasse une autre et chacun veut réinventer la roue. Les fonctionnaires sont la mémoire institutionnelle. Sans les institutions, sans le droit, rien ne peut durer. Et ce n'est pas toujours facile de tenir tête aux politiques.

– Oh, ça va, bougonna Camaraud. Les salaires des fonctionnaires européens leur font vite oublier ce genre de difficultés.

– C'est toi qui le dis, Guy. Mais crois-moi, quand on a deux sous d'honnêteté intellectuelle et qu'on aime le travail bien fait, ce n'est jamais agréable d'exécuter des ordres absurdes. D'autant que, puisqu'il a la charge de s'occuper de la mise en œuvre des lubies des politiques, le fonctionnaire se retrouve l'exécuteur de sa propre torture. » Quelques commissaires pas tout à fait au niveau avaient dû par le passé tester la patience et l'éthique professionnelle de Liz. « Dites-moi, Émile, qui s'occupe du dossier au Parlement ?

– Jørgen Pedersen.

– Je comprends mieux. Jørgen est un vrai amoureux du droit et de la rigueur.

– Ah ! Encore un obsédé textuel ! s'écria Camaraud, manifestement content de caser la formule.

– Jørgen Pedersen est précieux, continua Liz en faisant mine de pas avoir entendu. Prenez-en soin, Émile. C'est un homme fin, d'une grande érudition. Il a parfois monté pour le Parlement de redoutables chausse-trapes juridiques dans lesquelles la Commission s'est longtemps débattue. »

Camaraud faisait la moue. « Ouais, ouais, je vois le genre de loufiat. Encore un Nordique tatillon qui comprend rien à l'Europe. Méfie-toi de tous ces mecs, Émile. Les Suédois, les Danois, ce sont tous des eurosceptiques finis. Pour eux, l'Europe n'est qu'un grand marché, une affaire de gros sous, pas une histoire de cœur. J'te foutrais tout ça dehors avec les Anglais, moi, hop ! C'est que comme ça qu'on pourra enfin faire l'Europe ! »

Je jetai un œil du côté de Liz, qui ne laissa transparaître aucune émotion. « Certainement, Guy. Mais le référendum sur le Brexit a bien eu lieu et j'attends encore le Grand Soir européen.

– Attends qu'ils soient dehors pour de bon, et *là*, on va voir ce qu'on va voir. » Camaraud sembla s'apercevoir de sa maladresse. « Enfin, tu comprends ce que je veux dire, Liz. Quand je parle des Anglais, je pense aux diplomates du *Foreign Office*, aux *tories* du gouvernement, aux faux-culs du parti travailliste… »

Elle esquissa un sourire. « C'est vrai, Guy, le gouvernement britannique a parfois été un frein à l'intégration européenne, mais les Anglais sont surtout la bonne excuse derrière laquelle se cachent les autres pays pour ne pas avancer. Si les Français, les Allemands et les Italiens arrivaient à se mettre d'accord sur la direction à prendre, ce n'est pas Londres qui pourrait les en empêcher. Une fois le Royaume-Uni parti, tout ce beau monde va se retrouver bien embêté. »

Liz parlait de ses compatriotes avec un détachement complet, comme si tout ça ne la concernait pas. Je me demandais comment elle pouvait encore travailler à la construction d'une Europe dont son propre pays s'était exclu. C'est à ce moment-là qu'arriva un serveur pour prendre nos commandes. Liz, m'ayant vu lorgner les entrées, affirma qu'elle mourait de faim et nous intima de choisir une entrée et un plat. Elle prit une assiette de crudités. Camaraud et moi nous jetâmes sur la tranche de foie gras aux groseilles – ce n'était pas au Fink'Stuebel que je croiserais un de ces animalistes prosélytes qui pullulent chez les Verts allemands.

Une fois le serveur parti, menus sous le bras, Liz reprit la conversation où nous l'avions laissée et lança à Camaraud avec un brin de malice : « Et dis-moi, Guy, une fois que tu as mis tout ce beau monde dehors, que fais-tu ?

– Une démocratie européenne, une vraie. Pas ce machin qu'on a. Enfin, Liz, avoue quand même que ça n'a aucune allure. Ce Parlement qui s'exprime sur tout et sur rien, cette Commission qui refuse de n'être autre chose qu'une tour de siège de la technocratie, ces sommets de chefs d'État qui ne se soucient que de ce qu'ils vont raconter à leurs journalistes pendant la conférence de presse. Mince, mais elle est où, la grande Europe ? » Le serveur posa sur la table une bouteille de pinot noir. Liz et moi nous regardâmes, complices. Ce n'était sûrement pas la première fois qu'elle entendait le couplet de Camaraud sur « la grande Europe ».

« Guy, personne ne se satisfait de la situation actuelle. Mais tant que nos dirigeants espéreront que les choses peuvent rester en l'état ou faire l'objet de compromis, ils n'écouteront pas les idées neuves.

– Mais enfin, la maison brûle. En Autriche, en France, les fachos sont aux portes du pouvoir. Les Anglais ont voté le Brexit. Que fera-t-on si l'un des pays de la zone euro a une poussée de fièvre et fiche en l'air la monnaie unique, hein ? On paye encore les frais de la chute de Lehman Brothers, tu t'imagines si la deuxième réserve de change du monde se casse la gueule ? Et pendant ce temps-là, à Bruxelles, qu'est-ce qu'on fait ? On tricote, on bricole, on adopte des textes verbeux et on fait des petits compromis !

– Nous avançons, Guy, à petits pas.

– Ah non ! Pas le coup des petits pas. On la connaît la chanson "L'Europe ne se fera pas d'un coup, ni dans une construction d'ensemble..." Bla-bla-bla. Vous êtes tous drogués à la déclaration Schuman à la Commission. L'Europe des petits pas, c'est l'Europe des petits riens ! La construction européenne ne peut pas rester une gamine fragile entourée de fonctionnaires bienveillants, Liz. Les "technos" veulent l'enfermer dans un monde aseptisé de codes et de règles, parce que c'est rassurant. Ils ont tout faux ! » Camaraud abattit un lourd poing sur la table. « Il faut rentrer dans l'histoire, dans la géographie, accepter de s'engueuler, balancer par-dessus bord cette foutue culture du compromis qui endort tout le monde. Il faut prendre des risques, merde ! »

Liz ne se départissait ni de son calme ni de son regard amusé. « Les Français, avec vous, c'est la Révolution ou rien.

– Liz, je suis sérieux. Tu veux qu'on laisse l'Europe dans les mains des chefs d'État qui débaroulent à Bruxelles en limousines quand tout se casse la gueule ? Mince, on ne gouverne pas un continent entier à coups de sommets ! »

Je me laissai porter par l'élan de Camaraud : « Exactement ! Il faut un Parlement avec plus de pouvoir.

– Ah, non, hein, stop avec le Parlement ! Un Parlement qui n'a pas de gouvernement en face de lui, qu'est-ce que c'est ? Rien ! Faut pas s'étonner que les gens n'aillent plus voter aux européennes. On vote pour du beurre : ça change rien au gouvernement de l'Europe. L'élection du président de l'Europe au suffrage universel direct, il n'y a que ça qui vaille. »

Liz fit la moue. « La rencontre du continent et d'un homme, donc. C'est très français tout ça. Et laisse-moi deviner, pour y arriver, on organise des états généraux ?

– Parfaitement ! Et on en tire une constitution qu'on met au vote dans un référendum, un référendum continental !

– Rien que ça. Et tu penses que l'opinion publique est prête pour ça ?

– Écoute, l'opinion publique il faut la faire, pas la suivre. »

Les assiettes des entrées repartirent, vides ; la bouteille de pinot aussi. Liz plia sa serviette et nous dit sur l'air de la confidence : « Excusez-moi, je vais en profiter pour passer au petit coin. » Avec l'accent britannique de Liz, « petit coin » prenait soudain un tour très distingué. Camaraud, lui, annonça qu'il avait besoin de fumer. Je lui emboîtai le pas.

Dehors, devant la lourde porte en chêne massif du Fink'Stuebel, Camaraud tirait de grandes bouffées de mineur colombien sur sa cigarette. Les mains dans les poches de mon manteau, je dodelinais sur un pied puis sur l'autre, pour tromper le froid perçant de décembre. « Vous n'êtes pas fâchés, dis ?

– Liz et moi ? Tu plaisantes ! Vingt ans qu'on débat sur la voie à prendre. Non, ce qui m'emmerde c'est que ni elle ni moi ne verrons l'Europe de nos rêves, et ça m'en fout un coup, tu peux pas t'imaginer. Mais pour une raison que je ne m'explique pas, ça n'a pas l'air de l'embêter. Par ailleurs, depuis le référendum sur le Brexit, elle n'a pas montré la moindre émotion. Ça m'inquiète. Je pense qu'elle ne réalise pas... Liz, c'est une fonctionnaire avec un sens de l'Europe chevillé au corps. Pas comme ces jeunots aux dents longues qui passent par les institutions européennes pour aller vendre leur savoir-faire dans les gros cabinets de lobbying. » Il jeta sa cigarette au sol et adressa un coup de menton en direction du Sofitel qui se trouvait en face du restaurant. « Tiens, en parlant de vendus... » De l'autre côté de la place pavée, je distinguai Bondigas de la FECA et Helmut Grassmann qui sortaient d'une voiture du Parlement.

« Tu sais, la FECA nous a envoyé des demandes de rendez-vous ces derniers jours. Ils doivent savoir que les compromis du Parlement sur le diesel vont se discuter en marge de la plénière, alors j'imagine qu'ils font le tour des popotes. Nico a refusé deux invitations à dîner avec Bondigas.

– Grassmann n'a pas l'air d'avoir eu d'états d'âme... »

La voiture du Parlement s'était éloignée et Grassmann et Bondigas restaient devant l'hôtel dans lequel descendait très probablement notre président de commission. C'était au Sofitel que se croisaient les gros bonnets de l'Europe : commissaires, présidents de commissions parlementaires, chefs de groupes, ministres.

Grassmann faisait des grands gestes. L'autre le retenait par le bras. Nous regardions ce ballet inhabituel en silence. Soudain, Grassmann s'engouffra dans l'hôtel sans même qu'ils ne se soient serré la main. Camaraud se pencha vers moi : « L'humeur n'est pas au beau fixe entre les deux copains. » Bondigas, visiblement contrarié, passa un appel, et, dans la seconde qui suivit, une grosse berline noire arriva devant lui. Un chauffeur sortit du véhicule pour lui ouvrir la porte. En refermant derrière son patron, il donna un rapide coup d'œil alentour. Je pris le bras de Camaraud. « C'est le type de l'autre soir ! » Camaraud dégaina son téléphone pour lui tirer le portrait. Son smartphone fit le même vacarme qu'un vieil appareil photo. Le type tourna la tête d'un coup sec dans notre direction. Camaraud m'attrapa par l'épaule, me fit faire volte-face et lança une rafale de *selfies* avec un sourire forcé. On entendit une portière claquer et un moteur se mettre en route. Les feux arrière rouges de la berline disparurent dans la nuit.

21

Mardi, deuxième jour de plénière

Dans les brumes du petit matin alsacien, j'approchai du Parlement européen encore entouré d'un léger halo blanc. À Strasbourg, le Parlement habite un édifice étrange. Construit au bord d'un affluent du Rhin, le bâtiment donne l'impression d'une forteresse protégée par ses douves. Ce qui tient lieu de tour principale, et qui abrite en réalité les bureaux des parlementaires, n'est pas terminé – on peut y voir, au choix, une réplique de la tour de Babel, projet fou voué à la ruine, ou bien l'allégorie d'une Europe toujours en construction. L'hémicycle est recouvert par une grande sphère qui donne l'impression, vue du ciel, que les députés sont littéralement dans une bulle. L'intérieur de cette termitière parlementaire est plus déroutant encore. Véritable dédale, les deux cent mille mètres carrés de bureaux, de salles de réunion et de couloirs sont à l'image des chemins que l'Europe emprunte pour arriver à ses fins : sinueux, étroits et incertains.

Il était cruellement tôt et la fraîcheur matinale n'était pas parvenue à me réveiller tout à fait. Une fois passés les portiques de la sécurité, j'avançai machinalement vers mon bureau pour y récupérer mon dossier « directive Diesel » qui devenait, avec l'avancement de la procédure, de plus en plus épais. Nico n'était plus rapporteur, mais il continuait de représenter les Verts dans le dossier. Celui qui menait à présent la danse, c'était Grassmann. En sa qualité de nouveau rapporteur, il avait convoqué une « réunion des *shadows* ». Ces réunions de négociations constituent le cœur du travail parlementaire. On y discute les positions du Parlement, paragraphe par paragraphe, adjectif par adjectif, virgule par virgule. Le rapporteur y fait ses arbitrages, donnant satisfaction à tel groupe sur tel autre, s'assurant à tout moment qu'il a bien la majorité avec lui sur chaque amendement : une fois le texte de compromis patiemment tricoté, il doit être assez solide pour passer avec succès l'épreuve du vote en commission parlementaire.

Mon dossier en main, je partis en quête d'un café et d'un croissant pour me remettre les idées en place, puis je me dirigeai vers une salle de réunion dont je n'avais jamais entendu parler. Les différentes ailes du siège du Parlement à Strasbourg donnent du grain à moudre à ceux qui dénoncent l'acronymite aiguë des institutions européennes. Je traversais les bâtiments « LOW », « SDM » puis « WIC » pour rejoindre le « PFLM », l'une des parties les plus reculées du Parlement. J'avais le plus grand mal à trouver la bonne salle, et l'heure tournait. Il est particulièrement malvenu pour un assistant d'arriver après son député, et c'était mon cas ce matin-là. En pénétrant enfin dans la salle de réunion, je vis Nico déjà installé. Il ne m'adressa pas un regard – je n'étais pas encore sorti du purgatoire.

Les murs étaient blancs, en contraste strident avec la moquette gris foncé. Une quarantaine de lourds sièges bleu nuit étaient arrangés en un grand ovale, chacun avec son pupitre, son micro et son casque pour écouter les interprètes, qui avaient déjà pris place, derrière les vitres épaisses des cabines de traduction surplombant la salle. Le secrétariat de la commission des transports, c'est-à-dire Jørgen, avait fait venir quatre équipes de trois interprètes chacune. On ne peut naturellement pas avoir l'interprétation dans vingt-quatre langues pour chaque réunion en petit comité. Il faut donc faire des choix en fonction de la nationalité et de la personnalité des députés présents. Helmut Grassmann aimait bien passer de l'anglais à l'allemand pour ses effets de manche : allemand pour être plus à son aise quand on entrait dans le détail, anglais pour interpeller les autres députés et lancer les petites plaisanteries dont il était coutumier. Il parlait même parfois un peu français, pour la frime, quand l'occasion se présentait. Les socialistes étaient représentés par Salvatore Rossi, un député napolitain pour qui même l'italien était une seconde langue. Il aimait beaucoup faire étalage de ses très maigres connaissances de l'anglais, mais le secrétariat, dans sa sagesse, prévoyait toujours l'interprétation en italien. Il y avait aussi une équipe d'interprètes polonais pour le député conservateur qui ne parlait que sa langue, et qui n'ouvrait presque jamais la bouche. Et, bien qu'il n'y ait pas un seul Britannique dans la salle, il y avait évidemment l'interprétation en anglais, pour tous les autres.

Jørgen se pencha vers Grassmann et lui chuchota quelque chose à l'oreille. Grassmann attaqua la réunion en allemand, provoquant un mouvement de panique chez les participants, chacun devant ajuster ses écouteurs et se brancher sur la bonne langue. « Chers collègues, je vous propose d'attaquer tout de suite. Le considérant numéro un concerne le rôle que le diesel a joué pour l'économie européenne. Dans le rapport, il est formulé comme ceci : "Reconnaissant le rôle que la technologie diesel a joué dans le rayonnement international des constructeurs automobiles européens." Je ne vois pas Salvatore pour le groupe socialiste. Hugo, tu veux commencer ? »

Hugo Vervueren, *shadow* pour les libéraux européens, alluma son micro, et répondit en anglais. « Mon groupe peut voter le considérant à condition qu'on ajoute "et le développement d'un tissu économique régional" à la fin. » Les libéraux avaient accueilli en leur sein les indépendantistes catalans, dont les assistants paraissaient n'avoir pour objectif que de placer les mots « régional » et « autonomie » dans tous les textes que nous votions.

C'est à ce moment qu'arriva le député socialiste, sourire immuable aux lèvres, qui distribua quelques poignées de main et tapes dans le dos avant de s'asseoir. « Tu es en avance sur l'heure italienne, Salvatore, remarqua Grassmann. Nous avons commencé il y a moins de dix minutes. »

Salvatore Rossi ne releva pas. Il passa deux fois les mains sur ses tempes gominées, se pencha vers son assistante qui lui chuchota quelques phrases à l'oreille, puis alluma son micro. « Pour le groupe socialiste, le texte du premier considérant convient, mais nous souhaiterions faire un ajout. "Le rôle que la technologie diesel a joué dans le rayonnement... bla-bla... *et* », dit-il en insistant sur la conjonction, « son rôle dans l'amélioration du pouvoir d'achat des ménages européens, ayant contribué à la création d'un *European way of life*". » La conseillère socialiste tourna frénétiquement ses pages de *briefing*, signe que Salvatore Rossi venait d'improviser. Il ajouta :

« À l'heure allemande, c'est encore temps pour les ménages ?

– Mais absolument, Salvatore, le pouvoir d'achat des ménages nous préoccupe aussi beaucoup chez les démocrates-chrétiens. » Grassmann était habitué au touche-touche rhétorique. « Et d'ailleurs pour ne pas perdre de temps, je vais directement mettre "des ménages *les plus modestes*", comme ça la gauche de la gauche pourra se ranger derrière la proposition et on pourra passer directement aux Verts. » Le député est-allemand dont la boutonnière était ornée d'un petit triangle rouge, et qui représentait l'extrême gauche, haussa les épaules. La moquerie de Grassmann n'était pas injustifiée – c'est bien ce qu'il s'apprêtait à demander.

Ce fut à notre tour de parler. Le premier considérant était difficile à avaler pour les Verts. Reconnaître les bienfaits du diesel, c'était exonérer les pollueurs de leurs péchés antérieurs, aux antipodes de notre démarche. D'un autre côté, Nico tenait à rester dans la majorité. Il fallait la jouer fine et ne pas s'aliéner les autres groupes.

« Les Verts soutiennent la proposition du collègue socialiste… » Salvatore Rossi opina. « … ainsi que la proposition supposée de la Gauche unitaire. » L'Allemand de l'Est au look de professeur d'histoire ne broncha pas. « Mais nous souhaiterions faire un ajout et glisser en fin de paragraphe : "dans le contexte des connaissances scientifiques de l'époque". » Comprendre : « OK, mais vous êtes tous des arriérés. » La parade était bien trouvée.

Grassmann réfléchit un instant et reprit. « Nous avons donc pour le considérant numéro un : "Reconnaissant le rôle que la technologie diesel a joué dans le rayonnement international des constructeurs automobiles européens, et le développement d'un tissu économique régional, mais aussi son rôle dans l'amélioration du pouvoir d'achat des ménages européens, ayant contribué à la création d'un *European way of life*, dans le contexte des connaissances scientifiques de l'époque." » L'Allemand de l'Est grommela en allemand : « … des ménages les plus modestes ». Grassmann, dont le tour de passe-passe venait d'être déjoué, opina. Jørgen, droit comme un i sur sa chaise, prit note du compromis qui venait d'être trouvé. C'était ce que l'on appelle à Bruxelles un arbre de Noël. Chacun y avait mis sa guirlande et sa boule. Mais ce que le texte avait perdu en clarté, il l'avait gagné en nombre de voix : les majorités sont à ce prix.

Grassmann était sur le point de passer au second considérant quand le député d'à peine mon âge du Mouvement cinq étoiles prit la parole. Il se lança dans une tirade d'où il ressortait que lui aussi avait le droit à la parole, que c'était scandaleux, mais que ça ne l'étonnait pas dans cette mascarade de parlement. Il souhaitait que le premier considérant mentionne les effets néfastes de l'euro qui profite aux exportations allemandes, et appelle à plus de transparence dans la rémunération des dirigeants des grands groupes automobiles qu'il voulait d'ailleurs plafonner. Il prit le soin d'indiquer que de toute façon son groupe voterait contre le rapport dans son ensemble. Il agitait les bras en regardant en direction de Grassmann, qui, pour sa part, était en train de pianoter sur son téléphone portable en attendant manifestement que la vague passe ; les cinq-étoiles ne pesaient pas grand-chose en commission transports. Alors qu'ils étaient aux portes du pouvoir en Italie, ils étaient marginalisés au Parlement européen.

Quand l'Italien en eut fini, Grassmann resta encore penché sur son téléphone pendant quelques secondes, avant de conclure sur le premier considérant – sans répondre au cinq-étoiles qui fulminait sur son siège. « Merci, chers collègues. Nous avons un accord. Nous pouvons passer au second paragraphe. »

J'étais vraiment ému. J'en étais, je faisais partie de la rédaction d'une loi européenne. Ces phrases que nous construisions, ce serait peut-être bientôt le droit pour un demi-milliard de personnes. Dans le train, j'avais pris le temps de bûcher le paragraphe que nous allions attaquer sur la nécessité d'une transition vers une économie plus durable. Croissance « durable » *versus* croissance « soutenable », les Verts avaient passé tout un congrès sur la question. Discrètement, je fis glisser à Nico une proposition d'amendement solidement argumentée. Quand la feuille entra en contact avec son avant-bras, il leva un œil en ma direction. Il regarda un moment ma note, se tourna et plongea sa main dans la poche intérieure de sa veste. Il en tira un billet de cinquante euros bien jaune et bien raide, fraîchement sorti du distributeur. « Apporte-moi un café, s'il te plaît. »

J'étais miné. Soit Nico voulait me donner une leçon – et c'était réussi –, soit quelque chose s'était effectivement brisé. Le motif de licenciement le plus courant pour un assistant parlementaire, c'est la « rupture du lien de confiance » avec le député. Ce qui veut tout et rien dire, si ce n'est que les assistants sont quasiment révocables *ad nutum* – les petites mains de la politique sont privilégiées, mais précaires. Je me levai sans dire un mot, et me dirigeai vers le bar le plus proche. Je ruminais à travers les couloirs en regardant par les fenêtres les navettes déverser devant le bâtiment des eurocrates par fournées de cinquante. Il était bientôt neuf heures, et une longue queue se dessinait devant le comptoir du bar des Cygnes, l'un des établissements les plus fréquentés du Parlement.

Planté dans la queue, mon billet de cinquante euros à la main, j'observais le hall du bar qui donnait sur la rivière entourant le Parlement. La grande baie vitrée laissait entrevoir le ciel du petit matin qui s'éclaircissait peu à peu. Un couple de cygnes qui glissait lentement sur l'eau se faisait dépasser par un bateau-mouche rempli de touristes. La sérénité de la scène contrastait avec l'agitation qui se déployait au-dedans. Occupant les tables du bar, députés et assistants faisaient le point sur l'agenda du jour : interventions en séance plénière, rencontre avec la presse, les lobbies et associations, les groupes de visiteurs de la circonscription, réunions de travail, de négociations, de groupe politique, de délégations nationales. Les journées parlementaires sont planifiées en détail, mais, immanquablement, une poignée de main avec un commissaire européen ou une accolade avec un député un peu bavard fichent toujours tout en l'air, au grand dam des assistants, et des derniers rendez-vous de la journée. Au fond du hall, près de l'escalier qui menait à l'hémicycle, Bondigas et son experte de la FECA étaient attablés avec les députés les plus influents de la délégation socialiste allemande. Pendant que Grassmann animait son petit théâtre d'ombres où le député napolitain jouait le rôle du valet un peu bouffon, la position de la gauche européenne se décidait probablement là, autour d'un café avec la FECA.

La file avançait par petits à-coups et j'approchais des caisses. Je finissais mon tour d'horizon du bar quand mon regard se posa sur la personne devant moi. Même de dos, avec sa chevelure rousse abondante, il ne me fallut que quelques secondes pour reconnaître la fille de l'ascenseur. Son lourd manteau vert était encore recouvert de froid. Elle venait probablement d'arriver au Parlement et attendait d'avoir eu sa dose de caféine avant d'attaquer la journée. La veille, j'avais passé une bonne demi-heure à faire la liste des assistantes des députés français de gauche comme de droite. Ma technique était rudimentaire, mais éprouvée : je regardais les noms des assistantes sur le site du Parlement, puis je cherchais sur Internet des photos qui correspondaient. Mais cette fois-ci, ça n'avait rien donné.

Je m'étais mentalement préparé, j'allais finir par dénicher son nom sur le site du Parlement, j'allais la contacter sur Facebook, la conversation allait s'engager. J'avais tout prévu : messages directs, mais pas intrusifs, drôles, mais pas triviaux, fins mais pas pédants. Pas de *smileys*, bien sûr, à moins qu'elle n'en fasse usage la première, trois petits points à la fin d'une phrase, mais qu'une fois. Et puis, un beau jour, nous prendrions rendez-vous pour un verre après le boulot, *et cetera, et cetera, et cetera*. Mais voilà qu'elle était là, devant moi, et c'était plus concret que je n'en avais l'habitude. Au moment de lui adresser la parole, moi qui me targue d'être spirituel sur les réseaux sociaux, je ne trouvais rien à lui dire. Accoster quelqu'un, c'est comme tirer le premier dans un duel à l'arme à feu : si on loupe la cible, on est cuit.

Ma belle inconnue était déjà en train de payer son café, et je n'avais plus que quelques secondes. Je me lançai, sans réfléchir. En me penchant légèrement vers elle, je décochai d'une voix mal assurée au-dessus de son épaule : « Décidément, ce Parlement est trop petit pour qu'on s'évite… » Je me redressai, impatient de voir sa réaction quand elle me reconnaîtrait. Mais rien. Elle prit son café et partit sans se retourner.

J'entendis pouffer derrière moi. L'humiliation était totale. J'aurais volontiers déguerpi pour éviter le regard des suivants dans la file, mais Nico attendait son café. Je commandai deux expressos à emporter, sans même jeter un œil à la serveuse, regardant la fille de l'ascenseur s'asseoir, seule, à une table. Elle posa son téléphone portable devant elle. C'est là que je vis les écouteurs blancs qu'elle portait : elle écoutait de la musique ! Rassuré mais pas plus courageux, je décidai de l'aborder un autre jour, ou sur Facebook. Voilà, sur Facebook, comme prévu. Café à la main, je repartis en direction du bâtiment PFLM.

En rentrant dans la salle de réunion, je laissai échapper la porte qui claqua bruyamment. Tout le monde se tourna vers moi. Nico leva les yeux au ciel. Piteux, je déposai son café à côté de lui.

Grassmann prit la parole pour annoncer que nous passions au cinquième considérant. Je regardai ma montre. Il était 8 h 55, la réunion durait depuis près d'une heure. Il restait vingt-sept considérants et quinze articles à examiner. La journée serait longue, très longue.

22

Le même jour

Camaraud m'avait donné rendez-vous dans une partie un peu désolée du bâtiment, l'extrême fin d'un long couloir au fond duquel je ne m'étais encore jamais aventuré. Il fallait passer les bureaux des libéraux, ceux des députés d'extrême droite, puis la chapelle du Parlement – pudiquement signalée comme « salle de méditation ». Je ne savais pas très bien où il voulait me conduire. Il m'avait seulement dit : « Je vais te faire découvrir le meilleur café des institutions. »

Adossé à un mur, en train de blaguer avec un agent de sécurité, il m'accueillit avec le sourire en coin de celui qui en prépare une. Il s'engagea dans un grand corridor sans portes ni fenêtres avec des murs bleus et un éclairage au néon ; on se serait cru dans un sas de vaisseau spatial. Arrivés au bout, on avait changé d'ambiance : boiseries, tapisseries aux couleurs chaudes et moquettes épaisses. J'avais l'impression d'avoir fait un saut dans le temps et de me retrouver dans les années 1970.

« On est encore au Parlement ?

– Oui et non. On est dans le palais de l'Europe, le siège du Conseil de l'Europe. » Il prit un air songeur. « Un "palais" pour l'Europe, on n'oserait plus aujourd'hui. »

En me guidant dans ce dédale, Camaraud m'expliqua que jusqu'en 1999, c'était là que le Parlement européen avait été hébergé. Le Conseil de l'Europe, grande sœur de l'Union européenne, est une organisation née dans l'après-guerre, sortie de l'imagination de Winston Churchill. Avec quarante-sept membres de l'Albanie à l'Ukraine, il y a trop de monde pour pouvoir décider quoi que ce soit. « C'est l'Europe telle que l'aiment les Britanniques : on fait semblant de coopérer, mais chacun fait ce qu'il veut », avait ajouté Camaraud avec un air narquois. Quand, à la fin des années 1990, il en avait eu marre de faire de la collocation, le Parlement européen avait pris son indépendance et s'était fait construire un hémicycle pour lui seul à quelques dizaines de mètres de là – sans couper pour autant le couloir-cordon ombilical qui continue de relier les deux institutions.

Camaraud me conduisit jusqu'à une salle de restaurant qui avait l'atmosphère feutrée d'un salon diplomatique. Les tentures qui allaient du sol au plafond avaient dû absorber au cours des décennies l'odeur des cigares et du whisky pris entre gens de bonne compagnie.

« C'est là que j'ai commencé à suivre les plénières au début de ma carrière. C'était l'Europe des douze, une autre époque. Il y avait un truc hyper émouvant à venir ici : Strasbourg, les deux rives du Rhin, la réconciliation franco-allemande… Simone Veil était encore membre du Parlement. Quand les députés allemands lui parlaient à elle, la rescapée d'Auschwitz, tu sentais le poids de l'histoire. Mais tout ça, c'est terminé maintenant. Il y a eu la réunification. Et puis la crise est passée par là.

– Quel est le rapport avec la crise ?

– Je sais pas. Quelque chose a changé chez les Allemands, comme si une vanne avait lâché. Tu sens une espèce de jouissance contenue. Ils essaient que ça ne se voie pas, mais c'est irrépressible.

– Attends, ils ont fait les réformes, leur économie tourne bien, on peut pas leur reprocher de…

– Ah non ! C'est quand même pas un Vert qui va me faire le coup des sacrifices qui payent ! Et puis c'est pas la question. Ils sont quand même pas obligés d'afficher un air faussement désolé ni de produire des surplus budgétaires absurdes, juste pour le plaisir de faire la nique aux pays du Sud. Un peu de retenue, ça ne leur ferait pas de mal. Tiens, l'autre jour j'interroge un député bavarois sur les plans de sauvetage, et le type me raconte – je te jure que c'est vrai – une blague avec un Grec, un Espagnol et un Portugais qui vont dans un resto… » Camaraud fit un accent à la papa Schultz. « "À la fin du repas, qui est-ce qui paye ? C'est l'Allemand bien sûr !"

– Non…

– Si ! Ils kiffent, je te dis. Bon, et toi, avec Grassmann, ça avance ?

– Lentement. On est en train de s'écharper en négo pour savoir si la nouvelle agence "devrait" ou "pourrait" avoir des pouvoirs d'enquête.

– C'est pas de ça que je te parle. Tu as des trucs sur Grassmann ? Son staff ? Tu laisses traîner tes oreilles ?

– C'est qu'avec la directive, je n'ai pas beaucoup de temps… »

Camaraud regarda sa montre comme pour me signifier que, sans éléments nouveaux, la conversation touchait à sa fin. « Bon, j'ai rendez-vous avec un député grec, un proche de Tsipras. » Il jeta trois pièces sur la table en se levant. « Le type va encore m'expliquer que l'Europe est la grande méchante, que c'est l'austérité aveugle à cause des eurocrates. J'te jure : les mecs n'ont pas réussi à boucler un seul budget depuis 1830 et il faudrait que leur dette, ça soit de notre faute ! Tu vois, il n'y a que quand je parle aux Grecs que j'ai de la sympathie pour les Allemands. » Il remit sa veste sur ses épaules. « Appelle-moi quand tu as du nouveau sur Grassmann. »

En repassant dans le sas de décompression qui mène au Parlement, je décidai de creuser un peu le profil d'Agnieszka et de son collègue du bureau Grassmann. J'avais quartier libre : Nico était avec un groupe de militants de la circonscription et les négociations sur les compromis pour la directive Diesel ne recommenceraient pas avant une bonne heure.

Je connaissais quelqu'un qui travaillait dans le même couloir que Grassmann : Luca, l'assistant d'un ancien présentateur télé élu dans la région de Rome. Son député était un cacique de *Forza Italia* et avait fait toute sa carrière dans l'ombre de Silvio Berlusconi. Luca n'était pas vraiment un ami. Nous nous étions juste retrouvés par hasard côte à côte dans le Thalys un jour où il y avait eu deux heures de retard, et depuis nous nous croisions de temps à autre en soirée ou dans les couloirs. Il se donnait des airs de Casanova, et s'inventait des aventures avec la moitié des assistantes parlementaires de son groupe. Il m'était légèrement antipathique, mais ne semblait pas s'en apercevoir. C'était le moment d'en profiter.

« *Ciao*, Émile. *Come va ?*

– Bien et toi ?

– Écoute, le vieux est de bonne humeur, donc ça va. Et le tien ? Comment il est, Marchet ? Tu as perdu au change par rapport à Sandrine… » Il avait dit ça avec un clin d'œil.

Je repris en bafouillant. « Oui. Enfin, non. En tout cas, je m'y fais. »

Il y eut un moment de flottement. Luca prit un air interrogatif, la tête légèrement de côté. « Je peux t'aider à quelque chose, *fratè* ?

– Écoute, pas vraiment, je passais par hasard, je cherchais le bureau d'Helmut Grassmann.

– Tu tombes bien, c'est juste là. » Il se leva. « Viens, je t'accompagne !

– Non, non, je venais juste faire du repérage. Nico bosse avec Grassmann sur le dossier Diesel. Je voulais voir où c'était, on ne sait jamais. C'est toujours un moment de solitude quand tu es paumé avec ton député dans les couloirs. » Je laissai passer un silence. « Au fait, ils sont comment dans le bureau Grassmann ? Tu les connais ?

– Un peu. Il y a Markus, un type pas marrant – c'est un Allemand, quoi. Et puis Agnieszka, une nana un peu triste – bref, une Polonaise.

– Pourquoi tu dis qu'elle est triste ?

– Eh bien tu sais, elle a cet air slave un peu mélancolique, et cet accent un peu – *come si dice* – plaintif : quand elle ouvre la bouche tu as l'impression qu'il y a une porte qui grince. » Soudain un éclair passa dans le regard de Luca. « *Ho capito !* » Il m'adressa un petit sourire. « Tu veux te faire Agnieszka !

– Non !

– Laisse tomber, c'est une frigide.

– Mais je…

– Tu perds ton temps. Je lui ai proposé plusieurs fois d'aller boire un verre, elle a toujours une excuse. » J'avais soudain une certaine sympathie pour Agnieszka. « Moi, maintenant, je ne sors qu'avec des stagiaires. Elles espèrent que tu vas leur trouver un boulot, et puis elles partent au bout de quelques mois…

– Bon, écoute, il va falloir que je file. »

Il me regarda un peu surpris que j'interrompe sa leçon de donjuanisme. « *Va be'*. Allons manger ensemble un de ces quatre.

– Voilà, on fait comme ça. »

Je ressortis un peu écœuré. Au même moment, la porte du bureau Grassmann s'entrouvrit, laissant entendre l'accent anglais approximatif de Bondigas. « Merci pour votre aide, Agnieszka. C'est important que nous soyons sur la même longueur d'onde. Je compte sur vous pour faire passer le message à Helmut. Je ne voudrais pas qu'il y ait de malentendu entre nous. »

23

Mercredi, troisième et avant-dernier jour de plénière

Encore abruti par le sommeil, je cherchai à tâtons mon téléphone. Jamais la sonnerie de mon réveil ne m'avait paru aussi désagréable. La veille, j'étais rentré à l'hôtel à une heure du matin. Grassmann nous avait fait enchaîner les réunions de négociation sur la directive. Et nous étions loin d'avoir terminé. Nous attaquions ce jour-là dès huit heures avec une réunion des *shadows*. Une ultime séance, prévue pour dix-neuf heures, était accompagnée dans le message de Grassmann de la mention « *open-ended* » – comprendre jusqu'à ce qu'un accord soit trouvé, ou bien que mort s'ensuive. Les compromis ne se font jamais mieux que sous la menace de faire sauter le dîner.

J'avais appelé Camaraud sur le chemin de l'hôtel pour lui raconter la conversation que j'avais surprise entre Agnieszka et Bondigas. Il avait semblé intrigué, et m'avait demandé l'heure précise à laquelle cela s'était passé. De son côté, il avait réussi à obtenir le numéro qui avait appelé Sandrine le jour de son assassinat, le fameux numéro masqué. Il n'y avait pas grand-chose à en tirer : l'appel avait été passé d'un téléphone quelques étages en dessous du douzième, depuis l'un des innombrables postes-couloir qui étaient dispersés dans le bâtiment. N'importe qui, passant par là, avait pu appeler Sandrine sans laisser de traces.

Quand j'arrivai au Parlement, il faisait encore nuit. Pris dans nos réunions de négociation interminables, je n'avais presque pas vu la lumière naturelle depuis que nous étions arrivés à Strasbourg le lundi midi. Notre bureau se trouvait dans un bâtiment circulaire, desservi par des couloirs aux murs blancs éclairés par des néons jaunes. Comme tous les matins, ils étaient remplis de collègues qui se dépêchaient en silence de rejoindre leur ordinateur, un gobelet en carton de café fumant à la main. Je me laissais porter par le flot d'eurocrates jusqu'à la porte de mon bureau. J'enfonçai machinalement ma clé dans la serrure, mais la porte s'ouvrit sans que j'eusse besoin de donner un tour. Je crus un moment que je m'étais trompé d'étage : tous les couloirs, toutes les portes se ressemblent dans ce grand bâtiment. À ma place, devant mon ordinateur, un jeune homme était assis. Je fis un pas en arrière pour vérifier le numéro du bureau. « LOW T10085 », j'étais pourtant bien chez moi.

Il se leva et s'approcha en me tendant la main. « Bonjour, Émile.

– Bonjour... »

Il y eut un silence d'une seconde ou deux. Mon interlocuteur souriait, moi pas.

« Nicolas m'a demandé de venir tôt pour ne pas que nous nous loupions.

– Bien. Vous ne m'avez pas loupé. Qui êtes-vous ?

– Je suis Nour. »

Il avait dit cela le plus naturellement du monde, comme si ça tombait sous le sens. Il avait une espèce d'aplomb désarmant. Il haussa les épaules. « Je vois. Nicolas ne t'a rien dit, je parie.

– Ou alors j'ai oublié. » À la vérité, cela faisait deux jours que Nico ne me disait plus grand-chose, sinon le nombre de sucres qu'il voulait dans son café.

« Nour Mazouz. J'anime la section des Verts à Sciences Po Paris. Je cherchais un stage pour mon master, et David m'a gentiment donné le portable de Nicolas. Je l'ai appelé et, bref, me voilà.

– Et ça commence quand, ce stage ?

– Aujourd'hui. Jusque fin mars.

– Et comment t'es entré dans le bureau ?

– La femme de ménage. Elle passait dans le couloir. J'ai dit que j'étais l'assistant de Nicolas Marchet, que j'avais oublié ma clé. » Il m'adressa un large sourire. Ce garçon était visiblement plus malin que moi. Plusieurs fois, je m'étais retrouvé dans la même position et j'avais passé une heure devant la porte du bureau à attendre une Sandrine à la bourre.

Il avait l'air sympathique, mais à ce moment-là j'avais très envie de le détester. Il avait appelé le secrétaire général des Verts par son prénom – « David » –, alors que moi, qui n'avais jamais habité à Paris, j'avais un mal fou à me faire un réseau dans le parti. Et puis il venait de Sciences Po Paris. J'avais calé deux fois au concours, avant de me rabattre sur Sciences Po Toulouse. Pour compenser, mes camarades et moi disions du mal de Sciences Po Aix et Sciences Po Grenoble, qui étaient, nous en étions convaincus, un cran en dessous. Sans parler des étudiants de l'université Toulouse-1-Capitole, que nous prenions de très haut. Bien sûr, quand on me posait la question, je disais simplement que j'avais « fait Sciences Po » sans plus de précision, mais, dans le milieu, ça ne faisait pas longtemps illusion – il se trouvait toujours quelqu'un pour poser une question sur un professeur ou raconter une anecdote rythmée par des « tu te rappelles, hein ! », et on se voyait obligé d'avouer du bout des lèvres qu'on venait d'un IEP de province. Un des grands avantages que je trouvais à travailler à Bruxelles, c'était qu'au moins, avec les étrangers, je n'avais pas à pratiquer cette petite danse typiquement française dans laquelle deux personnes qui se rencontrent pour la première fois essaient de déterminer, l'air de rien, qui a fait les meilleures études. Ce Nour, par sa simple présence, venait de déchirer une suture et rouvrir une plaie.

Il n'était pas du même tonneau que les stagiaires dont nous avions l'habitude. En général, ceux que l'on rencontre dans les bureaux des députés sont des neveux de barons locaux du parti qui atterrissent à Bruxelles pour leur stage de master. Ils viennent pour ajouter une encoche, une ligne à leur CV – souvent à leurs frais. On les repère vite à leur tenue endimanchée et à leur air de ne pas savoir où se mettre. Bien souvent, on n'a pas grand-chose à leur faire faire, alors ils se contentent de ne pas déranger. C'est le revers du piston. Nour, lui, avait certainement de plus grandes ambitions. Il aurait son diplôme à l'été, et rien ne me garantissait qu'il ne lorgnerait pas alors mon boulot. Mais se montrer méfiant, c'était s'avouer faible.

« Bon, alors bienvenue, Nour. La directive Diesel, ça t'intéresse ? Parce qu'on a une réunion des *shadows* dans cinq minutes.

– Des *shadows* ?

– Ah pardon, tu viens d'arriver. » Je déployai le sourire de celui qui vient d'aligner un mot compte triple au Scrabble. « Ce sont les réunions pendant lesquelles les groupes se mettent d'accord sur un texte commun, un compromis entre leurs positions. Chaque groupe désigne un député – un *shadow* – pour négocier en son nom.

– "*Shadows*", "ombres", je vois le truc : les négociateurs des autres groupes politiques suivent le rapporteur comme son ombre. Un peu comme le *shadow cabinet* au Royaume-Uni. » Il était tôt et Nour réfléchissait déjà très vite. « Et les députés français s'y retrouvent ?

– Comment ça ?

– Est-ce qu'ils s'habituent au parlementarisme ? Je veux dire : c'est pas très français ce système. Je ne suis pas spécialiste, hein, mais comme en France la majorité domine complètement l'Assemblée nationale, les autres groupes parlementaires n'ont aucune influence sur les textes. Au mieux ils perturbent les séances, balancent des crasses pendant les questions au gouvernement, au pire ils font des sudokus sur leur téléphone. Ça doit pas être évident de se retrouver face à des députés néerlandais, italiens ou allemands, pour qui ce système est complètement naturel. »

J'étais désarçonné par la pertinence du commentaire. Je ne m'étais jamais fait cette réflexion. « Tu as raison, on en parle souvent avec Nico, mais bon, nous on a toujours fait de la politique autrement. »

Il m'adressa un sourire. « Eh bien allons-y ! Je prends un dossier, quelque chose ?

– Non, pas la peine. Ne t'encombre pas. » Il apprendrait par lui-même qu'au Parlement, il ne faut jamais se promener les mains vides, question d'image. Depuis que Jørgen me l'avait apporté, je me trimbalais partout avec le *Règlement de procédure* : effet garanti.

Le guidant vers la salle de réunion, j'alternais conseils, anecdotes et questions sur son parcours. Mais Nour ne lâchait pas grand-chose. Qui était ce type ? Comment connaissait-il le gratin des Verts parisiens ? Des pensées nauséabondes et pétries de préjugés me venaient à l'esprit : est-ce qu'il était fils de diplomate marocain, ou alors issu des admissions ZEP de Sciences Po ? Je me dégoûtais moi-même, mais il fallait savoir.

Je l'installai à côté de moi pour la réunion des *shadows*, pour pouvoir lui expliquer qui était qui dans la petite comédie qui s'y jouait. Les négociations sur la directive Diesel avançaient lentement mais sûrement. Grassmann était à la manœuvre, et il menait très bien son affaire. Nous, nous jouions sur du velours : il était manifestement déterminé à honorer sa partie du *deal*, et le compromis entre les groupes politiques s'annonçait prometteur. Nous pourrions certainement bientôt crier victoire. Or des victoires, les Verts n'en avaient pas beaucoup eu pendant cette législature. L'humeur de Nico s'en ressentait, il se détendait petit à petit à mesure que la semaine s'écoulait.

Après quatre heures de réunion sur la directive, nous avions obtenu un accord, et la seconde session de négociations prévue pour le soir même avait pu être annulée, à la satisfaction générale. Nico avait proposé de nous inviter pour un « déjeuner du bureau » à trois, au restaurant des membres – je n'y avais pas encore eu droit depuis qu'il était devenu député. Alors qu'il était en train d'expliquer le coup du député « Tamagotchi géant » à Nour qui riait de bon cœur, je vis passer Zoe Parker qui s'installait à une table, seule. Elle avait le bras en écharpe et un bleu sur la pommette. Je ne lui avais pas parlé depuis la publication de son article. Elle n'avait répondu à aucun de mes mails, et n'avait retourné aucun de mes appels. Je repensais au malabar de la FECA, dans le bar à vin. Il était parti du même côté que Zoe, je m'en souvenais parfaitement.

Peut-être l'avait-il suivi. Peut-être l'avait-il passée à tabac !

M'excusant auprès de Nico et Nour, je me levai et traversai le restaurant dans sa direction. Elle fit tout d'abord mine de ne pas me voir au milieu du ballet des serveurs et des députés qui se jetaient sur le buffet de crudités. Alors que je m'approchais, elle saisit son téléphone, comme pour prendre un appel, et m'adressa un sourire forcé. Pas de doute, elle m'évitait. À quelques tables derrière elle, je vis Bondigas qui déjeunait avec la commissaire au commerce extérieur qui devait prononcer un discours en séance plénière un peu plus tard dans l'après-midi.

Au moment où j'allais forcer le passage, la voix de Grassmann retentit derrière moi. Il me passa devant et vint prendre place face à elle. Elle se leva, posa son smartphone, salua Grassmann et se rassit en face de lui. Je restais planté là pendant une poignée de secondes. Pendant que Grassmann hélait un serveur, elle jeta un œil par-dessus son épaule comme pour s'assurer que j'avais fiché le camp. Lui parler, c'était peut-être la mettre en difficulté : la FECA avait peut-être aussi un œil sur moi. Je fis volte-face et vins me rasseoir avec Nico, qui détaillait à Nour sa théorie des trois actes d'une négociation. Livide, je n'ouvris pas la bouche du déjeuner et touchai à peine à mon suprême de poulet. Mon silence ne sembla pas déranger Nico et Nour qui se mirent à parler avec une passion toute militante de la campagne des présidentielles, des chances de la gauche si elle arrivait à se rassembler, et de la « bulle Macron » – Nico était catégorique : « Une campagne ne se gagne pas sans parti. Sinon ça se saurait, et personne ne s'emmerderait avec ces machins. »

24

Le même jour, dans l'après-midi

En rentrant au bureau, Nico se tendit subitement : un peu moins d'une heure plus tard, il devait intervenir dans le débat en séance plénière sur l'accord de libre-échange entre l'Europe et le Canada qui serait mis aux voix après les vacances de Noël, au mois de février. A priori, l'affaire était simple : on ne peut pas imaginer plus sympathiques et moins menaçants que les Canadiens. Nous voulions leur sirop d'érable, ils voulaient nos camemberts et notre parmesan d'origine contrôlée. Et puis, si on oublie un instant les extractions d'hydrocarbures dans les réserves naturelles, ils sont au fond assez écolos, ont un niveau de protection sociale comparable à ce qu'on trouve en Europe, et leur nouveau premier ministre était un snowboarder à la gueule d'ange. Pas vraiment de quoi faire peur. Les slogans anxiogènes des Verts contre la mondialisation portaient en l'occurrence assez peu. Pourtant, l'accord avec le Canada, connu sous le sigle « CETA », était devenu une affaire de principe pour les écolos – la crise de 2008 avait réactivé les allergies au libre-échangisme.

Le CETA devait être ratifié par le Parlement européen en pleines négociations pour un accord commercial autrement plus important avec les Américains. On parlait d'harmoniser les standards entre deux des plus grandes zones de libre-échange de la planète, uniformisant les produits du monde occidental et réalisant le vieux rêve de Victor Hugo que « les États-Unis d'Amérique, les États-Unis d'Europe, placés en face l'un de l'autre, se tendent la main par-dessus les mers et échangent leurs produits, leur commerce, leur industrie, leurs arts, leurs génies… » Mais Victor Hugo n'avait connu ni l'Amérique de Donald Trump, ni le bœuf aux hormones, ni les multinationales-corsaires. Les Verts étaient décidés à tout mettre en œuvre pour faire trébucher l'accord avec les États-Unis. Les Canadiens représentaient le croc-en-jambe idéal : si le CETA tombait, toute la machine libre-échangiste serait enrayée. C'était de cela qu'il s'agirait en plénière cet après-midi-là.

Du temps de Sandrine, c'était Nico qui écrivait les discours. Il pondait des textes incisifs et puissants quasiment à la minute. Je l'avais vu écrire des tribunes sans relecture, sur un coin de table. Aucun sujet ne l'effrayait. Au contraire, les sujets sur lesquels il préférait écrire étaient ceux dont il ne savait pas grand-chose. « Parce que t'es au niveau du citoyen, t'es pas embarrassé par les détails, alors t'arrives à parler aux gens. » Mais les choses avaient changé, il portait à présent la responsabilité de ce qu'il écrivait et sa plume était devenue nettement plus torturée.

Au Parlement, tout le monde veut avoir la parole. Mais rien qu'en donnant cinq minutes à chacun des 751 députés, on pouvait y passer toute la semaine de plénière. Et puis l'enthousiasme à écouter n'est pas au même niveau que l'ardeur à parler. Pour chaque débat, les services du Parlement calculent donc le temps de parole dont chaque groupe dispose, au prorata de leur nombre total de députés. Les Verts ne pesaient que cinquante et un sièges, autant dire que nous n'étions pas riches en minutes. Sur un débat comme le CETA, sur lequel tous les députés écolos voulaient monter au créneau, ça se faisait particulièrement sentir. Comme à chaque fois, le secrétariat du groupe avait réparti le temps comme il pouvait, en fonction des compétences et des mérites de chacun, mais aussi des susceptibilités. En l'occurrence, nous n'avions obtenu qu'une minute. « Quoi ? Une minute ? Tu te fous de moi, Émile ?

– Mais Nico, tu sais comment ça marche avec le temps de parole…

– Il y a qui des Verts français, sur ce débat ?

– Yannick et José.

– Et ils ont combien de temps de parole, eux ?

– Attends, je regarde… » Je fis mine de consulter le document mis en circulation par le groupe, mais je connaissais déjà la réponse : ils en avaient plus que Nico. Un instant, je songeai à mentir, mais ça n'aurait fait que retarder l'inévitable. « Ils ont respectivement trois minutes et deux minutes trente… » J'ajoutai immédiatement : « Mais c'est parce que Yannick est dans la commission du commerce extérieur et que José est dans la délégation avec les États-Unis…

– Moi je crois surtout que Yannick et José, ils ont des assistants qui mouillent la chemise. » J'encaissai sans rien dire. Nour, à côté de moi, semblait un peu embarrassé. Nico reprit : « Tu vois, Nour, c'est ça, la démocratie européenne. T'as une minute pour t'exprimer sur le sujet du moment. Une minute, pas plus. En fait, c'est un boulot de *youtuber*. Il ne faut pas s'adresser à ceux qui sont dans l'hémicycle. De toute façon personne ne t'écoute, tout le monde est sur son smartphone. Ce qui compte, c'est ce qu'on pourra poster sur les réseaux sociaux. Faut du rythme, des idées simples, des enchaînements clairs. Si c'est bien fait, ça marche vachement bien. C'est comme ça que Nigel Farage du UKIP s'est fait connaître. Le Brexit, c'est lui, c'est ses discours au Parlement sur YouTube. Mais enfin, lui au moins il avait plus d'une minute.

– Ça peut aussi être une contrainte stimulante pour vous. Comme disait Saint-Just, "le prix d'éloquence sera donné au laconisme".

– Ah ! Elle est pas mal ! Je la sortirai, la prochaine fois qu'un apprenti Castro nous gratifiera d'un discours à rallonge au Conseil national des Verts. Tu peux me tutoyer, tu sais. Tiens, installe-toi à côté d'Émile, tu vas m'aider pour le discours. Au boulot. »

J'ouvris une page de traitement de texte, prêt à prendre la dictée. Nicolas se leva, et commença à faire des allers-retours dans la boîte à chaussure qui nous servait de bureau.

Nico prit un ton professoral. « Tu vois, Nour, un bon discours, c'est d'abord une histoire. Et dans une bonne histoire, il y a des gentils et des méchants. La clé c'est de nommer l'ennemi. » Nico se pencha vers nous, les deux poings sur la table. « Réfléchissons, on aura qui dans l'hémicycle ? »

Je jetai un œil à la liste des orateurs que je venais d'imprimer. « Il y aura les députés bien sûr, la commissaire au commerce et l'ambassadeur slovaque qui préside le Conseil. »

Nico se redressa. « Les députés de gauche on touche pas, on a le même électorat. La droite c'est permis, mais c'est pas le moment de froisser Grassmann, on est en pleine négo. Taper sur l'extrême droite, normalement ça passe toujours, mais pas aujourd'hui. Eux non plus ils n'en veulent pas du traité avec le Canada. On se retrouve du même côté, c'est pénible, mais c'est comme ça. La Commission européenne, on peut y aller, c'est là pour ça. Mais pas de bol, la commissaire est une femme, une Suédoise, une sympa en plus. C'est difficile de faire passer une Suédoise pour une méchante. L'ancien commissaire, il avait une tronche de banquier psychorigide, c'était du beurre. Il faudra dire "la Commission". Et puis il y a le Slovaque. Un diplomate, c'est un mec de l'ombre qui porte des costumes à mille balles. L'Europe des démocrates contre l'Europe des diplomates, *ça,* c'est un sujet porteur. Mais le type, personne le connaît. » Nico attrapa la liste que j'avais en main. « "Petr Javorˇcík". Pfff. On oublie, pour nommer l'ennemi, il faut déjà pouvoir prononcer son nom. Donc c'est pareil, il faudra essentialiser : "les diplomates", on dira "les diplomates". Le thème maintenant. Le thème de l'histoire qu'est-ce que c'est ?

– Les normes environnementales qui vont être martyrisées par le traité.

– Non, Émile. » Nico s'arrêta quelques secondes, pensif, puis leva l'index. « Le thème c'est la démocratie. Voilà. La démocratie. Avec ce genre d'accords commerciaux, on vide la démocratie de son contenu. On décide du destin de millions de gens à coups de discussions sur le nombre de milligrammes de ceci, le nombre de centimètres de cela. On met ça dans un traité international, on met un sigle, ça fait technique, du coup personne regarde. Mais en réalité, les "standards" comme ils disent, c'est le poulet au chlore et les OGM ! » Nico tira des deux mains sur le revers de sa veste, il était content de lui. « On va commencer comme ça : "Madame la commissaire, monsieur l'ambassadeur, vos traités vont faire mourir le droit des peuples." » Je pris note. Il marqua une pause. « Non, ça va pas. Il faut un truc plus pêchu.

– "Madame la commissaire, monsieur l'ambassadeur, vous kidnappez la démocratie" ?

– Non, non. T'y es pas, Émile. Quoi, on va pas l'accuser de terrorisme non plus. Il faut un truc avec "traité" et "peuple". Mais un truc avec plus de profondeur. "Vos traités vont faire mourir le droit des peuples", je sais pas pourquoi, ça fonctionne pas. »

Nour se lança : « "Madame la commissaire, de vos traités va mourir le droit des peuples." Ou bien : "Le droit des peuples, Madame la commissaire, de vos traités mourra." »

Je le regardai, estomaqué. Nico explosa de rire. « *Le Bourgeois gentilhomme* ! Excellent ! »

Nour était décidément irrésistible, dangereusement irrésistible. Il continua sur sa lancée. « Plus sérieusement, on pourrait avoir quelque chose comme : "Ce n'est point par les traités des princes que se règle le droit des nations." » Nico marqua une pause. La formule était un peu grandiloquente, mais percutante. Nour enchaîna : « C'est ce que Merlin de Douai avait balancé à la tribune en 1790, pendant la Constituante. C'était l'un des meilleurs orateurs de l'époque. Bien sûr, il faut adapter : "Madame la commissaire, vos traités sont les instruments des princes, et avec eux, c'est la démocratie qu'on assassine." »

Nour avait appuyé sur tous les boutons à la fois : Nico devenait un révolutionnaire qui pesait sur le cours de l'Histoire et dominait le débat de la tête et des épaules. Le résultat ne se fit pas attendre : « C'est parfait », lâcha-t-il.

Merlin de Douai, Saint-Just, Molière, les citations de tête, ça sentait son normalien spécialiste du XVIIIe

siècle. Je commençais à me demander comment je pourrais tenir le coup pendant ses trois mois de stage.

Quand la porte du bureau claqua derrière Nico, ma gorge se serra. Je fus pris d'un immense découragement, d'une envie de plaquer là Nico, Nour, le CETA, la directive Diesel, et de retourner à Tarbes où mon frère, qui vendait son miel d'acacia bio aux clients de son gîte, ne s'en sortait pas si mal et semblait mener une vie nettement plus simple que la mienne, loin de Bruxelles et de ses complications, une vie faite de gigots maison le dimanche, de soirées avec les copains du lycée, de derbys Pau-Bayonne au stade avec le paternel.

Il fallait que je déguerpisse au plus vite de ce bureau dans lequel j'étouffais. J'intimai à Nour de préparer un résumé des derniers compromis obtenus le matin sur la directive Diesel à partir de mes notes manuscrites – autant filer à notre Hercule de Sciences Po une brosse à dents pour nettoyer les écuries d'Augias. Je posai mon énorme dossier directive Diesel devant lui et prétextai un rendez-vous.

Sans but bien déterminé, je traversai tout le bâtiment, hagard, passant au milieu de la ruche parlementaire aussi affairée que d'habitude, mais qui me semblait soudain un peu irréelle. Au détour d'un couloir, j'aperçus Stauff et Grassmann qui marchaient côte à côte. Ils venaient dans ma direction. Pris de panique je poussai une porte au hasard et me retrouvai dans les toilettes. Je me collai, dos au mur, en attendant que passe la paire. Un fonctionnaire installé devant un urinoir me regarda, un peu surpris, mais retourna vite à son affaire. Ayant laissé passer une dizaine de secondes, je ressortis, et vis Grassmann et Stauff qui s'éloignaient lentement. Sans trop savoir pourquoi, j'entrepris de les suivre.

Rasant les murs, je les filai à quelques mètres de distance. Au bout de quelques instants, ils s'engouffrèrent dans une salle de réunion circulaire. Longeant le mur extérieur de la salle, je m'engageai dans l'étroit couloir qui conduisait aux cabines d'interprétation. Je montai le petit escalier pour rejoindre les cabines supérieures, puis, m'accroupissant, j'ouvris discrètement la porte de la cabine du milieu, la cabine lettone, et me glissai à l'intérieur. La cabine était en surplomb et faiblement éclairée : on ne me verrait depuis la salle que si je me levais. Accroupi par terre, dans la pénombre, je tâtonnais pour prendre un casque sur la console. J'entendais assez faiblement Stauff et Grassmann qui discutaient en bas, en allemand ; je ne comprenais pas un traître mot. Je tournai la molette pour mettre le son au maximum. Ils devaient se tenir à quelques mètres d'un micro resté allumé. Je pouvais distinctement percevoir les mots « *dieselindustrie* » et « *Adlergruppe* » à intervalles réguliers. Zoe Parker avait donc vu juste : Karl Stauff était derrière cet énigmatique cénacle. Et, comme je l'avais subodoré, le groupe Adler était bien à la manœuvre dans le dossier Diesel.

Au bout de quelques minutes, j'entendis des pas dans le couloir, derrière moi. Aussi vite qu'il était possible et sans faire de bruit, je me glissai sous la console, en tirant l'une des chaises devant moi. Une ombre passa devant la porte encore entrouverte de la cabine. J'entendais mes propres battements de cœur et je commençais à avoir très chaud. Quelques secondes plus tard, le son s'arrêta. Le micro avait été coupé.

J'attendis une minute ou deux avant de reposer lentement le casque à l'endroit exact où je l'avais trouvé, puis je décalai la chaise, et me faufilai, penché en avant, à travers la porte. Me redressant dans le couloir, je me retrouvai soudain nez à nez avec un grand type. Il me dévisagea de bas en haut.

« Qu'est-ce que vous foutez là ? Vous avez pas piqué une bouteille d'eau dans la cabine, au moins ? »

Je reconnus autour de son cou le badge des techniciens de salle. C'était probablement lui qui avait éteint le micro depuis la régie. Sidéré, je le regardai dans les yeux une ou deux secondes. « *Sorry, I don't speak French.* » Me faufilant à sa droite, je redescendis les petits escaliers, j'inspirai profondément et ouvris la porte qui menait vers le couloir principal.

À une vingtaine de mètres, la cabine transparente de l'ascenseur s'était refermée. Je vis la silhouette de Stauff qui commençait à monter. Il était loin, mais j'eus la certitude qu'il me fixait des yeux.

Je me dirigeai en courant presque vers la cage d'escalier. Descendant trois étages quatre à quatre, je sortis à toute vitesse du Parlement. Arrivé dehors, je lâchai la grande bouffée d'air dont j'avais rempli mes poumons en sortant de la cabine de traduction. Trois fonctionnaires qui fumaient une cigarette, emmitouflés dans de grosses doudounes, me regardèrent avec étonnement. J'étais tout rouge, sans manteau, alors que la température extérieure était largement sous zéro. Des fourmillements me parcouraient les bras et les jambes. Je fis encore quelques pas mal assurés, posai une main sur un bloc de béton pour me stabiliser et sortis mon téléphone.

Camaraud répondit immédiatement. Je lui racontai toute la scène, en terminant par le regard de Stauff.

« T'as une voix bizarre, Émile, t'es quand même pas en train de trembler ?

– Si. Je suis dehors. Ma veste est dans mon bureau. Je voulais pas prendre le risque d'être entendu…

– Écoute, t'es en train de péter une durite, là, faut te reprendre. Rentre dans le bâtiment maintenant, avant d'attraper froid. Qu'est-ce qui t'a pris de filer Grassmann et Stauff, non mais t'es pas bien ? On n'est pas des barbouzes !

– Mais le groupe Adler est impliqué, j'en suis sûr ! Tu aurais dû voir Zoe Parker quand je lui en ai parlé. Et aujourd'hui, au restaurant, elle avait un…

– Tu vires parano, Émile. Maintenant, ce que tu vas faire, c'est que tu vas aller aux toilettes, tu vas t'asperger le visage d'eau, et puis tu vas rentrer te reposer à l'hôtel. »

Il raccrocha. Un peu comme hypnotisé, je fis exactement ce qu'il m'avait dit de faire. Arrivé dans ma chambre, je pris un peu plus de cachets que ce que m'avait prescrit le médecin du Parlement et je me laissai tomber sur mon lit.

Je rouvris l'œil plusieurs heures plus tard, dans un état cotonneux, réveillé par les vibrations de mon portable : une alerte info. À tâtons, je l'allumai et, péniblement, les yeux plissés, je fixai la violente lumière blanche qui, petit à petit, me laissa lire le contenu de l'alerte : « Helmut Grassmann, eurodéputé allemand, retrouvé assassiné au Parlement européen. »

25

Le lendemain, jeudi 15 décembre,
dernier jour de plénière

À en croire les *tweets* des journalistes, c'est un fonctionnaire du Parlement qui avait trouvé le corps de Grassmann. Dans la navette qui mène du centre de Strasbourg aux bâtiments du Parlement, la tension était palpable. Tous les collègues étaient penchés sur leur téléphone, cherchant à savoir ce qu'il s'était passé. Les sites d'information se bornaient à reprendre le peu d'éléments donnés par la police de Strasbourg dans son communiqué : Grassmann avait été retrouvé mort d'une commotion cérébrale, affalé sur son bureau, aux alentours de vingt-deux heures. Cette fois-ci, c'était incontestablement un meurtre. Au Parlement, beaucoup avaient continué de penser au cours des derniers mois que la chute de Sandrine avait pu être un accident, ou bien un suicide. Mais le cadavre de Grassmann ne laissait pas de place au doute.

Devant les portes du Parlement, la peur prenait une forme concrète. Une bonne dizaine de militaires français, casque sur la tête, le doigt sur la gâchette de leur FAMAS, allaient et venaient à pas lourds. Il y avait aussi deux camionnettes de police vides garées devant la série de drapeaux des États membres. Une longue file s'était formée devant l'entrée – ce matin-là, tout le monde devait passer ses affaires au scanner, mis à part bien sûr les députés. Je retrouvai l'ambiance lourde du lendemain des attentats du métro de Bruxelles.

Mon crâne accusait la dose de Tranxène de la veille. J'avais un peu la nausée, et mes globes oculaires m'élançaient quand je les faisais aller de droite à gauche. Après avoir déposé mes affaires au bureau, je filai assister à la séance du matin : les groupes politiques avaient décidé de convoquer en urgence une plénière d'hommage à Grassmann. Les députés, d'habitude chahuteurs et bavards pendant les derniers jours de plénière, étaient graves et sombres. Quelque chose de vrai prenait forme dans l'hémicycle. Bien souvent, le Parlement donne l'impression d'un théâtre aux acteurs un peu désabusés qui continuent de jouer une pièce dont ils ne sont pas totalement convaincus qu'ils peuvent la faire sonner juste. Mais cette fois, c'était différent. La mort était passée par là, apportant un besoin de rite et de sacré. Même si l'on ne croit pas en Dieu, on joue tous notre partition aux enterrements.

Le président Krüger ouvrit la séance par un sobre éloge funèbre, rappelant la longue carrière européenne de Grassmann. Il était d'autant plus touché, expliqua-t-il, qu'il avait justement dîné avec lui la veille. Il accusait visiblement le coup. Stauff, qui était assis à côté de lui comme d'habitude, restait impassible, regard baissé sur ses notes de présidence. Un par un, les chefs des différentes familles politiques prenaient la parole pour dire leur affection pour le défunt et leur profond chagrin. Et c'était sincère : les caciques du Parlement sont tous des camarades. Quel que soit leur bord politique, ils fréquentent les mêmes dîners en ville, les mêmes réunions nocturnes, les mêmes missions à l'étranger.

Après la droite, la gauche et les conservateurs, ce fut le tour des libéraux. Le très européen Hugo Vervueren prit la parole. C'était l'un des meilleurs tribuns du Parlement, et quand il déployait ses deux mètres, l'hémicycle retenait son souffle. Comme les autres, il commença, voix épaisse, par rappeler le souvenir de Grassmann, puis, en quelques phrases, en vint au sujet qu'il avait décidé de traiter : la sécurité du Parlement. Les élus devaient prendre au sérieux la menace, et c'était le rôle des politiques que de bousculer l'inertie de l'administration (il regardait ostensiblement Karl Stauff qui ne bronchait pas). La sécurité n'était pas suffisamment assurée, s'indignait-il. Il fallait assumer les responsabilités qui vont avec le rôle accru du Parlement. L'assemblée, pour rester indépendante, ne pouvait compter que sur elle-même. Il fallait donc internaliser le service de sécurité et armer ses agents de manière appropriée. « La menace plane, chers collègues, elle frappe jusqu'au cœur de nos démocraties, aveugle, meurtrière. Nous ne pouvons plus nous cacher derrière les polices belge et française ni faire croire qu'au prétexte que l'Union est un projet de paix, elle ne peut pas, elle ne *doit* pas exercer la force. » Il y eut des applaudissements nourris partant de la droite de l'hémicycle.

Un député du Front national, Bruno Saurille, profita du moment de battement pour prendre la parole : « Et puis-je vous demander, collègue Vervueren, quelle est la prochaine étape ? Des automitrailleuses ? Des tanks ? Un Erasmus de la conscription obligatoire ? Et puis vous voudrez certainement un rôle personnel dans cette affaire ! Je vous imagine tout à fait en maréchal d'opérette, avec un tricorne à plume… » Avec un temps de retard dû à la traduction, les huées commencèrent à s'élever. Saurille continua : « Moi aussi, collègues, cela m'amuserait si pendant ce temps-là, l'armée française n'avait pas été mise à terre par les coupes budgétaires imposées par Bruxelles. Ayez la décence de laisser votre ami Grassmann reposer en paix sans exploiter sa mort pour vos manigances. Ce sont nos citoyens qu'il faut protéger, pas ce Parlement de pacotille. Ce sont les honnêtes gens qu'il faut protéger des hordes de malheureux venues d'Afrique que votre Europe ouverte à tous les vents attire et fait mourir sur nos côtes ! Ce sont nos démocraties qu'il faut protéger de la tyrannie européenne que vous voulez à présent armer ! » Les invectives fusaient. La gauche criait au fascisme. Levant la voix pour passer au-dessus des sifflets, Saurille conclut en désignant d'un geste ample Vervueren et l'ensemble des députés : « Les fédérastes dans votre genre mèneront l'Europe millénaire à sa perte, comme en son temps Jézabel avait perdu Achab ! Et quand… »

Krüger avait fait couper le micro de Saurille, qui se mit à crier au scandale en levant le poing. J'en étais presque déçu : avec Saurille, on ne s'ennuyait jamais, et puis j'aurais aimé savoir le fin mot de l'histoire de Jézabel. Krüger se tourna vers Hugo Vervueren pour lui demander s'il croyait bon de répondre. Le président aurait bien volontiers mis fin à la séquence avant que la séance ne dégénère, mais Vervueren, le fier-à-bras de l'Europe unie, n'était pas homme à se défiler. Il se dressa à nouveau en levant les bras par saccades. « Mes chers collègues, le moment du deuil n'est pas encore passé que déjà les ennemis de l'Europe vocifèrent ! Regardez-les, les forces de la division qui gagnent du terrain dans nos parlements et dans les esprits ! Nous ne devons rien céder aux populistes.

Rien ! » Protestant contre la coupure du micro de Saurille, les députés d'extrême droite quittaient l'hémicycle un par un. Vervueren continuait sur sa lancée : « Si nous voulons honorer la mémoire d'Helmut, nous devons rester unis, faire bloc. Cela passe, je l'ai dit, par un effort sur la sécurité du Parlement. Mais pas seulement : il nous faut continuer son travail sur la directive Diesel. Mener ce dossier à terme, nous le devons à nos concitoyens, aux générations futures, mais aussi à Helmut ! » Tonnerre d'applaudissements. Porté par son élan, Vervueren ajouta : « J'ai travaillé au côté d'Helmut sur la directive Diesel, et je suis prêt à en assumer la responsabilité si vous m'en confiez la tâche. » Les applaudissements se faisant plus hésitants, il conclut : « Pour l'Europe ! Pour Helmut ! » comme on lance un « hip hip hip ». L'hémicycle répondit par des applaudissements valant « hourra » et semblant valider sa proposition.

La méthode était assez cavalière, mais typique du personnage. Vervueren tenait une place particulière dans mon panthéon personnel. C'était un fédéraliste européen, un vrai. Et c'était aussi un parlementaire qui prenait tous les risques sur les sujets les plus casse-gueule. Après deux meurtres de rapporteurs, on aurait eu bien du mal à trouver d'autres candidats pour le poste. On lisait dans l'œil de Vervueren une certaine jubilation à braver les forces obscures qui semblaient agir dans l'ombre de la directive.

Le président Krüger frappa de son marteau, la séance était levée. De retour au bureau, je m'installai face à mon ordinateur. Zoe Parker avait publié un article sur l'assassinat de Grassmann où, sans avancer une piste précise, elle plantait les points d'interrogation : attentat fomenté par un groupe d'écoterroristes ? Œuvre d'un dément ? Elle évoquait même la piste du djihad pour immédiatement noter que « rien n'indique à l'heure où nous sommes qu'il s'agirait d'un loup solitaire inspiré par l'État islamique ». Tout y passait, sauf le groupe Adler, dont, courageuse mais pas téméraire, elle ne disait rien. Et pourtant, les éléments ne manquaient pas. C'était Krüger que Grassmann avait vu juste avant de mourir, comme Sandrine. Pendant la séance, j'avais été intrigué par le regard fuyant de Stauff. Il n'avait pas semblé surpris que Vervueren le mette en cause à demi-mot. Tout cela n'expliquait cependant pas pourquoi le groupe Adler s'en serait pris à l'un des siens.

Mon téléphone se mit à vibrer en me faisant sursauter. C'était Camaraud qui retournait mes tentatives d'appel du matin.

« Émile. Je suis à l'hôpital de Strasbourg. Je viens de parler au légiste qui a vu Grassmann.

– Et tu as du nouveau ?

– Pas grand-chose. En gros Grassmann s'est fait défoncer le crâne, trois ou quatre coups, par l'arrière, entre vingt heures et vingt-deux heures. "Un objet contondant de masse supérieure à deux kilos", à ce qu'il m'a dit. Ça nous avance pas vraiment.

– Et la police, ils en sont où ?

– Aucune idée. Strasbourg, c'est pas vraiment mon terrain de jeu. Je trouve beaucoup de portes fermées.

– De toute façon, la plénière se termine. On se voit dans le train ?

– Non, je vais rester ici quelques jours.

– Pour mener l'enquête ?

– Ou profiter du marché de Noël, j'ai pas encore décidé.

– Très drôle.

– Allez, je file. Bonnes vacances. »

Camaraud raccrocha et à ce moment-là, Nico passa la porte, avec Nour, qui avait probablement rôdé près de l'hémicycle pour mettre le grappin sur lui afin de lui souffler sa dernière bonne idée ou lui raconter une autre anecdote sur la Constituante.

Je demandai à Nico s'il avait pu appeler le commissaire Peters. Il rétorqua qu'il avait mieux à faire que de perdre son temps avec des flics bornés, et que d'ailleurs il avait un coup de fil à passer. Il s'éclipsa dans le couloir, téléphone à l'oreille. D'humeur égale, Nour m'aida à classer les emails par ordre d'importance dans une pochette que Nico emporterait dans le train. L'heure du départ approchait. Nico revint pour prendre ses affaires et enfiler son beau manteau bleu marine de député – contre lequel il avait troqué sa doudoune de conseiller nettement moins habillée – ainsi que l'écharpe rouge à laquelle il était resté fidèle. Une voiture officielle du Parlement l'attendait pour la conduire à la gare. Nour et moi prendrions la navette qui partait une petite heure plus tard, ce qui nous laissait le temps de déjeuner à la cantine.

Les couloirs étaient pratiquement déserts. Kruger avait clos la séance avec deux heures d'avance sur l'horaire prévu, et beaucoup de réunions avaient été annulées à la suite de la mort de Grassmann. La cantine, un rez-de-chaussée éclairé au néon, était presque vide. Il y régnait un silence irréel, à peine perturbé par le bruit des couverts dans les assiettes, les bips des tiroirs-caisses et le bruissement des murmures. Près des carafes d'eau, la guirlande d'un petit sapin en plastique clignotait comme pour essayer d'égayer un peu l'atmosphère.

Nous avions posé nos plateaux près d'une grande fenêtre blanchie par le gel. Quand il eut fini de tâter son colin aux épinards avec le bout de sa fourchette,

Nour brisa le silence. « Ça fait un peu *Shining*, ce grand bâtiment pris dans le froid et hanté par un tueur.

– C'est clair. Enfin, j'ai vérifié, les trains charters du Parlement partent normalement. Tant qu'on peut se tirer d'ici…

– Tu vas où pour les vacances ?

– Je pars pas vraiment en vacances : je passe Noël en famille, à Tarbes, chez mes parents. Ils vont encore me bassiner pour que je me cherche un vrai métier et que je leur présente une fille. Et toi ?

– Pareil, pas vraiment de vacances non plus. Mes parents sont au Maroc tout le mois de décembre. J'ai l'appartement pour moi, je vais bosser les concours.

– Les concours ?

– Oui. L'ENA. » Je le regardai déchirer son sachet de sel, lui qui déjeunerait sûrement un jour dans les porcelaines de la République, glissant des citations de Mirabeau à quelque ministre en manque d'inspiration. Je me sentais idiot d'avoir pu penser qu'un type aussi brillant aurait envie de prendre ma place. En face de l'ENA, le statut d'APA – le sigle que l'on donne aux assistants parlementaires accrédités – ne pesait pas grand-chose. Mon père avait peut-être raison, il fallait que je songe à trouver un boulot digne de ce nom.

26

Louey, le soir du 21 décembre

« Tu es sûr que tu veux pas rester à la maison le temps qu'ils attrapent le tueur ?

– C'est gentil, maman, mais tu sais, tu as plus de chances de te faire agresser par un toxico à la clinique que moi de mourir au Parlement. Et puis, il ne s'en prend qu'aux députés.

– C'est toi qui le dis. Moi je serai quand même plus tranquille quand ils l'auront arrêté, ce cinglé… »

Après la dernière plénière à Strasbourg, j'avais fait un passage éclair à Bruxelles avant d'entamer ma descente sur Tarbes. Je prenais toujours le train pour retourner chez mes parents. C'était un peu pour ne pas alourdir mon empreinte carbone, et surtout parce que j'ai horreur de l'avion. Pas de l'avion en lui-même, mais de toute la cérémonie qui va avec. « Enlevez votre ceinture, jetez votre shampoing, éteignez vos appareils électroniques, relevez vos tablettes, en espérant vous revoir bientôt sur nos lignes. » Il n'y a plus que dans les trains qu'on a la paix. Au bout d'un périple de huit heures, j'avais retrouvé ma mère en gare de Tarbes, souriante et enjouée, et mon père, égal à lui-même.

Mes parents vivaient à quelques kilomètres de Tarbes, dans une maison trop grande pour eux depuis que mon frère et moi l'avions quittée, mais trop exiguë pour les fêtes quand nous nous y retrouvions tous. Je sentais bien que je dérangeais un peu. Dès que je touchais à quelque chose, ma mère s'empressait de le remettre à sa place ; mon père n'ouvrait la bouche que pour parler de ses patients. Aux repas de famille, ma belle-sœur tenait en général une grosse heure, pas plus, après quoi mes nièces lui fournissaient un prétexte pour quitter la table : il fallait s'occuper des petites qui ne pouvaient pas se coucher trop tard.

Cette année-là, le thème de la soirée avait été la reprise du cabinet médical de mon père. Il devait prendre sa retraite l'année suivante, et les jeunes médecins candidats ne se bousculaient pas au portillon. La faute au gouvernement, d'après lui, qui ne faisait rien contre les déserts médicaux. Comme toujours, ma mère avait désamorcé les tensions en partant sur des tangentes : le spectacle de fin d'année des petites, une anecdote sur sa dernière garde dans la clinique où elle travaillait, et puis la moniliose qu'avait attrapée le cerisier du Japon du fond du jardin. À la fin du repas, je lui avais proposé de l'aider à essuyer la vaisselle – je préférais ça à une discussion sur la fermeture annoncée de la maternité du coin.

Entre deux assiettes, ma mère et moi essayions de faire cohabiter nos réalités. « Et sinon, comment ça se passe ton travail ?

– Écoute, bien. Je bosse sur une directive pour éviter les tricheries dans l'industrie automobile, le diesel notamment. Un dossier hyper prenant, mais fascinant.

– Hum, hum. Et ton nouveau patron est sympa ? »

Les tricheries dans l'industrie du diesel n'empêcheraient pas ma mère de dormir, mais savoir que son fils chéri n'était pas heureux au travail, ça, ça lui en aurait fichu un coup. Je décidai de taire mes soucis avec Nico. « Très sympa, on s'entend vraiment bien.

– C'est bien, je suis contente. Mais n'oublie pas qu'il n'y a pas que le travail dans la vie…

– Il y a tes futurs petits-enfants aussi, je sais, maman. »

Mon père passa une tête dans la cuisine. « On prend pas de café ?

– Si, si, Henri. Tiens, rends-toi utile, appuie sur le bouton de la cafetière. »

Il s'exécuta, et j'entendis les soupirs éreintés de la vieille machine à filtre qui avaient été la bande sonore de tous mes petits déjeuners jusqu'au bac. Un Noël, pendant mon Erasmus en Italie, j'avais offert à mes parents une vraie machine à café avec broyeur, quinze bars de pression. Deux ou trois ans après, je m'étais étonné de boire de nouveau l'éternel café-filtre en lieu et place d'un expresso comme il faut. Mon père m'avait répondu : « Oh, tu sais, on n'aime pas tellement le café, alors on a donné la machine à ton frère. Pour son gîte, tu comprends. » C'était à se demander pourquoi il insistait pour que ma mère lui en serve tous les soirs depuis trente-cinq ans – et puis moi, j'aimais ça, le bon café.

Ma mère posa un plateau avec quatre tasses dans le salon. Mon père était penché sur le poêle à bois, et mon frère feuilletait le *Midi olympique*, qui, depuis mon enfance, était le locataire le plus fidèle de la table basse. Je le lançai sur son gîte.

« Alors, les travaux ?

– Ça avance. J'ai fini l'appartement de location à l'étage. Je suis sur la cuisine, maintenant. Mais bon, papa ne peut plus m'aider les week-ends “à cause de son dos”. » Il mimait les guillemets des deux mains.

Pendant ce temps, mon père se battait sans rien dire avec une bûche qui ne voulait pas entrer dans le poêle. Je savais très bien, et mon frère savait que je savais, que s'il ne donnait plus le coup de main pour poser le carrelage, c'était tout de même lui qui réglait les factures.

« Et puis tu ne te rends pas compte du nombre de normes qu'il y a à respecter pour une cuisine commerciale. Je te dis pas la paperasse. Faut croire qu'ils ont rien de mieux à foutre que de nous compliquer la vie, à l'Europe.

– Voilà, c'est ça. On fait une réunion chaque lundi matin pour voir comment on peut emmerder un peu plus le monde.

– Non, mais je disais pas ça pour toi, Émile. Toi, c'est pas pareil. Enfin, tout ça pour dire que j'en ai pas fini avec les travaux. Et que cette grande baraque, c'est pas toujours un cadeau, c'est tout. »

C'était littéralement un cadeau. Mon frère était sorti du système scolaire après avoir raté son bac deux fois. Mon père lui avait laissé la maison de notre grand-père, une ancienne ferme près d'Ossun, pour qu'il en fasse un gîte. Officiellement, il payait à mes parents un loyer symbolique. Moi, j'avais eu de l'héritage une vieille montre qui ne marchait plus et des couverts en argent.

Le poêle crépitait, porte entrouverte. Mon père se cala dans son fauteuil, café à la main. « Il faudra que tu passes voir demain, Émile. Ton frère a vraiment fait un travail impeccable à l'étage. Un beau boulot. »

Pour mon père, les métiers manuels c'était, comme la médecine, des vrais métiers, où l'on pouvait voir les résultats concrets de ses efforts. Il n'avait jamais bien compris que, moi qui avais eu le choix, j'aie opté pour Sciences Po. C'était un médecin de campagne, un homme terre à terre. La simple évocation de la politique générait chez lui pas mal d'angoisses et aussi une vraie répulsion. Ma mère, qui détectait instantanément les moments où il fallait changer de sujet, interrompit mes ruminations silencieuses : « Alors, Émile, quand est-ce que tu nous présentes quelqu'un ?

– Quand il y aura quelqu'un à présenter, maman.

– Et cette Solène ?

– Quoi ?

– Ton téléphone était sur la table de la cuisine, ça a sonné. Il y avait écrit "Solène" sur l'écran, avec une photo. Elle est très mignonne…

– Maman !

– Oh ! On ne peut plus rien dire ! Tu l'as rappelée au moins ?

– Mais oui, maman, évidemment. »

Je ne l'avais pas rappelée.

Hiver

27

Bruxelles, le dimanche 22 janvier 2017

À mon retour de vacances, j'avais trouvé un long mail de Nour dans lequel il expliquait qu'il mettait fin prématurément à son stage. Il avait décidé de s'engager dans la campagne d'Emmanuel Macron, et de rejoindre son équipe au QG d'En marche. C'était audacieux de sa part. Macron était à 18 % dans les sondages et serait probablement le troisième homme. Une fois passé le joli discours de ralliement après le premier tour, il n'aurait pas grand-chose à distribuer à ses troupes. Et pourtant, j'enviais la liberté de Nour. Contrairement à lui, je ne pouvais pas changer de camp comme ça. Le peu de capital politique que je possédais était investi chez les Verts. Mon job dépendait de ma couleur politique, ma carrière aussi. Sans m'être consciemment tracé ce chemin-là, j'avais dans le fond de la tête l'idée que, passé le premier mandat comme assistant parlementaire, je gravirais les échelons, deviendrais conseiller politique, et puis, un jour, qui sait, je serais peut-être député – comme Nico, comme tant d'autres.

En attendant, je m'étais retrouvé à gérer tout seul les centaines de cartes de vœux qui avaient été envoyées à Nico et auxquelles il fallait apporter des réponses personnalisées. C'était, sans comparaison, la pire corvée de l'année. Mais j'avais été ému de trouver au milieu du courrier une carte qui m'était destinée. C'était la mère de Sandrine. Elle me remerciait pour mon soutien dans les jours qui avaient suivi la mort de sa fille, et m'écrivait que Sandrine avait souvent eu des mots gentils à mon endroit. Un peu sous le choc, j'avais mis la carte de côté, mais le soir, en rentrant chez moi, je m'étais surpris à laisser échapper quelques larmes.

J'avais passé les jours suivants à me refaire le film de la mort de Sandrine et de celle de Grassmann. J'étais seul dans mes ratiocinations. Camaraud avait été envoyé par sa rédaction aux États-Unis pour participer à un dossier sur l'Amérique de Trump. Il m'avait écrit un court message dans lequel il m'expliquait qu'il avait décidé de centrer son article sur l'apparition de ces grands mouvements populaires qui, dans une espèce de nihilisme euphorique, faisaient un bras d'honneur à la civilisation, s'octroyant ainsi une brève bouffée d'extase idéologique – le tout au détriment de leurs propres intérêts économiques. Sur les réseaux sociaux, il exhibait un tatouage qu'il s'était fait faire dans un rade de Baltimore. La photo montrait son épaule encore meurtrie par l'aiguille, frappée d'une tête de diable tirant une langue sanguinolente. On pouvait lire : « *The world is going to hell.* »

Une nuit que je tournais dans mon lit, il m'était venu à l'esprit que les deux crimes qui avaient frappé le Parlement auraient pu être motivés, eux aussi, par l'idéologie. C'était une idée floue, mais j'avais eu l'impression de tenir quelque chose. Au petit matin j'avais envoyé un message à Koen, un copain néerlandais qui bossait dans une boîte spécialisée dans l'analyse des votes des parlementaires. Il m'avait répondu du tac au tac. « Passe dimanche, le bureau sera vide, on sera au calme. » Rendez-vous avait été pris pour dix-sept heures.

Je n'étais encore jamais venu dans le quartier européen un dimanche. La lumière du jour avait quasiment disparu et les grandes avenues étaient désertes. Il n'y avait pas un bruit, sinon le sifflement du vent glacial aux intersections. On se serait cru dans un décor de jeu vidéo sans joueurs. Je connaissais mal l'endroit – le Parlement, dernier arrivé dans le paysage institutionnel, est installé un peu à l'écart – et, sans mon téléphone portable, je me serais perdu dans le quadrillage des rues.

Comme l'Europe elle-même, le quartier qui abrite ses institutions ne s'est pas fait d'un coup ni dans une construction d'ensemble, mais par touches successives. Les bâtiments s'empilent et ne se ressemblent pas. Pourtant, les grandes rues à angle droit et les façades alignées donnent au tout un semblant de discipline. La Commission européenne, puis le Conseil se sont installés en haut de la bien nommée « rue de la Loi » – comme un signe que l'Europe se construirait par la règle et sur le droit. On pouvait compter le nombre de fonctionnaires européens en centaines dans les années soixante ; ils sont maintenant plus de trente mille. Poussant les uns après les autres au cours des décennies, les grands paquebots de verre et d'acier des institutions ont peu à peu chassé les résidents hors du quartier pour leur substituer des directions générales de la Commission, des cabinets d'avocats et des représentations diplomatiques. Ce sont des immeubles de bureaux comme on en voit un peu partout et auxquels pas une vieille pierre ne donne un ancrage historique. Aucune audace architecturale qui exprimerait une prétention à l'avant-garde. Pas non plus de statue à l'effigie des pères fondateurs de l'Europe. On a juste donné le nom de Robert Schuman au rond-point qui sépare la Commission et le Conseil. Pas de grandiose, pas de superbe, pas de place au rêve.

J'arrivai enfin en bas d'un building un peu plus récent que les autres. Il y avait sur le trottoir un petit sapin de Noël défraîchi qui attendait d'être ramassé par les éboueurs. Au milieu des belles plaques de cabinets d'avocats en métal doré se trouvait celle en plexiglas de VoteWatch Europe, la boîte pour laquelle travaillait Koen. Je l'avais connu quand il était encore l'assistant d'un député vert. Son patron, un type sympa qui était l'un des benjamins du Parlement, s'était fait remarquer lors de la révision de la directive Transparence, et quand Koen en avait eu assez des querelles intestines des Verts, il n'avait eu aucune difficulté à se faire embaucher chez VoteWatch. Son boulot, c'était de passer à la moulinette les milliers de votes que les députés produisent à chaque session plénière pour en extraire les grandes tendances et faire émerger les contrastes. Ce geek teinté de calvinisme y trouvait son miel. Il parlait de la base de données de VoteWatch avec gourmandise. « C'est comme un buffet à volonté. Je vois tout ce qui se passe au Parlement. Si tu poses la bonne question, les chiffres finissent toujours par avouer. »

J'entendis retentir une sonnette derrière moi. C'était Koen sur son immense vélo de ville orange aux pneus beiges. Arrivé à ma hauteur, il mit un grand coup de frein. Un « *hello !* » étouffé s'échappa de derrière l'écharpe qui lui couvrait le visage jusqu'aux yeux. Il lança une longue jambe par-dessus sa bécane, s'accroupit pour donner un tour de clé à son antivol, puis m'écrasa la main de toutes ses phalanges avec un grand sourire, avant de se saisir du petit sapin par l'une des planches sur lesquelles il était cloué.

En composant le code de l'immeuble, les pommettes rougies par le froid, il m'expliqua qu'il menait une guerre d'attrition contre les cabinets d'avocats de l'immeuble et déposait méthodiquement devant leur porte tout ce qui n'avait pas été trié correctement. « Il n'y a pas de petits combats. » Il se débarrassa du petit arbre sur le comptoir de l'entrée avant de me conduire dans l'ascenseur. Quatre étages plus haut, il poussa la porte de VoteWatch. Leurs bureaux ressemblaient à un espace de co-working de la Silicon Valley : un petit *open space* avec un grand hamac, deux canapés en velours rouge, des posters de campagnes électorales de divers pays aux murs, des câbles d'ordinateurs au sol et une dizaine de centrales en veille qui ronronnaient.

Koen passa dans la kitchenette qui faisait l'angle et lança une bouilloire d'eau chaude. « Alors, dis-moi, qu'est-ce qu'on cherche ? Un député vert rebelle qui ne suit pas les consignes ? Des votes anciens qui pourraient mettre dans l'embarras un élu du Front national ?

– C'est pas directement lié au boulot. Plutôt une curiosité personnelle. »

Il eut une moue d'étonnement. « *Alright.* » Je m'installai devant l'ordinateur qu'il m'avait désigné. Il déposa deux mugs de thé fumant sur son bureau puis composa son code pour lancer la machine. « Je t'écoute. »

En recoupant diverses sources, j'avais dressé une liste d'une vingtaine de membres du groupe Adler : on en trouvait des mentions sur d'obscurs sites de lobbies divers, et aussi dans la presse allemande. Un traducteur automatique en ligne m'avait au passage appris qu'« *Adler* » signifie aigle en allemand. Je dépliai une feuille que je posai à côté du clavier de Koen. « Je voudrais que tu regardes un peu comment votent ces députés. »

Il jeta un œil à la liste. « Des présidents de commission, des vice-présidents, des coordinateurs, c'est que du beau monde…

– J'essaie de comprendre comment se traduit en pratique l'influence des Allemands au Parlement. »

Koen me regarda, l'air incrédule, et se mit au travail. Les yeux fixés sur son écran, il faisait courir ses doigts sur son clavier avec une fluidité sans accroc. Je le regardai en silence, sans bien comprendre ce qu'il faisait. Après quelques minutes, il prit un air satisfait, appuya sur « entrée » un peu fort, et la machine accoucha d'un tableau de chiffres.

« Joli score. Tes députés votent ensemble 89 % du temps.

– C'est normal ?

– Vu qu'il y a des libéraux, des Verts, des socialistes et des députés de droite dans ta liste, je ne m'attendais pas à un chiffre aussi élevé. » Il se remit à pianoter, faisant apparaître un graphique qu'il observa, songeur, pendant quelques secondes. « Tu vois, ce qui est étrange, c'est qu'il y a des élections en Allemagne en fin d'année. En période électorale les groupes politiques tentent d'habitude de se différencier entre eux. Mais là, la cohésion de ton groupe Adler reste très forte. » Il fit glisser son doigt sur la liste de noms, puis revint sur son tableau de chiffres. « Et ça va aller en se renforçant avec la mort de Grassmann.

– Ah bon ? »

J'avais dit ça un peu plus fort que je n'aurais aimé. Koen posa sur moi un œil interrogatif, puis reprit le fil de son propos. « C'était clairement l'*outlier*.

– Le quoi ?

– Attends, je vais faire une projection. L'analyse en composante principale, tu vas voir, c'est magique. En pratique, tu projettes ton ensemble de vecteurs sur les axes d'inertie maximale... » Il s'aperçut que je le regardais avec un sourire amusé. « OK, t'es pas venu pour un cours de statistiques.

– C'est pas seulement que je comprends rien ; le prends pas mal, mais au fond, je suis surtout intéressé par les résultats.

– OK. Regarde, si tu tiens compte de l'ensemble des votes depuis le début du mandat, voilà comment se répartissent tes députés quand on les met dans un nuage de points. Grassmann est là, un peu à l'écart. Ça veut dire qu'il ne vote pas comme les autres. Et si je restreins aux six derniers mois, c'est encore pire. » Un nouveau graphique apparut, et on voyait effectivement Grassmann s'éloigner de la meute.

Je vis que Koen hésitait à me dire quelque chose. « Je ne sais pas ce que tu as en tête, Émile, mais si j'enquêtais sur la mort de Grassmann, c'est un truc auquel je m'intéresserais. Tu veux que je croise les résultats avec les votes de Sandrine ?

– Je... écoute, pourquoi pas, par curiosité. »

Koen se frotta les mains. Il ajouta quelques lignes à son programme, et un point d'une couleur différente s'ajouta au graphique.

« Alors ?

– Pas grand-chose à dire. C'est une députée verte classique. Elle votait de temps à autre avec Grassmann, mais pas plus que les autres députés de son groupe. »

Koen prit une pochette en plastique et y glissa les tableaux de chiffres qui sortaient de l'imprimante. « J'espère que c'est ce dont tu avais besoin. » Je hochai la tête. Je ne partais pas complètement bredouille. Rien ne reliait les votes de Sandrine à ceux de Grassmann, mais le groupe Adler, lui, était bien une réalité au Parlement.

« Un grand merci, Koen. C'est vraiment sympa de ta part. Je te revaudrai ça. Je ne t'embête pas plus longtemps…

– Eh, pas si vite ! À ton tour, maintenant.

– Quoi, mon tour ?

– Écoute, je ne te pose aucune question sur ta curiosité soudaine pour les Allemands, alors tu me dois bien quelques tuyaux sur les dessous de la présidence de la commission des transports, non ?

– Quels dessous ?

– Émile, pas à moi ! Tu veux quand même pas me faire croire que Marchet s'est retrouvé propulsé président de la commission des transports à la suite de Grassmann sans qu'il y ait une histoire croustillante derrière ! Je suis en train de boucler un dossier sur les logiques de votes derrière le renouvellement des postes ces dernières semaines, et franchement, le cas de ton boss défie toute logique. »

Koen n'avait pas tort. L'élection de Nico comme président de commission, quelques jours plus tôt, avait beaucoup étonné dans les couloirs. Au Parlement, les charges et les postes sont répartis selon un système alambiqué de points. En début de législature, chaque groupe politique se voit attribuer un nombre de points en fonction du nombre de sièges obtenus aux élections. Chaque poste « coûte » un certain nombre de crédits, et les groupes payent pour obtenir une présidence de ceci, une vice-présidence de cela. Dans la logique du système, la commission des transports, commission de taille moyenne, aurait dû revenir à notre groupe. Les Verts, qui n'ont pas assez de points pour s'acheter un hôtel rue de la Paix comme la commission de l'environnement, s'étaient rabattus dessus. Mais c'était sans compter sur Helmut Grassmann, fils d'un transporteur routier bavarois, dont c'était la marotte. Il avait exigé la commission des transports et on ne pouvait rien refuser à ce ténor du groupe le plus puissant du Parlement. Sa mort avait remis de l'ordre dans les équilibres naturels et notre droit de préemption jouait à nouveau. Tout le monde s'attendait à ce que ce soient les Verts allemands qui mettent la main sur le fauteuil. À la dernière minute, pourtant, les voix s'étaient portées sur Nico.

« Il n'y a pas vraiment de secret. Le candidat vert allemand s'est retiré. Nicolas était déjà bien placé pour une vice-présidence, le groupe l'a soutenu, c'est tout. »

Koen me scruta un instant, se demandant probablement si je bluffais. « Et vous n'avez rien dealé ?

– Non, ou alors Nico ne m'a rien dit…

– Ça paraît plus probable. Tu l'as vu sur la cohésion de vote, les Allemands savent où sont leurs intérêts. Et en pleine négociation sur le diesel, leurs intérêts ne sont pas avec un écologiste français. Sauf s'il leur a donné des garanties… »

28

Quelques jours plus tard, le 26 janvier,
réunion de la commission des transports

Cela faisait dix minutes que je tentais d'attirer l'attention de Nico en agitant les bras du fond de la grande salle de commission. Sans succès. Le vote du rapport sur la directive Diesel devait avoir lieu moins d'une heure plus tard et la droite était sur le point de tout faire capoter.

Betty Kremmer, une démocrate-chrétienne luxembourgeoise de plus de quatre-vingts ans, véritable éléphante de la commission des transports, venait de nous faire un sale coup. Cela faisait des mois que nous suions sur les amendements à la directive Diesel. Les compromis entre les groupes politiques avaient été négociés pied à pied. Chaque adjectif avait été pesé, on avait échangé tel paragraphe contre tel autre, fait des concessions uniquement quand les autres étaient prêts à en faire. Le rapport Diesel était devenu un mobile compliqué avec tout un système de poids et de contrepoids, un grand bibelot fragile qu'il ne fallait pas secouer. Or Betty Kremmer, connue pour être un électron libre, s'apprêtait justement à donner la pichenette qui allait tout mettre à terre. C'était presque rien : elle voulait mettre aux voix un tout petit bout de phrase qui ne lui plaisait plus dans l'un des compromis sur lesquels droite et gauche s'étaient mises d'accord. Mais cet appendice, la gauche avait obtenu qu'il soit dans le texte de compromis en échange d'un autre morceau de phrase auquel la droite tenait.

Sur le fond, ce n'était pas bien grave. Il s'agissait juste d'une dizaine de mots sans portée juridique – la phrase sur le « *European way of life* » qui était la nouvelle marotte de Rossi, le chef des socialistes en commission transports. Mais pour lui, pour la gauche, c'était une question d'honneur. Si Betty Kremmer obtenait gain de cause, Rossi allait sûrement appeler ses troupes à voter contre le texte. Et sans les voix socialistes, ça ne passerait pas. Le rapport Diesel tomberait à l'eau, et ce serait le retour à la case départ. Bondigas et son experte étaient dans la salle. Je me demandais si ce n'était pas la FECA qui avait glissé cette proposition à Betty Kremmer. Elle n'avait après tout pas vraiment de raison de demander ce vote séparé. Il se disait qu'après sept mandats européens, la doyenne du Parlement commençait à sucrer les fraises, et que c'étaient les assistants qui menaient la danse dans le bureau de cette Liliane Bettencourt européenne. Tout bon lobbyiste sait que l'on peut beaucoup obtenir d'assistants conciliants.

Nico ne répondait à aucun de mes messages. Il avait éteint son téléphone. C'était la première fois qu'il présidait une réunion de commission, et il ne voulait être perturbé sous aucun prétexte. Du haut de son fauteuil de président, il n'avait pas été mis au courant de l'initiative de la droite dont les recommandations de vote commençaient à circuler dans la salle.

La commission finissait d'auditionner un expert sur les voitures sans chauffeur que la gauche avait voulu inviter en amont d'une mission parlementaire dans la Silicon Valley. Il y en avait pour encore trente minutes, après quoi ce serait le vote et, peut-être, le désastre.

Je m'apprêtais à monter au podium quand je fus stoppé net par Eamon, un collègue irlandais de Jørgen qui avait pour rôle de s'assurer du bon déroulement des réunions de commissions. La commission parlementaire est un cénacle dont la liturgie doit être respectée à la lettre : le président de commission sur le podium, les députés aux premiers rangs, avec la droite à droite et la gauche à gauche. Derrière les députés, au fond, les assistants, les conseillers, les représentants des autres institutions et le public. Eamon, le gardien de cet ordre des choses, aimait à répéter : « Chacun chez soi, et les rapports seront bien votés. » Or le podium, c'était la chasse gardée du secrétariat de la commission. Moins on y voyait d'assistants, mieux c'était.

« Puis-je vous demander où vous croyez aller ? articula Eamon dans un parfait français avec bel accent du Leinster.

– Je dois parler au président, c'est important.

– Tout le monde veut parler au président. Écrivez-lui un mot. »

Je crus un moment qu'il plaisantait. Pas du tout : il me tendit un bout de papier et un stylo. Je jetai quelques mots en vitesse : « Kremmer demande un vote séparé sur un truc sensible. Rossi risque de flinguer le rapport. Qu'est-ce que je fais ? » Eamon plia le petit billet en quatre en prenant tout son temps, fit une petite volte-face en pivotant sur les talons, monta les escaliers qui mènent au podium et, avec la grâce d'un majordome, déposa le billet à côté de Nico. En dépliant le papier, Nico blêmit. Je le vis écrire quelque chose au dos du billet et le rendre à Eamon. Quand il m'arriva dans les mains, je pus lire : « Démerde-toi », souligné deux fois.

Après un mois de décembre glacial et un mois de janvier incertain, je jouais ma place sur ce coup-là. Nico aussi jouait gros. Comme pour un nouveau prof qui arrive au milieu de l'année, il y avait des chahuts. Les députés testaient l'autorité du nouveau président de commission. Le vote sur le rapport Diesel était le premier que Nico avait à gérer. Le résultat marquerait sa présidence. Si Betty Kremmer le plantait, son autorité serait minée pour les deux ans et demi restants de son mandat. Et tout ça reposait maintenant sur mes épaules. Je devais soit convaincre Kremmer d'abandonner son amendement, soit convaincre Rossi de passer outre.

J'essayai de me faire revenir en mémoire les classiques que nous avait donnés à lire le professeur de « stratégie politique » à Sciences Po. Il était trop tard pour un bon usage de *si vis pacem, para bellum* – la guerre avait déjà été déclarée par Betty Kremmer. Sun Zi, le général chinois qui avait écrit *L'Art de la guerre*, était plus prometteur : « Il faut se montrer fort quand on est faible, et faible quand on est fort. » Autant dire qu'il allait falloir que je paraisse très fort.

Kremmer était impressionnante avec son port hautain, sa mise impeccable et son foulard en soie. Je restai un instant, hésitant, à quelques sièges du sien, avant de jeter un œil sur le podium. Nico me regardait d'un œil inquisiteur : impossible de se défiler. « Madame Kremmer, excusez-moi de vous déranger… »

Betty Kremmer tourna la tête, et lança sèchement : « Qui êtes-vous ?

– Je suis l'assistant du président.

– Helmut ?

– Non, Nicolas Marchet.

– Ah, lui. »

À force de périphrases et en arrondissant les angles, je tentai de lui faire comprendre que sa demande de dernière minute risquait de faire tomber tout le rapport. Je lui expliquai à quel point Nico serait irrité qu'il y ait un problème. Je lui rappelai aussi qu'Helmut Grassmann, avant son décès, avait donné son accord au texte, qu'il s'était engagé auprès des socialistes. Malgré mes sourires et mes politesses, elle me répondit d'un ton glacial qu'elle était déjà députée quand Nico était encore à l'école élémentaire, qu'il ne lui faisait pas peur, et qu'elle ferait bien ce qu'elle voudrait.

C'était donc à gauche qu'il fallait chercher la solution. Du haut du podium, j'entendis Nico remercier l'expert pour sa présentation et ouvrir la séance de questions-réponses. Il me restait dix minutes, tout au plus. J'allais m'approcher de Rossi, mais il prit la parole pour inaugurer la séquence, répétant plusieurs fois que c'était lui qui avait eu l'idée de la visite dans la Silicon Valley et que développer des technologies innovantes dans le secteur automobile était crucial pour défendre le *European way of life*. L'expert lui donna raison et le félicita pour son idée de voyage. Rossi, penché en arrière, les pouces sous les bretelles, souriait en opinant du chef. Puis ce fut au tour d'un conservateur britannique de prendre la parole. L'attention se déporta sur la droite de la salle de commission – je tenais mon ouverture pour aller parler à Rossi.

« Monsieur Rossi.

– Jeune homme.

– Émile Abadie, je suis l'assistant du président Marchet. »

Il s'esclaffa : « Un message du *Presidente*, c'est trop d'honneur ! *Mi dica ?*

– Je ne sais pas si vous avez été informé, mais la droite a prévu de réclamer un vote séparé sur le premier considérant.

– Le *European way of life* ! *Porca miseria !*

– Je le crains, *onorevole*. »

Avant que je ne puisse en dire plus, Rossi fit un geste du bras en direction de son conseiller politique – le même que celui que l'on adresse à son chien accompagné d'un « au pied ! ». Les deux tournèrent les pages de la liste de vote de la droite pour découvrir qu'effectivement, la droite revenait sur l'accord trouvé avant Noël. Rossi était rouge de colère. « Si c'est comme ça, les socialistes ne pourront pas soutenir le texte. » Sun Zi à l'esprit, je répondis du tac au tac : « Si le texte ne passe pas, le président Marchet m'a chargé de vous dire qu'il n'y aurait pas de mission en Californie. À quoi bon préparer les futures réglementations si on ne peut pas se mettre d'accord sur le diesel ? » Rossi haussa les sourcils en me fixant des yeux. Nico venait juste de prendre son poste et il était impossible pour Rossi de savoir quel genre de président il serait. Je le fixai sans ciller.

Des applaudissements s'élevèrent : l'audition était terminée. À ce moment-là, sous les yeux étonnés de l'expert qui commençait à ranger ses affaires, une vingtaine de députés débarqua brusquement dans la salle pour prendre leur place dans un brouhaha général. Les réunions de commission ne font pas souvent salle comble – ce matin-là, une quinzaine des trente-neuf membres de la commission des transports étaient présents pour l'audition de l'expert. Les députés viennent pour les dossiers qui les intéressent, et rares sont ceux qui en intéressent plus de la moitié.

D'autres réunions les retiennent ailleurs : une interview, un rendez-vous avec un commissaire ou chez le coiffeur. Il y a naturellement des exceptions : quand le dalaï-lama, Malala, ou Maradona sont au programme, soudain, les agendas se libèrent. Mais un point à l'agenda fait toujours remplir la salle, et c'est la séance de vote : la droite n'aime rien tant que faire perdre un vote à la gauche, et réciproquement. On bat donc le rappel des troupes.

Vervueren, rapporteur sur le texte depuis la mort de Grassmann, était des nouveaux arrivants. Il serrait les mains et faisait de grands sourires. À deux pas derrière lui, un garde du corps à oreillette beige se tenait droit comme un piquet, les mains dans le dos. Réagissant aux attaques répétées de la presse qui avait décrit par le menu les supposées défaillances du système de sécurité du Parlement, le secrétaire général avait mandaté une société privée pour protéger Vervueren jusqu'au vote de la directive. L'autre garde du corps était resté près de l'entrée, dos au mur. Leur présence devait nous rassurer, mais elle venait surtout rappeler que deux députés étaient morts en travaillant sur le texte que nous votions.

Il s'agissait de mettre aux voix huit cents amendements. Personne, hormis peut-être Jørgen, n'avait une idée claire de ce que chacun d'entre eux disait. Les groupes avaient donc préparé chacun une liste de vote, c'est à dire un grand tableau avec une ligne pour chaque amendement, et, dans la colonne de droite, une indication de vote selon que le groupe avait décidé de soutenir ou pas une proposition. Les listes de vote avaient coûté quelques nuits de sommeil aux conseillers politiques de chaque groupe, dont le rôle est, tant bien que mal, de traduire les orientations politiques des députés en « + » et « – » concrets sur des amendements précis.

Nico me regarda avec appréhension. Je lui lançai un regard à la Sun Zi. Le vote commença sans encombre. Gauche et droite avaient voté ensemble sur les compromis, comme prévu. Ce fut le tour des considérants. Au moment du vote séparé, la proposition de Betty Kremmer l'emporta de deux voix – *exit* le *European way of life*. Le rapport était à présent dans les mains de Rossi. En tant que patron des socialistes en commission des transports, il siégeait au premier rang et indiquait à ses troupes l'attitude à suivre en pointant son pouce vers le haut ou vers le bas.

Après les votes sur les considérants restants, et avant le vote final sur le texte dans son ensemble, Vervueren, conscient du danger, prit la parole pour rappeler l'importance de ce texte pour le Parlement. Sans rapport, nous n'aurions pas de position pour aller négocier face à la Commission et au Conseil, et la tricherie organisée continuerait dans le secteur de l'automobile. Il rappela les enjeux : la création d'une agence européenne de contrôle, la taxation des véhicules polluants, la mémoire d'Helmut Grassmann.

Nico mit le texte aux voix, fixant anxieusement Rossi pour savoir ce que les socialistes feraient. Rossi ne fit pas un geste ; il ne donnait pas d'indication de vote. La confusion était totale. Dans une pantomime un peu ridicule, les députés de gauche se regardèrent en levant le bras à moitié. En l'absence de directives de leur chef, aucun d'entre eux ne savait si le texte final, après le vote de plusieurs centaines d'amendements, était suffisamment satisfaisant. Nico, visiblement nerveux, déclara qu'il ne pouvait pas compter les mains levées. Il appela un vote électronique et demanda aux députés d'insérer leur carte de vote dans les boîtiers placés sur leur pupitre. Quelques secondes passèrent comme une éternité. Le tableau lumineux s'éclaira. Quatorze pour, quatorze contre et huit abstentions. La commission parlementaire retenait son souffle.

Nico se pencha vers Jørgen pour lui demander ce que les règles prévoyaient dans ce cas de figure. Trompant la vigilance d'Eamon, je montai quatre à quatre les marches du podium pour me mettre accroupi entre eux deux.

« Le Règlement de procédure est clair, monsieur le président, en cas d'égalité des voix, le texte est réputé rejeté.

– Vous en êtes certain, Jørgen ?

– C'est l'article 179 *bis*. Voyez vous-même. »

Nico était consterné. Moi-même je lisais hébété les formules sans ambiguïté de l'article 179 *bis*. Mais l'article ne s'arrêtait pas à ça. En dessous de la règle se trouvait, en italique, cette petite phrase explicative : « *Le président peut prendre part au vote, mais sa voix n'est pas prépondérante.* » Par tradition, pour préserver une apparence de neutralité, le président ne vote généralement pas. Nico n'avait pas voté. Il avait passé les dix secondes du vote à me regarder angoissé, mais, j'en étais sûr, il n'avait pas voté. J'arrachai le *Règlement* des mains de Jørgen.

« Nico, Nico, tu n'as pas voté ! Regarde, le président a le droit de voter ! »

Un éclair de jubilation passa dans l'œil de Nico. Il ralluma son micro. « Mes chers collègues, en ajoutant ma voix, le texte est adopté, quinze pour, quatorze contre et huit abstentions. La séance est levée. »

29

Le même jour, après le vote

La pression était retombée d'un coup. Juste après la conférence de presse avec Vervueren sur le résultat du vote, Nico avait sauté dans un train pour Lyon. Trop épuisé par cette séance de vote périlleuse pour ouvrir un dossier, mais trop consciencieux pour quitter le bureau un jeudi juste après le déjeuner, j'avais passé l'après-midi à errer sans but sur Internet.

Le succès du vote m'avait donné droit à un message de félicitation de la part de Nico. La complicité se réinstallait progressivement entre nous. Depuis qu'il était devenu président de commission, Nico avait retrouvé le sourire, mais il était accaparé toute la journée. Le secrétariat de la commission des transports avait pris possession de son emploi du temps. Jørgen, Eamon et les autres fonctionnaires défilaient continûment dans notre bureau – c'était tout juste s'ils frappaient avant d'entrer. Agenda des réunions, détail des délégations parlementaires, préparation des séminaires de réflexion, absolument tout passait par la signature de Nico. Eamon, avec sa grande pile de signataires, redoublait de prévenance pour lui, et ponctuait toutes ses phrases de « si vous le voulez bien, monsieur le président ». Et pourtant, il semblait que, pour ces fonctionnaires attentionnés et bienveillants, le président ne pouvait valablement vouloir que ce que le secrétariat jugeait opportun. Dès que Nico ou moi-même faisions des suggestions trop hétérodoxes, ils tordaient la bouche et nous expliquaient pourquoi rien n'était possible, sinon ce qu'ils avaient prévu. Ils étaient vingt fonctionnaires expérimentés, nous étions deux, le combat était inégal. Ils repartaient en général avec les décisions qu'ils avaient souhaitées.

Sur le coup des six heures, Solène me proposa d'aller boire un verre place du Luxembourg, juste à côté du Parlement. La journée, la place est occupée par des manifestants kurdes ou des dissidents chinois qui pensent contre toute vraisemblance que leur destin se joue devant le Parlement. En fin d'après-midi, son visage change insensiblement avec l'arrivée de tombereaux d'avocats, de lobbyistes et d'eurocrates qui viennent décompresser après le boulot. Le jeudi, tout particulièrement, les bars qui encerclent la place dégainent les mojitos à prix cassés, les *happy hours* et les amplis crachant de la musique techno. La place du Luxembourg devient « place Lux », véritable *spring-break* européen.

Derrière la lourde porte du Café Luxembourg, je retrouvai Solène, verre de blanc à la main, en compagnie de Baptiste, l'assistant du chef de la délégation de la droite française au Parlement, un proche de Juppé. Il avait ouvert sur la table devant lui un exemplaire du *Canard enchaîné* de la semaine, celui qui avait révélé l'affaire Pénélope Fillon, et il glosait sur l'implosion en cours de la droite française.

À chaque élection dans un pays européen – même un petit pays – la politique nationale s'invite à Bruxelles. On apprend à prononcer les noms d'hommes politiques tchèques ou slovènes, on s'intéresse à de nouveaux partis qui viennent d'apparaître en Grèce ou en Estonie, on se retrouve à suivre des sondages maltais ou bulgares. Alors quand un pays comme la France vote, Bruxelles s'arrête de tourner. Au Parlement, toutes les grandes manœuvres parisiennes sont rejouées en mode mineur comme dans un ballet coordonné.

Je m'installai en face de Baptiste, à côté de Solène. « Dis, l'affaire Fillon, ça n'a pas l'air de te chagriner beaucoup…

– Fillon n'a jamais été *notre* candidat. C'est pas avec un mec pareil qu'on gagne une élection présidentielle. En fait, c'est du pain bénit cette histoire d'emploi fictif. Mon patron a fait le tour des popotes, ça sent bon pour Juppé. Si on arrive à débarquer Fillon, on est de retour dans le jeu ! »

La cote politique du patron de Baptiste était indexée sur celle de Juppé. Quand Juppé avait été au sommet dans les sondages, son nom circulait pour un grand ministère européen, et il était entendu que Baptiste serait de l'aventure – au moins conseiller, sinon chef de cabinet.

Solène tordait du nez. « Non mais tu te rends compte de ce que tu dis, Baptiste ? Vous croyez que ça fait du bien à la démocratie ce genre d'affaires ?

– Écoute, la démocratie, c'est aussi pouvoir changer d'avis. Avec Fillon, on a fait une erreur de casting, c'est tout. Et puis c'est quand même pas toi qui vas te lamenter si ce droitier jette l'éponge, quand même ! » Elle aurait pu. L'affaire Fillon c'était un coup de chance pour sa députée, une matrone socialiste qui venait de s'offrir une seconde jeunesse politique en ralliant Macron. Baptiste replia son *Canard*. « Enfin, c'est pas dit qu'il lâche l'affaire, notre ancien premier sinistre. Et là, on sera mal. Si on ne gagne pas, l'air va vraiment devenir irrespirable dans le parti. Elle est à nous cette élection. Je vous le dis : si la droite se plante encore après cinq ans de Hollande, moi j'arrête la politique.

– Et tu feras quoi ?

– J'irai dans le privé. C'est là qu'on peut faire bouger les choses aujourd'hui. Et d'ailleurs, je me ferai beaucoup plus d'argent. Quand je vois ce qu'Agnieszka palpe à la FECA depuis qu'elle est partie du Parlement…

– Agnieszka… de chez Grassmann ? Elle bosse pour la FECA ?

– Oui. Ça a fait jaser parmi les assistants de droite. Le cadavre de Grassmann n'était pas encore refroidi qu'elle avait déjà signé son contrat. Mais moi, je ne lui jette pas la pierre. Il y avait un espace, elle l'a pris. »

Au milieu du vacarme du bar, je tentais de digérer l'information. La FECA avait-elle acheté le silence d'Agnieszka, ou pire, sa complicité ? Baptiste interrompit mes cogitations. « Au fait, c'est quand même fou qu'on ait pas résolu ces histoires de meurtres. On a deux cadavres sur les bras et toujours pas de coupable. Émile, la police a dû te filer des infos sur la mort de ton ancienne cheffe ? Il y a du nouveau ? »

Il avait dit ça avec un grand détachement, comme on parle d'un fait divers. Je bégayai quelques mots. Solène vola à mon secours : « Émile n'a peut-être pas envie d'en parler. Hein Émile ? » J'opinai.

« Comme vous voulez. En tout cas, ce qui se dit, c'est qu'on n'a pas retrouvé un gros presse-papier en bronze que Grassmann avait sur son bureau. Un buste de Wagner. C'est sûrement avec ça qu'il a été tué. Vous imaginez, le crâne défoncé à coups de Wagner ! Le crépuscule des députés…

– Qui t'a dit ça ? interjetai-je.
– Markus, l'autre assistant de Grassmann.
– Il est à la FECA lui aussi ?
– Non, lui il doit être au chômage, j'imagine.
– Et il est où en ce moment ?
– Aucune idée. Il avait l'air secoué après la mort de son patron. J'ai plus eu de nouvelles depuis. J'ai essayé de le joindre à la rentrée, mais il ne répond pas au téléphone et il ne poste plus rien sur Facebook. Il a disparu d'un coup... Bon, mais on va quand même pas laisser des histoires de députés gâcher notre jeudi soir ! »

Sans transition, Baptiste commanda une bouteille de vin blanc et quelques tapas « à la belge ». La soirée pouvait commencer. Autour de croquettes aux crevettes huileuses et de dés de gouda à tremper dans la moutarde, les sujets alternèrent entre petits tracas de bureaux, potins de délégation et travers des députés. Un peu avant dix heures, alors que l'alcool commençait à nous monter à la tête et que le volume de la musique avait atteint son maximum, Solène nous proposa de prolonger la soirée dans une fête organisée par une de ses amies socialistes. Baptiste accepta avec enthousiasme. J'avais déjà mon manteau sur les épaules quand j'aperçus, à l'autre bout de la salle, la fille dont le regard était resté avec moi depuis que je l'avais croisé dans un ascenseur à Strasbourg. Elle attendait de passer commande au bar, les cheveux détachés, sa veste à la main. Mon regard accrocha le sien ; une demi-seconde, pas plus. Assez pour une décharge d'adrénaline. J'étais sur le point d'emboîter le pas de Baptiste et Solène qui se dirigeaient vers la sortie, puis je me ravisai – je n'allais tout de même pas me défiler encore une fois.

« Et mince ! »

Solène, qui ouvrait la marche, se retourna. « Qu'est-ce qu'il y a ?

– J'avais complètement zappé. J'ai un truc très tôt demain matin, une réunion des assistants verts. Je ne vais pas pouvoir venir avec vous. » La réunion avait bien lieu, c'était un prétexte, mais pas un mensonge.

Solène était visiblement déçue. « Ah. OK. La soirée n'est pas loin de chez toi. Si tu veux, on te dépose.

– C'est vraiment sympa, mais je dois passer aux toilettes d'abord. Allez-y, je vais vous retarder.

– Bon, comme tu veux. » Elle tourna les talons, et Baptiste avec elle.

En me dirigeant vers le fond du bar, je me mis à jeter des petits coups d'œil furtifs en direction du comptoir. La fille de l'ascenseur était toujours là. Elle passait commande, appuyée sur le zinc. Je la fixai un peu plus longtemps. Elle leva ses yeux vers les miens. J'esquissai un sourire, elle aussi.

Voyant que Solène, encore sur le seuil, regardait dans ma direction, je poussai la porte des toilettes. Dans la queue, je tentai d'élaborer une stratégie d'approche à la fois charmante et spirituelle. Arrivé en face de la dame pipi, je me rendis compte du ridicule de la situation. Je n'avais ni monnaie ni envie pressante. Je repassai la porte à battant avec détermination pour me retrouver de nouveau dans la musique assourdissante du bar. Un coup d'œil vers le comptoir – elle avait disparu.

Je sentis à ce moment une petite pression sur mon bras. C'était elle. « J'ai pris une bière pour toi. Tu regardais vers le bar avec insistance, je me suis dit que tu devais avoir soif. » Je saisis le verre qu'elle me tendait en lui rendant un grand sourire.

« Merci, oui, j'avais soif, aussi. » Je me sentais bien. « Je m'appelle Émile. Et toi ?

– Marie.

– T'es venue seule ?

– Mes amis sont partis, mais j'avais envie de rester.

– Pareil. Ça te dirait d'aller prendre l'air dehors ?

– Oui, on ne s'entend pas ici. » Elle enroula son manteau autour de son bras et elle me prit la main en faisant courir ses doigts dans les miens.

À quelques mètres du bar, sur le carré de pelouse qui se trouve au milieu de la place, je lui pris la taille. Elle se dressa sur la pointe de ses ballerines. Je l'embrassai.

*

Au petit matin, je me réveillai chez elle, avec la tête embrumée et un goût de tanin dans la bouche. Les yeux semi-ouverts, j'observai un temps Marie dans la lumière du matin. Elle était plus jolie encore que la veille. Nous nous étions embrassés jusqu'à ce que nos lèvres nous fassent mal, sans presque rien se dire, laissant derrière nous le Parlement, le boulot, la vie à Bruxelles. Je ne savais que deux choses : elle s'appelait Marie et tout me plaisait chez elle.

Une alarme sur mon téléphone me rappela à la réalité, et à ma réunion entre assistants. Marie n'esquissa pas un mouvement. J'optai pour une sortie en catimini : un petit mot sur la table du salon. Une formule bien tournée, mon numéro de téléphone, et un petit croquis. J'enfilai les vêtements que j'avais lancés en boule dans un coin de l'appartement, et partis sur la pointe des pieds.

Bruxelles me paraissait plus lumineuse que jamais. Je flottais à quelques centimètres du sol. Ma chemise était froissée et je sentais certainement un peu l'alcool, mais je m'en fichais. Mon esprit vagabondait, et je me prenais à rêver l'avenir. Dès l'arrivée des beaux jours, j'emmènerais Marie passer un week-end à Rome. Je traduirais pour elle les menus et jouerais les interprètes dans les bars. Je lui ferais le coup de la coupole du Vatican que l'on voit à travers un trou de serrure place des Chevaliers-de-Maltes, et puis on irait piqueniquer dans la pinède du parc *San Giovanni*.

Arrivé au Parlement, j'adressai un grand sourire au type de la sécurité. Il me répondit froidement : « Le badge… » Sans me départir de mon sourire, je me mis à chercher dans mes poches. Il me fixait avec une impatience évidente. « Le badge c'est autour du cou. C'est pas faute de le répéter. » Je lui tendis le sésame et m'apprêtais à m'engouffrer dans la grande porte tournante, mais je fus arrêté net dans mon élan par son avant-bras.

« Vous avez pas une tête à vous appeler Marie Meyer.

– Je vous demande pardon ?

– Mettez-vous sur le côté. Vous bloquez le passage. »

En quittant son appartement, j'avais pris le badge de Marie au lieu du mien. À peine contrarié, je me réjouissais d'avoir déjà un prétexte pour la revoir rapidement. En chemin vers l'accréditation où sont produits les badges temporaires, j'eus la curiosité de contempler sa photo.

Je m'arrêtai d'un coup, comme fixé au sol, en plein milieu de l'esplanade Simone-Veil. En dessous de sa photo, on lisait : « Marie Meyer – assistante parlementaire de Bruno Saurille ».

Marie travaillait pour le Front national.

30

Quelques jours plus tard, le 30 janvier

Neuf heures, j'étais déjà en retard pour le séminaire de la Commission européenne que Nico m'avait envoyé suivre. J'avalai un café encore brûlant, enfilai mon manteau, vissai mes écouteurs dans mes oreilles et lançai la matinale de France Inter. Je pris machinalement le métro en écoutant deux commentateurs qui se demandaient si, après des primaires catastrophiques, le PS allait éclater ou bien mourir à petit feu. Quelques stations plus tard, alors qu'un humoriste finissait sa chronique, je descendis à l'arrêt Maelbeek. En me dirigeant vers la sortie, je passai sans les regarder devant les gerbes de fleurs et les billets colorés qui étaient continuellement déposés en mémoire des victimes de l'attentat qui avait fait seize morts et une centaine de blessés un an auparavant – à peu près à cette heure-là, l'heure à laquelle les eurocrates arrivent au bureau. Depuis, les camions vert camouflage et les militaires armés jusqu'aux dents n'avaient plus quitté le quartier et je m'étais habitué à leurs rondes sur les quais du métro.

Dehors, le soleil émergeait timidement des nuages. Il avait plu tout le week-end sans discontinuer, et j'étais resté chez moi à me ronger les sangs. Marie avait essayé de m'appeler plusieurs fois, et m'avait envoyé un message où elle commentait la photo de mon badge sur laquelle j'avais la mine un peu renfrognée : « On dirait un terroriste de l'IRA. Sexy ! » Et moi, je n'avais simplement pas trouvé le courage de répondre. Elle devait me trouver lâche, goujat, ou bien les deux. Au ton de sa voix sur mon répondeur – enjoué en surface et puis un peu triste sur la fin des phrases –, je sentais qu'elle comprenait ce qui me perturbait. Au Parlement, personne n'adresse la parole aux assistants FN. Pas d'animosité, pas d'impolitesse ou de confrontations, juste deux mondes qui ne se mélangent pas. On ne se connaît pas, on ne se parle pas, et personne n'y trouve rien à redire.

En passant la nuit avec Marie, j'avais mis un pied au-delà de cette barrière invisible, mais je pouvais encore retourner en arrière, ne pas répondre aux messages, ne plus la voir, oublier cette histoire. Face à l'employée du centre d'accréditation qui m'avait demandé s'il était nécessaire de me faire un nouveau badge permanent ou si j'avais une chance de récupérer l'ancien, j'avais répondu qu'il était perdu pour de bon. Je savais que si je parlais de Marie autour de moi, mes amis assistants me mettraient immédiatement au ban. Camaraud avait l'esprit plus large, mais le FN était son ennemi désigné. Il ne manquait jamais une occasion de cogner sur les eurodéputés frontistes et passait son temps à en découdre sur Twitter avec les trolls de la fachosphère. Non, une relation avec Marie était tout simplement inenvisageable. Le *stigma* aurait été trop lourd à porter. Sans parler des conséquences professionnelles. En politique, on ne peut pas être vu à pactiser avec l'ennemi. Nico ne pouvait pas prendre le risque d'une rumeur sur son assistant.

Et pourtant, je ne pouvais plus penser à rien d'autre que ces quelques heures en compagnie de Marie. En passant mes affaires dans le scanner au contrôle sécurité de la Commission, je me rappelais ses gestes assurés et confiants guidant les miens. Je revoyais ses cheveux auburn sur les draps blancs, la peau très claire de ses épaules, mon euphorie en quittant son petit appartement. Je secouai la tête. Je ne pouvais pas occuper la journée à des rêveries. Il fallait passer à autre chose.

Quand j'arrivai finalement au huitième étage, j'étais déjà en retard de vingt bonnes minutes. Il y avait un grand kakémono avec le titre du séminaire : « *Decarbonising Transport : Smart Mobility Innovation for Sustainable Cities* ». Nous n'avions pas encore fini de nous occuper du diesel que la Commission préparait déjà ses prochaines propositions sur l'électrique. C'est une institution qui ne peut exister qu'en mouvement. Ainsi que l'avait dit Delors, l'Europe est comme une bicyclette, quand elle n'avance pas, elle tombe. Il avait piqué la formule à Che Guevara – mais le Che, lui, parlait de la révolution.

Devant la salle, j'aperçus Liz qui semblait être sur le départ. « Liz !

– Bonjour, Émile, quelle bonne surprise ! Comment allez-vous ?

– Bien, très bien. Je suis venu assister au séminaire organisé par votre direction. Vous ne restez pas ? »

Elle eut un petit sourire. « Je sais ce qu'il va s'y dire… J'étais juste venue voir si tout allait bien. C'est mon rôle de directrice. Mais maintenant que tout est en place, je peux laisser mes troupes à elles-mêmes. Voulez-vous venir prendre un café dans mon bureau ? » Me voyant hésiter elle ajouta dans un clin d'œil : « Ne vous inquiétez pas, je vous résumerai les idées clés des braves universitaires que nous avons invités au séminaire, et pour le même prix je vous expliquerai même pourquoi elles sont inapplicables en pratique. Votre patron sera très content de vous. »

Je n'hésitai pas bien longtemps. Je n'avais que modérément envie de passer ma matinée à regarder des diapositives remplies de diagrammes et de mots creux. Et puis j'avais une certaine curiosité : je n'avais jamais visité les coulisses de la Commission.

Je suivis donc Liz jusqu'aux bureaux qui logent la direction générale « MOVE », en charge des transports. Dans mon esprit, la Commission était entourée d'une aura de mystère et de pouvoir, et je l'imaginais remplie de haut en bas par des fonctionnaires athlétiques aux chemises blanches parfaitement repassées. Le genre bureaucrate dominateur et sûr de soi, un croisement entre l'inspecteur des finances et le banquier d'affaires. Au lieu de quoi on découvre des gens prudents et affables, qui ont intériorisé à la fois les brimades des grands États membres, qui bloquent toutes leurs initiatives, et la franche défiance du grand public, toujours un peu dubitatif sur ce qui se passe « à l'Europe ». Leur stratégie, c'est le long terme. Alors qu'au Parlement, nous étions totalement absorbés par la directive Diesel, la Commission préparait déjà le terrain pour des initiatives juridiques qui ne verraient le jour que plusieurs années plus tard. Étude d'impact, consultation des partenaires sociaux, analyses environnementales et sociales : on ne la prend pas facilement en défaut. Mais, du coup, on ne peut pas dire que l'ambiance soit électrique. Dans les couloirs gris où je suivais Liz pour aller vers son bureau, les voix étaient étouffées, l'ambiance studieuse – bien loin de l'agitation éclectique du Parlement.

Le bureau de Liz tranchait avec le reste du bâtiment. Il était meublé comme un manoir du Kent. Le sol était couvert d'un beau tapis aux couleurs chaudes. Aux murs, pas de rapports en papier glacé posés sur des étagères amovibles, mais de beaux livres rangés dans de vraies bibliothèques en noyer. Derrière sa chaise de travail, la vue sur Bruxelles était imprenable. On apercevait même au loin le beffroi de l'hôtel de ville. Au mur, il y avait une photo encadrée de Churchill, en jaquette, prononçant son discours sur les États-Unis d'Europe au congrès de La Haye. En m'asseyant, je vis sur son bureau en verre une photo de Roy Jenkins, président britannique de la Commission à la fin des années 1970 – un Anglais présidant aux destinées de l'Europe, cela semblait tellement lointain. Sur la photo aux couleurs saturées, Jenkins était entouré de ses collaborateurs. Parmi tous ces hommes en costume clair et cravate à rayures, on voyait, un peu en retrait, une jeune femme au regard déterminé : c'était Liz.

Ayant fait cracher deux expressos à la machine à café qui se trouvait dans un coin, elle prit place en face de moi, sourire aux lèvres. « Alors, dites-moi, Émile, comment allez-vous ?

– Eh bien, le vote du rapport est derrière nous.

– Et quel rapport ! J'en connais quelques-uns au Conseil qui se grattent la tête en lisant la position de départ du Parlement. C'est une jolie entrée en négociation, mes félicitations. Vous allez donner du fil à retordre aux diplomates.

– Merci, Liz. Je pensais souffler un peu après le vote, mais l'ambassadeur français fait le siège de bureau. Il voudrait que la nouvelle agence de certification des véhicules s'installe à Lyon.

– Intéressant. D'autant que pour l'instant le reste des États membres est plutôt opposé à cette idée d'agence.

Et je doute que l'Allemagne accepte de laisser une agence aussi importante pour son industrie s'installer en France. » Liz nota quelque chose sur un bloc-notes. « Quels sont les arguments de votre ambassadeur ?

– La France n'a pas été bien servie en termes de présence européenne, c'est un secteur vital pour l'économie française, Lyon est une ville idéale qui permettrait à l'agence de rayonner, ce genre de choses. En réalité, tout le monde sait qu'il quittera Bruxelles bientôt et qu'il lui manque son bâton de maréchal. Je crois que décrocher l'agence lui permettrait de sortir en beauté.

– Une agence à Paris lui irait donc tout aussi bien ?

– J'imagine, oui. »

Liz posa son stylo, la mine satisfaite. « Émile, vous êtes une source d'inspiration. » Je ne comprenais pas bien ce qu'elle entendait par là, mais je lui adressais un léger sourire. Elle laissa quelques secondes de silence avant de me demander : « Vous n'avez pas l'air d'être dans votre assiette. C'est ce qui s'est passé au Parlement qui vous perturbe ?

– Il y a de ça, oui. L'atmosphère est pesante depuis la mort de Grassmann.

– Ici aussi, vous savez. Nous avons renforcé la sécurité autour du commissaire.

– Et chez nous, Vervueren ne se déplace plus sans ses deux gorilles.

– C'est la première fois que je négocie un texte avec des hommes armés dans la salle. Mais je suis sûre que cela va aller. Il suffit de tenir jusqu'au vote final en plénière.

– Vous avez sans doute raison. »

Elle posa sur moi un regard maternel. « Je me trompe, ou quelque chose d'autre vous tracasse ? »

Je marquai une pause. « Liz, voilà, je viens de découvrir que… qu'un de mes proches vote Front national. Je ne sais ni quoi penser ni quoi faire…

– Et moi j'ai découvert la semaine passée qu'un de mes administrateurs sera candidat pour le FN aux législatives. Vous voyez, on n'en finit jamais d'être surpris. Un garçon charmant au demeurant…

– À la Commission ! Mais… qu'est-ce que vous allez faire ?

– Je voterais volontiers contre lui, mais je ne suis pas inscrite sur les listes en France. » Elle me regarda, réprima un sourire et reprit. « Rien, Émile, je ne vais rien faire. Les fonctionnaires européens ont le droit d'avoir des opinions. J'éviterai de le mettre sur des dossiers très exposés, c'est tout. Mon rôle à moi, c'est de faire tourner la boutique, que la direction fonctionne, que les textes sortent, que l'Europe avance. Et puis, vous savez, il faut vous y habituer, aux extrêmes. Ils sont bien représentés à Bruxelles. C'est bien simple, toute la fine fleur du UKIP est député européen. À cause du système de vote en Angleterre ils n'obtiennent quasiment jamais de sièges à la Chambre des communes, alors… Avouez que les débats en plénière y gagnent en couleur. Enfin, de toute façon, tout ce beau monde aura disparu après le retrait du Royaume-Uni en mars 2019, comme moi. »

Elle avait dit ça sur un ton détaché. Je me demandai un instant à quoi l'Union européenne ressemblerait sans les Anglais, à quoi ce bureau ressemblerait sans Liz, puis je chassai cette idée de ma tête.

« Liz, dans mon cas, c'est un peu plus ennuyeux. C'est une fille. » Elle esquissa un sourire, comme si elle m'avait vu venir de loin. « Vous pourriez, vous, partager votre vie avec quelqu'un qui vote pour les extrêmes ?

– J'avoue ne m'être jamais posé la question. Ma compagne est violoncelliste à l'Orchestre de la Monnaie. Les questions politiques qui l'intéressent, c'est plutôt de savoir s'il faut être pour ou contre le courant minimaliste. Ou bien les conflits endémiques entre les premiers et les deuxièmes violons. Du coup, je ne critique pas John Cage, elle se garde de commentaires sur la comitologie, et on vit heureuses depuis bientôt trente ans. »

À ce moment, elle ouvrir un tiroir sous son bureau et en sortit un livre qu'elle me tendit. « Tenez, ce sont les *Mémoires* de Jean Monnet. Je vous en fais cadeau. » Je la regardai, un peu étonné, le pavé dans les mains. « Vous verrez, c'est un livre passionnant. Mais il ne dit presque rien de l'histoire la plus incroyable de sa vie : comment il a rencontré sa femme. » Je levai les sourcils, un peu pris de court. Elle se leva et s'appuya sur son bureau. « C'était au cours d'un dîner, organisé par des amis communs, un soir de 1929. À cette époque, Monnet était banquier d'affaires. Lors de ce dîner, donc, il ne peut s'empêcher de faire la causette à cette jolie Italienne de vingt ans sa cadette, Silvia. Ils parlent de peinture, et puis d'Istanbul qu'il connaît bien et où elle est née. Monnet tombe sous son charme. Mais voilà, Silvia est déjà mariée, et dans l'Italie de ces années, le divorce n'existe pas. Ce qui est encore plus embêtant pour Monnet, c'est que le mari s'accroche, refuse toute procédure de divorce en France. Or à l'époque, en France comme presque partout dans le monde, le divorce sans consentement du mari est impossible. Qu'à cela ne tienne, Jean Monnet organise la plus belle opération de sa carrière. Il s'aperçoit qu'en URSS, la loi permet aux femmes de divorcer unilatéralement. Seul problème : il faut avoir la nationalité soviétique. Mais ce n'est pas ça qui va l'arrêter. Encore maintenant, personne ne sait bien comment, mais il réussit à convaincre les autorités soviétiques d'octroyer la nationalité à Silvia pour une journée. Ils s'envolent tous les deux pour Moscou, elle divorce de son mari et épouse Monnet dans la foulée. » Liz me fit un sourire malicieux. « Vous voyez, Émile, en amour comme en politique, il faut savoir discerner des chemins là où d'autres ne voient que des impasses. »

31

Quelques semaines plus tard, le 8 mars

Le retour des États-Unis de Camaraud m'avait fait l'effet d'une bouffée d'air frais. J'avais passé le mois de février assez seul, à retourner dans ma tête le peu d'indices dont je disposais – mais qui suffisaient à me distraire de mes préoccupations plus personnelles. À peine Camaraud rentré, nous nous étions donné rendez-vous pour reprendre le fil de notre enquête, et comme à son habitude, il s'était contenté de me dire par téléphone qu'il avait « du nouveau ».

Je ne m'attendais pas à ce qu'il habite à Uccle. Lui, le journaliste en blouson de cuir et à la barbe de trois jours, vivait dans une banlieue cossue de Bruxelles, entouré par la bonne bourgeoisie belge et les évadés fiscaux français. À son adresse, je trouvai une grande bâtisse de deux étages aux murs décrépits, avec devant un petit jardin en friche fermé par un portail grinçant. L'ensemble avait l'air un peu abandonné et jurait au milieu d'une rue proprette où se succédaient les haies bien taillées. Il m'expliqua plus tard qu'il avait acheté cette maison au tout début de son mariage. Son épouse, une Suédoise sortant d'un Erasmus à Bruxelles et d'un semestre au Collège d'Europe à Bruges, l'avait convaincu que son petit appartement plein de charme dans le quartier bobo de la rue Dansaert n'était pas compatible avec leurs projets d'enfant. Juste avant l'arrivée du premier et un peu après l'entrée de la Suède dans l'Union européenne, elle avait passé un concours de la Commission européenne, qui se dépêchait à cette époque de remplir ses quotas de Scandinaves. Elle était tombée sur cette maison alors qu'ils dînaient chez un de ses collègues, un Portugais qui habitait le quartier. Camaraud n'aimait ni le collègue en question ni le quartier. Par ailleurs, il trouvait le coût du projet exorbitant pour son salaire de jeune journaliste. Elle avait insisté et c'est elle qui avait eu le dernier mot – les banques prêtent plus facilement aux fonctionnaires européens qu'aux journalistes.

À écouter Camaraud, leur mariage n'avait été qu'une succession de désaccords de ce genre, et ils n'avaient pas tardé à divorcer. Elle s'installa à quelques rues de là avec le fameux collègue portugais que Camaraud n'avait jamais bien senti. Elle eut la garde des enfants, et Camaraud la maison. C'est comme ça qu'il était resté bloqué à Bruxelles pour une quinzaine d'années, refusant d'aller couvrir l'Italie pour *Libération* afin de rester près de ses enfants – la peur, sans doute, que ces deux petits binationaux ne deviennent définitivement des étrangers, au propre comme au figuré. Une fois que les enfants eurent grandi, il n'avait pas eu le courage d'entamer une nouvelle carrière. Un peu par paresse, un peu par nostalgie, il était aussi resté dans cette maison à laquelle il avait fini par s'habituer. Elle s'était transformée en manoir de Bruce Wayne, dans lequel il s'enfermait des nuits entières pour peaufiner ses articles et peser les mots de ses éditos.

Je passai une tête hésitante à travers la porte d'entrée qui n'était pas fermée à clé. « Guy ? » Une voix descendit de l'escalier. « Entre, entre, je suis à l'étage. Prends-toi une bière dans le frigo et monte. » En enlevant mon manteau et mes chaussures pleines de neige un peu noircie, je détaillai le salon et la cuisine en enfilade. Des piles de dossiers mangeaient les meubles et les fauteuils. Le rez-de-chaussée n'était pas chauffé, et avait pour seul éclairage une grande baie vitrée dans la cuisine. À côté de la poubelle, il y avait une pile d'au moins un mètre de haut de cartons bento d'un traiteur japonais empilés les uns sur les autres. Le frigo, lui, était impeccablement tenu. Une dizaine de bières d'abbaye bien rangées occupait le bac à légumes et le premier étage.

Je montai les escaliers en bois recouverts de moquette, en suivant le bruit des touches de clavier sur lesquelles Camaraud frappait fort, comme sur une machine à écrire. Je poussai la porte dont sortait un filet de lumière. « J'ai pris deux rousses de Brabant. »

Camaraud mit un ultime coup de doigt dans un grand geste et pivota sur sa chaise. « Les rousses, j'aime, elles sont bien corsées ! » Il avait accompagné sa boutade d'un petit clin d'œil auquel je répondis par un sourire gêné. « Je viens de finir un papier sur les candidats à la présidentielle et l'Europe, tu m'en diras des nouvelles. Bon, passons aux choses sérieuses. Prends un siège. » Je déplaçai une pile de photocopies pour m'installer sur un vieux fauteuil design danois recouvert de toile beige qu'un chat avait copieusement griffé. Camaraud ouvrit sa bière avec un décapsuleur qu'il rangeait dans son pot à crayons et lança la capsule d'un geste sûr dans la poubelle à l'autre bout de la pièce.

« Ça a pris pas mal de temps avec les vacances de Noël, mais j'ai enfin mis la main sur le rapport interne relatif à la mort de Grassmann. » Il me tendit une grande enveloppe kraft avec un tampon « EU Confidential » en rouge. Elle contenait un document d'une vingtaine de pages, avec en annexe des listings et des photos. Le tout avait été rédigé par la direction de la sécurité du Parlement, qui avait fait sa propre enquête en parallèle avec la police belge. Un à un, je détaillai les clichés. On y voyait, sous divers angles, Grassmann affalé sur son bureau, les yeux ouverts, la cravate sur le côté. « Le pauvre, il est mort avec la directive Diesel littéralement sous les yeux.

– Presque. Ce sont des fiches techniques sur la directive. L'administrateur danois dont Liz et toi parliez à Strasbourg devait justement le briefer sur les compromis entre les groupes politiques ce soir-là. C'est lui qui a découvert le corps. Les listes derrière, ce sont les entrées et sorties du Parlement le jour de sa mort. Je crois qu'il faut commencer par ça. Allez, au boulot ! »

On savait du rapport du légiste que Grassmann était décédé vers vingt et une heures. Le document du Parlement indiquait que Jørgen avait appelé les secours un peu après vingt-deux heures. À vingt heures, Grassmann avait dîné avec Martin Krüger dans les salons protocolaires du Parlement. Comme il fallait badger pour sortir du bâtiment, il était possible de savoir qui était parti du bâtiment après le meurtre. La liste réduisait le nombre des suspects potentiels à une centaine de personnes : une soixantaine de fonctionnaires en charge des réunions qui avaient duré dans la soirée, des interprètes, des journalistes, du personnel des services de restauration et de nettoyage. « Pourquoi est-ce qu'il n'y a aucun député dans la liste ?

– Bien vu ! Les sorties réservées aux députés n'ont pas de portique. Et puis de toute façon, en général, ils sortent du Parlement en limousine officielle pour rejoindre leur hôtel. C'est notamment pour ça que je suis resté à Strasbourg après la session : pour interroger les chauffeurs.

– Et alors ?

– Alors, j'ai découvert qu'à Strasbourg les chauffeurs sont pour la plupart des anciens gendarmes dont la mémoire a manifestement été émoussée par les apéros et les soirées de garde avec les copains. J'attends de mettre la main sur la vidéo du parking, mais pour l'instant j'ai pu dresser une première liste grâce aux divers témoignages. Une dizaine de députés de la commission industrie qui avaient un débat en plénière, le président du Parlement, ton boss…

– Nico ?

– Apparemment. Pourquoi ? Il avait autre chose de prévu ? »

Je regardai sur mon téléphone pour voir ce qui figurait à l'agenda de Nico à cette date – les agendas des députés et de leurs assistants sont synchronisés, ce qui donne parfois lieu à des situations embarrassantes où le patron reçoit des rappels « anniversaire Maman » et l'assistant est tenu au courant tout le week-end des moindres déplacements de son boss. « Le 14 décembre, c'était… "dîner perso". »

Camaraud se pencha sur mon téléphone, et sourit du coin de la bouche. « Ça, pour un député ça veut dire "rendez-vous galant". Mais apparemment, ce soir-là, pas de bon restaurant pour madame, juste un plateau-repas dans le bureau. Ou bien le dîner perso n'est qu'une excuse et Nicolas Marchet avait quelque chose d'autre à faire au Parlement… Mais il faut procéder méthodiquement. » Il sortit un grand tableau sur trépied de derrière une étagère et dessina deux ronds : l'un marqué SB pour Sandrine Berger, l'autre HG pour Helmut Grassmann. « Quels sont les liens ? » Il traça une flèche à double sens de l'un à l'autre. « *Primo*, les deux meurtres ont vu Nicolas Marchet monter d'un cran dans l'échelle parlementaire.

– Ça, c'est pas juste un fait, c'est déjà une conjecture.

– Dis-moi, il était au Parlement le matin du meurtre de ta patronne ?

– Je ne sais pas ce qu'il faisait à ce moment-là. En tout cas, il n'était pas dans son bureau, j'avais essayé de l'appeler vers huit heures moins le quart. Ce qui est sûr, c'est qu'il était en réunion de commission à neuf heures : j'étais avec lui.

– Le meurtre a eu lieu à 8 h 51, ça lui laisse tout le temps de venir ensuite s'installer en salle de commission. Plus de dix ans de maison, il connaît tous les escaliers. C'est toi-même qui me l'as dit.

– Certes, mais il n'est pas le seul... »

Camaraud me coupa d'un geste de la main. « *Deuzio*... Les meurtres ont eu lieu à un moment clé de la procédure. Juste avant la présentation du rapport Diesel en commission dans le cas de Sandrine Berger. Et avant l'envoi des compromis sur le texte pour Helmut Grassmann.

– Comme si on essayait d'empêcher que la directive n'aille à son terme... Ce qui nous ramène à la FECA. Bondigas a tenté d'appeler Sandrine la veille de sa mort. Il n'aimait pas la tournure du rapport. Et pour Grassmann, souviens-toi, nous les avons vus se disputer devant son hôtel à Strasbourg.

– Oui, mais si le but de la FECA était de bloquer le rapport, c'est raté. La directive suit son bonhomme de chemin. Le Parlement, c'est comme l'Hydre de Lerne.

Tu tues un député, un autre apparaît pour le remplacer. D'ailleurs, vous êtes en train de discuter du texte avec les autres institutions, non ?

– Oui, on a commencé les négociations en trilogue.

– Voilà. Et *troizio*, les deux meurtres ont eu lieu dans les bâtiments du Parlement. Nous avons affaire à quelqu'un qui a accès aux bâtiments.

– Fonctionnaires, assistants, députés, ça fait du monde bien sûr. Mais note que Bondigas aussi a un badge, en tant qu'ancien commissaire. » Camaraud hocha la tête et inscrivit le nom de Bondigas à côté de celui de Nico. Je poursuivis sur ma lancée. « D'ailleurs, tu as trouvé quelque chose sur son homme de main ?

– Presque rien. J'ai fouillé dans les organigrammes de la FECA. Il s'appelle Goran Zvonar. C'est un Croate. J'ai demandé à un collègue correspondant dans les Balkans. Il a un peu regardé, posé quelques questions, mais ça n'a rien donné.

– C'est peut-être qu'il a une super couverture.

– Ou que c'est juste un prof de gym recyclé en garde du corps, on n'en sait rien. » Camaraud marqua un point d'interrogation à côté d'un petit bonhomme qu'il avait dessiné près du nom de Bondigas. « Autre élément. Hasard ou pas, le tueur échappe aux caméras de vidéosurveillance. Pour Grassmann, il se doute peut-être qu'à Strasbourg les bureaux des députés sont très peu couverts par le système de surveillance. Pour Sandrine Berger, tout se passe comme s'il savait que de là où il est au douzième, il ne sera pas dans le champ de la caméra. » Camaraud pointait l'écran de son ordinateur sur lequel il avait en pause la vidéo du matin de la mort de Sandrine. Elle était dos aux ascenseurs, en direction de son agresseur, son téléphone dans une main, faisant signe de l'autre. « On sait aussi que les victimes connaissaient leur assassin. Sandrine Berger est allée vers lui d'elle-même et Helmut Grassmann n'a même pas pris la peine de se lever de sa chaise.

– On pourrait penser à Karl Stauff. Il était du rendez-vous avec Krüger le matin de la mort de Sandrine, et il disparaît sous l'angle de caméra, justement là où se trouve l'assassin quelques minutes plus tard. Et ça colle avec ta théorie des caméras. Si quelqu'un connaît le système de sécurité du Parlement, c'est bien le secrétaire général. Dans le même ordre d'idées, on a aussi le fait que *et* Sandrine, *et* Grassmann ont vu Martin Krüger juste avant de mourir. Je t'ai déjà parlé du groupe Adler. Eh bien je suis passé voir un ami de chez VoteWatch, et si on prend… »

Camaraud, perdu dans ses pensées, m'interrompit brusquement. « Dis-moi encore, le matin de la mort de Sandrine, est-ce qu'on a trouvé ses affaires à côté d'elle ?

– Non, juste des documents sur la directive Diesel. Rien d'autre. Elle avait dû laisser son moleskine au bureau. Elle n'arrêtait pas de l'oublier un peu partout. C'est bête, j'aurais dû y jeter un œil avant que la sécurité ne l'emporte avec le reste.

– Bof, c'est pas des petits dessins de pâquerettes qui nous avanceraient… » Je ris de bon cœur. Sandrine avait en effet l'habitude de parsemer les marges de ses notes d'arabesques florales pour tromper l'ennui des réunions trop longues.

Camaraud faisait cliquer un stylo. Je restais focalisé sur sa remarque. Il me fallut bien une minute pour comprendre ce qui me perturbait. « Mais attends, c'est toi en fait ! »

Il me regarda, étonné. « Quoi, moi ?

– Mon visiteur du soir. C'est toi qui es venu farfouiller dans le bureau de Sandrine ! » Camaraud me fixait des yeux un peu interloqué, sans rien dire, la bouche entrouverte comme si rien n'arrivait à en sortir. « Bien sûr ! Sinon comment tu aurais su pour les croquis de fleurs ? T'es venu piquer son carnet dans la soirée.

– Mais enfin, Émile…

– Attends, non, c'est pas ça. Il était là le lendemain quand la sécurité est venue.

– Je…

– Je sais, en fait, tu l'as piqué quand on s'est vus pour la première fois l'après-midi, et tu es venu le rapporter le soir pour que personne ne s'aperçoive qu'il manquait. Mais comment t'as fait pour ouvrir la porte du bureau de Sandrine ? »

Il prit un air penaud. « Écoute, on va pas non plus y passer une heure.

– Le café ! Tu m'as demandé un café, et pendant que j'étais dans la pièce d'à côté, tu as pris le carnet, et puis tu es allé tourner la clé dans la serrure. Comme la porte qui donne sur le couloir est toujours fermée, je n'avais pas de raison de vérifier en partant. »

Camaraud était visiblement vexé. « Déjà, je ne pouvais pas savoir qu'il n'y aurait rien d'intéressant, dans ce carnet. Potentiellement, il pouvait y avoir des infos essentielles. Quand on fait du journalisme d'investigation, il faut parfois savoir prendre des initiatives. Ensuite, si tu mettais autant d'énergie à chercher l'assassin de ta boss qu'à essayer de remonter ma trace, on avancerait peut-être plus vite.

– C'est ce que je fais, Guy. Et je te dis que Stauff et les Allemands du groupe Adler sont impliqués.

– Oh ! la barbe avec cette histoire de complot allemand !

– Bon, puisque je n'ai que des mauvaises idées ce soir, je vais te laisser finir de réfléchir seul. De toute façon tu n'as pas besoin de moi, apparemment. »

Je me levai lentement, en espérant un peu qu'il me retienne. Au lieu de quoi il resta penché en arrière sur sa chaise, faisant osciller le feutre entre ses doigts en fixant le tableau. « Je m'en vais.

– C'est ça, à bientôt. Claque la porte derrière toi. »

J'hésitai un instant, puis je redescendis l'escalier. Sans faire de bruit, je pris deux nouvelles bouteilles dans le frigo, avant d'enfiler mes chaussures et mon manteau encore mouillés.

Le tramway qui devait me ramener dans le centre de Bruxelles mit un bon quart d'heure à arriver. Les néons d'un fleuriste éclairaient en bleu la neige sale qui couvrait les pavés. Je repensais à la blague usée de l'ivrogne qui cherche ses clés sous un lampadaire plutôt que vers sa voiture où il les a perdues, « parce qu'on voit mieux sous le lampadaire ». Je me demandais qui de Camaraud et de moi était l'ivrogne, et qui était le lampadaire. Une vieille rame fatiguée finit par se traîner jusqu'à l'arrêt à grand renfort de grincements. Je m'installai sur un siège, pas mécontent de me réchauffer un peu.

En descendant du tram, je glissai sur une plaque de verglas, manquant d'envoyer valser les deux bières que j'avais piquées dans le frigo de Camaraud. Un SDF assis sur un carton sous l'abri du tram s'esclaffa. En me demandant comment on pouvait encore garder le sens de l'humour par un froid pareil, je me promis de lui donner les deux bouteilles si elles ne trouvaient pas preneuse.

Arrivé devant la porte blanche, j'hésitai une demi-seconde avant de sonner. Elle s'ouvrit doucement.

« Tiens ! Je me demandais si tu finirais par venir, toi.

– J'ai ramené deux bouteilles de rousse de Brabant. Les rousses sont celles qui ont le plus de caractère… »

Le visage de Marie se dérida. « Idiot, va. » Je fis une petite grimace en me battant les flancs pour me réchauffer. « Fait pas chaud, dis. » Elle me prit la main, fit courir ses doigts dans les miens et m'embrassa sur le pas de la porte. « Dépêche-toi de rentrer, la police de la bien-pensance pourrait te voir. »

*

Il y avait quelque chose d'angélique dans le visage de Marie, quelque chose que je ne parvenais pas à dépasser. Pour moi, le Front national, c'était la quintessence de la laideur. Laideur morale d'une idéologie que je voyais comme de l'égoïsme organisé en système. Laideur des meetings qui, même en les regardant à la télé, me paraissaient sentir la sueur et l'amertume, avec tous ces retraités en rang d'oignons sur des chaises en plastique venus communier dans leurs aigreurs le temps d'un discours. Laideur des skins dans les manifestations avec leurs crânes luisants et leurs poings levés qui beuglent des slogans avec leurs voix rauques. Sans parler de Marine Le Pen, dont les mimiques et les tirades sarcastiques me glaçaient le sang. Il y avait tout ça, et puis il y avait Marie, beauté douce, voix claire, sourire lumineux.

Au petit matin, j'avais prétexté sans conviction une réunion matinale et j'étais parti de chez elle tôt, pour ne pas prendre le petit déjeuner ensemble. Je fuyais toute la normalité que ça représentait : boire un café ensemble, tartiner des biscottes, bavarder sur les dernières nouvelles du Front. Et puis je ne pouvais pas concevoir qu'ensuite nous allions au travail ensemble, bras dessus, bras dessous. Je traînais ma lâcheté avec dégoût, mais c'était au-dessus de mes forces, je ne voulais pas être vu avec elle, et surtout pas aux abords du Parlement.

Pour autant, à peine sa porte refermée, me retrouvant seul sur le trottoir, à grelotter déjà dans le froid, je ne pensai déjà plus qu'à une seule chose : la retrouver dès que possible, dans son petit appartement où, la veille, nous avions mangé des sushis devant *Les Hommes du président*, mettant le film en pause pour faire l'amour, deux fois. Le film terminé, enlacés sur le canapé, nous avions parlé de politique. Bruno Saurille, son député, était un parlementaire dilettante. C'était un avocat connu surtout pour sa gouaille. Il vivait pour les effets de manches en hémicycle et les procédures contre le Parlement devant la Cour de justice de l'Union. Il ne mettait presque jamais un pied en commission parlementaire. Marie, elle, prenait son travail très au sérieux. Elle avait inscrit Saurille en commission de l'environnement et il lui laissait toute latitude pour rédiger amendements et résolutions à sa guise. À mon grand embarras, nous nous retrouvions sur tout : la menace des OGM, les perturbateurs endocriniens, l'agriculture industrielle, les méfaits des traités de libre-échange dans le secteur alimentaire.

En marchant, tête baissée, en direction du Parlement, je songeais comme les choses auraient pu aller autrement. Il s'en serait fallu de très peu pour qu'elle soit dans le « bon » groupe politique, et que rien ne s'oppose à ce qu'on soit ensemble. Et moi, est-ce que j'aurais pu, à un moment, basculer du mauvais côté ? Est-ce qu'il aurait suffi d'un contexte familial un peu différent, ou bien d'une mauvaise expérience, pour que je me retrouve au FN ? Après tout, nous avions fait à peu près les mêmes études et, je m'en apercevais, nous partagions beaucoup d'intuitions. Peut-être que mon rôle serait d'arracher Marie aux contingences qui l'avaient poussée au FN, comme Jean Monnet avait arraché Silvia à son mari ?

Printemps

32

Un mois plus tard, le 11 avril

En arrivant au Parlement ce matin-là, je me sentais une confiance que je n'avais pas encore quelques mois auparavant. Mon boulot me donnait enfin ce sentiment de maîtrise qui semblait m'échapper ailleurs. Nous étions sur le point de clôturer le dossier Diesel, et j'avais l'impression d'être passé dans la catégorie de ceux qui savent comment les choses fonctionnent. Au fond, même si le Parlement est une usine d'une redoutable complexité, sa logique fondamentale est très simple : il produit des textes. Sur ses chaînes de montage arrivent de la Commission européenne des propositions, qui sont travaillées des mois durant en commission parlementaire : réunions, séminaires, auditions, missions sur le terrain, rédaction d'amendements. Chacun exprime sa position, puis des équilibres politiques se dégagent. L'imagination des députés est progressivement atténuée par la rencontre avec les contraintes juridiques et empiriques. Les groupes de pression, les ONG et autres partenaires sociaux sont entendus. Vient ensuite l'étape des compromis entre les groupes politiques, toujours laborieux, souvent douloureux. Puis le temps du vote en commission parlementaire – un grand moment d'autocongratulation et de satisfaction devant le travail accompli.

Mais ce n'est qu'un début. Il faut ensuite se confronter à la réalité, c'est-à-dire aux États membres réunis au sein du Conseil, l'autre branche du pouvoir législatif européen. En effet, pendant que le Parlement a fignolé son texte jusqu'à la dernière virgule en tenant compte des *desiderata* des divers groupes politiques, les diplomates du Conseil ont élaboré leurs propres positions, au barycentre du Nord et du Sud, de l'Est et de l'Ouest, tenant compte des petits et grands pays et des avis de leurs nombreux experts. En règle générale, le Parlement veut décrocher la lune, alors que le Conseil, lui, reste les pieds bien sur terre.

Dans le cas de la directive Diesel, Vervueren voulait que la nouvelle agence paneuropéenne certifie les moteurs Diesel, et soit dotée de pouvoir de contrôle sur pièces et sur place. Il demandait aussi que cette certification donne lieu à une redevance, et que ce soient les eurodéputés qui en votent le niveau – ce que Vervueren avait en tête, ce n'était rien de moins que le premier impôt fédéral européen décidé à Bruxelles. Le Conseil, de son côté, avait un tout autre script. Les ministres des Transports avaient marqué leur accord pour une révision à la marge des normes en vigueur pour le diesel, mais refusaient tout contrôle européen et, plus vigoureusement encore, toute idée de fiscalité. Renforcer les normes européennes sans donner à l'Europe le moyen de les appliquer, c'est l'astuce classique des diplomates. Cela permet aux gouvernements nationaux de faire ce que bon leur semble par la suite et d'ajuster le discours en fonction des publics. À Berlin, on dit que l'Europe est trop laxiste, à Paris, qu'elle est inflexible. La Commission européenne, bonne fille, se retrouve avec toutes sortes de missions sur les bras, sans avoir les moyens de les mener à bien. Responsable mais pas capable.

Parlement et Conseil bien campés sur leurs positions, le duel peut commencer. D'un côté, le Parlement représenté par un député pour chaque groupe politique, de l'autre les États membres représentés par l'un d'entre eux. D'un côté la rouerie politique, de l'autre le cynisme diplomatique. Ici les slogans, là les pesanteurs des appareils administratifs. Et pour arbitrer le tout, la Commission européenne, qui est l'auteur du texte original et qui tente de le préserver autant que possible des dégâts du combat, prenant elle-même quelques coups au passage.

Comme toutes les lois européennes, le texte définitif de la directive Diesel sortirait de cet étrange ménage à trois que sont les « trilogues ». Nous en étions à la septième réunion. Comme d'habitude, les négociateurs avaient commencé par le dessert, et s'étaient mis d'accord sur les points les plus évidents. Ils avaient laissé le plus dur pour la fin : la création de l'agence de contrôle des véhicules à moteur. Jusque-là, Vervueren n'avait pas lâché un centimètre de terrain sur ce sujet, et le Conseil non plus. Depuis quelques semaines cependant, la présidentielle française avait provoqué un certain sentiment d'urgence. Marine Le Pen était très haut dans les sondages. Tout portait à croire qu'elle perdrait, mais à Bruxelles, on avait également été certain que le Brexit n'aurait pas lieu et que Trump ne serait jamais élu. Il flottait comme un parfum d'incertain. Si Marine Le Pen gagnait, l'Europe ne disparaîtrait pas du jour au lendemain, mais tout serait paralysé, et pour longtemps. Il fallait se dépêcher de faire passer ce qui pouvait passer.

La réunion de trilogue commença par l'habituelle phase d'approche pendant laquelle les deux adversaires se toisent. Vervueren, flanqué de Jørgen et d'un de ses gardes du corps, introduisit la réunion par un beau morceau de bravoure oratoire. Le Parlement dans son entier exigeait que le Conseil fît preuve de courage, et acceptât la création d'une agence capable de mettre un terme aux tricheries des industriels. Le populisme se nourrissait, selon lui, du sentiment d'impuissance que donnait l'Europe, incapable d'opposer une quelconque volonté politique aux grandes lames de fond de la mondialisation. Le Conseil, s'il refusait de suivre le Parlement, ferait le lit des extrêmes.

Le Conseil parlait par la voix du ministre des Transports maltais dont le pays en assurait comme il le pouvait la présidence tournante. Malte, petit pays à peine plus peuplé que la ville de Toulouse, a du mal à exister au milieu des gros au niveau européen. Pour ne rien arranger, le ministre n'était pas un grand orateur, et il se contentait de lire des éléments de langage que ses services lui avaient préparés. Un conseiller, assis à côté de lui, faisait tourner les pages d'un grand classeur à onglets, lui indiquant du doigt les paragraphes à lire au micro. Sa réponse à la tirade de Vervueren fut laconique. « Le mandat du Conseil est clair. La création d'une agence dotée d'un pouvoir de contrôle ou de taxation est *inacceptable*. » Il se tourna vers son conseiller pour s'assurer qu'il avait bien joué sa partition.

Cette scène fut rejouée un certain nombre de fois. Au bout de deux heures, la situation parut complètement bloquée. Liz, qui était placée à droite de son commissaire et qui lui tenait la main dans cette négociation, me fit passer une note dans laquelle elle me suggérait de demander à Nico de lever la séance, ce qu'il fit. Des petits groupes commencèrent à se former – c'est dans ces moments-là que les vrais marchandages ont lieu. Encadré de deux armoires à glace à oreillette, Vervueren se retira avec Jørgen, Nico et les *shadows* pour déterminer le point de vue du Parlement. De l'autre côté de la salle, Liz faisait la navette entre les diplomates français et allemands, qui, s'ils le voulaient, pouvaient débloquer la situation – en règle générale, si la France et l'Allemagne arrivent à se mettre d'accord sur quelque chose, le reste de l'Europe peut suivre. Les autres participants, lassés de faire de la figuration, étaient sortis de la salle.

Jørgen semblait très préoccupé. « Monsieur Vervueren, notre position n'a pas de fondement juridique. Même si nous trouvons un accord, il se trouvera un État membre pour nous traîner devant la Cour de justice et le dossier sera à reprendre. Il n'y a tout simplement pas de base légale pour une fiscalité sur le diesel. Au mieux, nous pouvons demander une étude, comme je l'indique dans ma note. »

Vervueren s'emporta. « Vous m'emmerdez avec vos notes et vos bases légales ! Dans quel camp est-ce que vous êtes ? Nous obtiendrons une taxe européenne, un point c'est tout. Foutez-moi le camp ! »

Les députés qui assistaient à la scène regardèrent Vervueren, choqués. Jørgen était stupéfait, mais il garda son calme. « Bien, si c'est ce que vous voulez. » Il réajusta ses lunettes, remit sa note dans son porte-documents et retourna s'asseoir dans la salle, le visage fermé. Je me dirigeai vers lui quand mon attention fut attirée par Liz qui s'approchait de Nico et Vervueren. Elle avait apparemment réussi à faire bouger les lignes.

Sur le conseil de Liz, Nico rouvrit la négociation, et chacun reprit place. Une fois tout le monde installé, le commissaire prit la parole, et mit sur la table une proposition de compromis. C'était un coup de billard à trois bandes. Le premier élément consistait à poser le principe que l'agence n'aurait, initialement, aucun pouvoir concret, sinon celui de produire un rapport annuel sur les émissions dans le secteur des transports et des avis sur les projets de réglementations. Au Parlement européen, Liz avait fait valoir que la création d'une agence, même inoffensive, était un pied dans la porte et que, le moment venu, l'idée d'une taxation européenne s'imposerait. À Vervueren qui faisait part de ses doutes, elle avait répondu : « Regardez le Parlement, une instance consultative à ses débuts, aujourd'hui législateur de plein exercice. » Mais ça ne suffisait pas à faire avaler la création d'une agence aux États membres. Il fallait que chacun y trouve son intérêt. Liz savait que les Allemands tenaient énormément à garder le contrôle sur tout ce qui a trait au diesel. Ils pourraient éventuellement laisser une agence se créer si elle était installée chez eux. Mais elle savait aussi que l'ambassadeur français ne pouvait pas repartir les mains vides. Sa carte maîtresse était que la sortie du Royaume-Uni de l'Union européenne allait forcer la relocalisation d'une autre agence ayant son siège à Londres : l'Autorité bancaire européenne. Paris et Francfort se faisaient une concurrence particulièrement rude pour l'obtenir. La City de Londres rejetée en dehors de l'Union, c'était à qui deviendrait la place financière de l'Union à 27 pays. Liz se doutait que si l'Allemagne et la France se rangeaient derrière un compromis, le reste des États membres suivrait très probablement. Elle avait donc proposé un partage. L'agence de contrôle des véhicules s'installerait en Allemagne, permettant aux Allemands de garder la main sur le secteur de l'automobile. Et Paris récupérerait l'agence bancaire.

Le commissaire déroula au micro, en anglais, le script écrit par Liz. Quand il eut fini, il demanda si l'accord était acceptable pour le Conseil et le Parlement. Le représentant maltais regarda, anxieux, les diplomates français et allemand qui hochèrent la tête. On entendit un « *yes* » un peu fébrile s'échapper de son micro. C'était au tour du Parlement de s'exprimer. Usant de ses prérogatives de président pour parler avant Vervueren, Nico ne put s'empêcher de mettre sa patte. Il expliqua que le Parlement pouvait donner un accord de principe, mais qu'il attendait de voir l'accord rédigé en détail, parce que, comme disait son grand-père : « On n'achète pas un lapin dans un sac. » Les interprètes butèrent visiblement sur la traduction de ce proverbe du Lyonnais, ce qui provoqua un moment de flottement. Le commissaire, inquiet, demanda si, oui ou non, il y avait un accord entre les parties. Vervueren alluma son micro : « *Oui, yes, ja, iva.* » L'assistance se mit à rire. Nous avions un accord, il ne nous restait plus qu'à voter.

33

Rome, 19 avril 2017

Marie avait un chemisier blanc avec des manches retroussées et un foulard autour du cou, comme Audrey Hepburn dans *Vacances romaines*. Nous avions regardé le film juste avant le départ. Devant la porte de l'hôtel encadrée par deux colonnes de faux marbre, elle me taquinait en notant que, dans le film, le beau Gregory Peck, qui arrache la princesse Anne à la monotonie des dîners diplomatiques, n'était pas en jean et baskets. Je n'avais jamais vu Marie si heureuse que depuis que nous étions arrivés en Italie. Elle supportait mal notre semi-clandestinité bruxelloise et elle me le faisait sentir. Les premières disputes avaient éclaté, et j'ai horreur des conflits. Plutôt que chercher une solution, j'avais fait diversion en sortant de mon chapeau cette idée d'escapade à Rome.

Après avoir traversé toute la ville, nous avions laissé la Vespa vintage rouge au loueur vers la place de Venise. Je proposai d'aller manger une pizza assis sur le rebord de la fontaine de Trevi. Cela semblait initialement une bonne idée. Mais nous étions en avril, le temps était magnifique, et les ruelles autour de la fontaine étaient noires de monde. Après avoir fait la queue une bonne dizaine de minutes, j'eus un moment de doute en me séparant d'un billet de vingt euros contre deux parts de pizza rectangulaires fatiguées d'avoir passé la matinée en vitrine. Plus on s'approchait de la fontaine, plus les vendeurs à la sauvette étaient nombreux : des Sénégalais qui vendaient des ceintures, des porte-monnaie et des statuettes en ébène, des Roms qui cherchaient à écouler sans trop de conviction des parapluies par beau temps, et puis des sacs Prada, des coques d'iPhone, des jouets électroniques en plastique qui gémissaient des mélodies répétitives… Devant la fontaine, il y avait deux calèches auxquelles étaient attelés des chevaux au regard vide, une classe d'écoliers polonais avec des tee-shirts Jean-Paul II, deux ou trois groupes de retraités allemands avec leur guide, des touristes chinois qui se prenaient en photo avec des perches à selfie, des couples occupés à jeter des pièces dans l'eau, et, au milieu de tout ça, deux policiers municipaux avec leur casque blanc qui tentaient de se donner l'air de maîtriser la situation. Je voulais retrouver un peu du décor dans lequel Marcello Mastroianni embrasse Anita Ekberg dans la *Dolce Vita* – ça aussi nous l'avions regardé avant le départ – et c'était raté.

« Moi je ne mange pas là, Émile !

– Je suis d'accord. Trouvons un endroit calme. Un jour je t'emmènerai dans les petits villages autour de Bologne, avec les petites places à fontaine, les petites églises, les pizzerias familiales, les petits vieux sur un banc. Tu verras, c'est la vraie Italie.

– Tu te trompes. C'est ça, maintenant, l'Italie. »

Je craignais trop de déclencher une tirade sur la mondialisation et les migrants pour relever. Elle me regarda avec un sourire qui disait : « Tu sais que j'ai raison. »

Nous avions décidé de passer notre dernier après-midi de vacances dans les musées du Vatican. En faisant la queue le long des murs de la Cité papale, nous étions restés silencieux pendant une bonne demi-heure. Nous profitions simplement d'être là, ensemble. Mais je sentais Marie d'humeur badine, et je me demandais si elle allait briser le tabou qui s'était installé entre nous et parler de l'élection présidentielle dont le premier tour devait se dérouler le dimanche suivant – je venais de recevoir une alerte info, le sondage du jour était très favorable à sa candidate. Mais c'était d'Europe, encore une fois, qu'elle voulait parler. Dans l'une des grandes salles de marbre dédiées à l'Empire, elle s'arrêta devant une carte retraçant les contours successifs de la Rome antique. « Tu vois, on devrait envoyer les eurocrates en voyage d'études, pour leur montrer comment meurent les grandes civilisations. Un empire élargi et décadent qui dilue son identité au contact de peuples barbares, ça devrait faire réfléchir… »

Marie était de Forbach, la ville de Florian Philippot. Et elle me faisait le même effet que lui quand elle parlait d'Europe : je n'étais d'accord sur rien, mais je ne trouvais rien à répliquer. Un passage devant un buste de marbre m'offrit un peu de répit. Un magistrat romain à l'air sévère posait sur moi un regard familier. C'était le portrait craché de Jørgen. Je dérangeai un gardien du musée à la cravate un peu dénouée qui était en pleine partie de Tetris sur son portable. « Excusez-moi. Qui est-ce ?

– Ça, c'est Sénèque. » Il vit à ma mine que j'en attendais un peu plus. Il compléta : « Un conseiller de Caligula et de Néron qui s'est suicidé. » Fascinant, pensai-je, un fonctionnaire poussé à bout par la folie des politiques. J'eus une pensée pour ce pauvre

Jørgen, qui tentait tant bien que mal de faire entendre raison aux députés. Pour lui, convaincre Vervueren d'abandonner sa taxe européenne, ça devait être comme essayer de dissuader Caligula de nommer son cheval consul.

Marie allait de salle en salle en me tenant la main. Nous arrivâmes dans une partie du musée consacrée à la chrétienté. Elle se planta devant un tableau représentant les cercles de l'enfer. « Tiens, tu sais ce qu'il y avait sur les billets italiens avant l'euro ? Dante Alighieri. Et sur les billets en francs ? Pascal, Debussy, Cézanne, Saint-Exupéry. Avec l'euro, exit nos grands esprits, l'Europe a tout gommé pour les remplacer par des routes et des fenêtres !

– Si je comprends bien, tu regrettes l'Europe des vieux bonshommes ? » L'argument était d'une mauvaise foi crasse ; elle était en meilleure forme que moi. Je me repris. « Marie, les ponts et les arches des billets en euro sont abstraits, d'accord, mais ce sont des symboles. L'Europe c'est le lien, la liberté d'aller et venir. Enfin, tu n'es pas contente de pouvoir venir passer un week-end à Rome, comme ça, sans paperasses, sans complications ?

– Donc on brade la démocratie pour réduire les files d'attente dans les aéroports ? Émile, réveille-toi, ta libre circulation, c'est un truc pour les riches, pour les gens qui vivent dans les avions, les hors-sol !

– Pas que. C'est aussi ce qui te permet d'aller chercher une vie meilleure dans un autre pays.

– Et exercer une pression énorme sur les salaires des locaux, super ! »

L'argument de la libre-circulation pour tous marchait peut-être avec des interlocuteurs de gauche, mais pas avec une militante FN de la Moselle qui avait fait ses classes en brandissant des épouvantails de plombiers polonais dans les manifestations anti-Constitution européenne. La veille, au dîner, Marie m'avait raconté que son engagement au FN datait de cette époque. Pour elle, le non de 2005 avait été le révélateur de la déconnexion entre les élites et le peuple. Elle avait eu l'impression que toute la presse s'était rangée derrière le projet « européiste » que la « vraie France » avait rejeté. À Forbach, la campagne du non avait eu un parfum d'insurrection. Elle aurait pu rejoindre la gauche noniste si sa relation avec son père, un professeur des écoles délégué syndical, avait été meilleure. Plus tard, elle avait vu dans l'adoption du traité de Lisbonne la confirmation que l'Europe était un projet antidémocratique par essence, une machine qui avançait contre les citoyens. L'argument portait, et j'aurais aimé que Camaraud ou Liz soient là pour le dégonfler, expliquer le pourquoi du comment. Pour moi, les gens avaient été dupés par les intox d'une improbable coalition allant de l'extrême gauche à l'extrême droite, et avaient rejeté le texte sans se rendre compte de ce qu'ils faisaient. Mais comment se dire démocrate et venir expliquer que le peuple s'était tout simplement trompé ?

Nous continuions de dérouler les arguments de nos exposés comme à Sciences Po. « Que tu le veuilles ou non, Émile, la nation est un horizon indépassable. C'est l'espace du vivre ensemble. L'Europe c'est la France avec ses Français, l'Allemagne avec ses Allemands, l'Italie avec ses Italiens. Le reste c'est du pipeau. On ne fait pas de démocratie sans *demos* ; or le peuple européen, ça n'existe pas.

– Tu restes figée dans le passé, Marie. Oui, l'Europe est un projet qui demande de l'imagination. Mais toutes les nations ont été construites, et souvent au canon et à la baïonnette. Si, en 1789, on a fait la

France avec des Languedociens et des Bretons, à l'heure de l'Internet, ça ne devrait pas être insurmontable de faire émerger une opinion publique européenne !

– Tu délires, Émile. La nation c'est du réel, c'est du charnel, du tangible. Ton Europe sur Facebook, c'est un truc pour rêveurs. » En disant ça, elle me passa la main dans les cheveux avec un sourire affectueux. Marie et moi étions deux idéalistes. Elle courait après un âge d'or qui n'avait jamais existé, j'en cherchais un qui n'adviendrait probablement pas. Elle me prit la main et nous continuâmes en silence à travers la Pinacothèque. Il nous fallut bien une demi-heure pour admirer les chambres de Raphaël.

À la boutique de souvenirs, Marie s'arrêta un instant, songeuse. « Au fait, les enquêteurs avancent sur le meurtre de ton ancienne patronne ?

– Je ne sais pas. Ils ne me disent rien.

– Tu m'étonnes. Mais toi, tu as bien une théorie, non ?

– J'ai quelques idées, mais rien de très précis pour l'instant. Déjà, il y a le lobby automobile. La directive ne fait clairement pas leur affaire.

–T'as raison de te méfier d'eux ! L'industrie n'a absolument aucun scrupule, ils sont capables de tout. Quand on les croise au Parlement, ça se voit dans leurs yeux, ils pensent que le bâtiment leur appartient. Et au fond c'est un peu le cas. » Elle m'avait pris par le bras pour m'entraîner dehors. « Je vois bien les députés en commission environnement. Certains d'entre eux, quand ils parlent, on dirait qu'ils lisent des fiches préparées par Bayer ou Monsanto.

– Mais il n'y a pas que ça. Il y a aussi un petit groupe de députés allemands, une espèce de club pas très clair. Je n'arrive pas bien à mettre le doigt dessus, mais leur ombre est partout dans cette affaire. J'ai l'impression qu'ils se voient comme le bras armé de l'Allemagne à Bruxelles.

– Ça ne m'étonne pas. Tout le monde sait parfaitement que l'Europe est devenue un simple instrument de domination pour Berlin. Tu sais qui ils sont exactement ?

– J'ai une liste de noms, mais elle n'est pas complète. Le groupe s'appelle *Adler*, ça veut dire "aigle".

– Le symbole de la République fédérale allemande, ça a le mérite d'être clair ! Émile, tu tiens quelque chose, là. » La place Saint-Pierre grouillait de monde. Marie pressait sa lèvre inférieure avec le bout de son pouce. « Attends, Sandrine Berger, c'est une chose. Mais Grassmann ? Pourquoi est-ce qu'ils s'en seraient pris à l'un des leurs ? Tu as une théorie ?

– J'ai un peu regardé. Il ne rentrait plus vraiment dans les clous. Peut-être qu'ils ont eu peur qu'il donne l'alerte sur leurs activités, ou qu'il n'en fasse qu'à sa tête et que la situation leur échappe. Il était vachement proche de nous sur le diesel. »

Elle resta pensive un instant, puis elle reprit : « Et tu as parlé de tout ça autour de toi ?

– Oui, mais tout le monde trouve mes idées saugrenues.

– Il faut comprendre, c'est pas évident de regarder la vérité en face.

– De toute façon, j'ai l'impression que la police fait du surplace depuis des mois. Quant à Camaraud, il a bien écouté mes arguments sur la FECA, mais il refuse d'entendre parler des Allemands.

– Tu sais ce que je pense des journalistes…

– En fait, il a l'air persuadé que c'est Nico le coupable. Enfin, ça fait un moment que je n'ai pas eu de nouvelles. Il fait le mort en ce moment.

– C'est parce que tu touches au but ! Émile, il faut que tu creuses. Personne d'autre ne le fera, surtout pas la police ou les médias. T'es tout seul sur ce coup, crois-moi. »

34

Bruxelles, le 4 mai

J'étais posté dans un angle de la place Sainte-Catherine, quartier général des bobos bruxellois. De loin, je voyais des invités s'engouffrer derrière la grande porte Art déco en verre et en fer forgé qui menait à l'appartement de Grégoire Latouche. Plus tôt, j'avais hésité à me faufiler derrière un petit groupe de jeunes hommes élégants qui riaient fort, et qui, à en juger par les bonnes bouteilles qu'ils avaient à la main, allaient au même endroit que moi. Puis je m'étais ravisé. Je ne connaissais personne et je voulais éviter à tout prix d'avoir l'air de m'immiscer.

Camaraud et moi échangions des messages de temps à autre, mais je le sentais occupé ailleurs. Quand il m'avait invité à l'accompagner chez un de ses amis pour une soirée, j'avais été ravi de cette occasion de reprendre contact avec lui. Nous devions assister ensemble au débat télévisé de l'entre-deux-tours qui allait opposer Marine Le Pen et Emmanuel Macron. Latouche était un porte-parole de la Commission très en vue, et tout le gratin des Français de Bruxelles était convié. Mais, trente minutes après l'heure dite, Camaraud n'était toujours pas là. La bouteille de champagne que j'avais achetée en catastrophe au supermarché se réchauffait au contact de mes mains moites, et je commençais à me demander si je ne ferais pas mieux de rentrer chez moi.

Un quart d'heure avant que le débat ne commence, je pris finalement mon courage à deux mains et j'appuyai sur la touche en cuivre de l'interphone. « Bonjou…

– Deuxième gauche. »

J'entendis un bourdonnement électrique et la porte s'ouvrit. Je montai un étage puis je m'arrêtai sur la moquette bleu pétrole du palier pour gratter la colle d'étiquette qui était restée sur la bouteille. La lumière s'éteignit et une voix retentit un étage plus haut. « Il y a quelqu'un ? » Je pressai le pas pour trouver, devant la porte, un homme d'une cinquantaine d'années en bras de chemise et pantalon terracotta qui me dévisageait de haut en bas. Je tendis la main. « Bonjour, Émile Abadie. Je devais accompagner Guy Camaraud. Mais je ne sais pas… Il est en retard.

– Émile ! Bien sûr. Rentre donc. » Il attrapa la bouteille, me mit une main sur l'épaule et me fit la bise, ce qui manqua de me déséquilibrer. « Je vais mettre ça au frais. J'ai commandé libanais, c'est à la bonne franquette ce soir ! Installe-toi au salon, on vient d'ouvrir un petit saint-joseph. »

Derrière une porte vitrée en chêne, je trouvai un grand living qui avait des airs de club anglais avec ses boiseries aux murs. De petits groupes s'étaient formés. Certains étaient assis sur des canapés Le Corbusier, d'autres discutaient sous le regard d'un grand portrait de dandy début vingtième accroché au mur. Au milieu de la trentaine d'inconnus, près de la baie vitrée qui donnait sur le balcon, j'aperçus Frank, le nervi de Solférino. Il jeta un coup d'œil dans ma direction, me fit un vague signe du menton, puis se remit à discuter avec deux jeunes diplomates français que j'avais vus plusieurs fois aux côtés de l'ambassadeur et un grand type blond qui semblait être au centre de la conversation. En passant derrière lui pour aller me servir à manger, je l'entendis dire qu'il était confiant, et que « Emmanuel » serait très bon dans la confrontation. Je me saisis d'une assiette et restai près du buffet, me concentrant sur mes *mezze* pour ne croiser le regard de personne. Je fus soulagé d'entendre la bande-annonce du débat. Tout le monde se tut et vint se grouper devant un immense téléviseur incurvé. Je pris place sur un pouf en cuir vermeil.

C'est à ce moment que Camaraud arriva. Il enleva sa veste, la jeta sur une chaise et s'installa dans un petit fauteuil à côté d'une bibliothèque tapissée de pléiades. Le débat commençait. Les deux présentateurs affichaient des sourires convenus, les deux candidats des sourires crispés. S'ensuivirent deux heures et demie d'invectives.

Dès le générique de fin, Camaraud se jeta sur les deux seules personnes qui, avec le maître de maison, s'étaient permis de commenter en direct, comme on le fait pendant un match de foot. C'était le grand blond et un autre aux cheveux frisés. Au bout d'un moment, je réussis à coincer Camaraud dans la cuisine, près de ma bouteille de champagne qui n'avait finalement pas été mise au frigo. Il était plein d'énergie.

« Tu vois, une soirée comme ça, ça vaut une semaine de reportage !

– C'est sûr qu'il y a du beau monde.

– Il y a surtout le monde de demain. Les deux types, là, ce sont les amiraux européens de Macron, ceux qui piloteront la politique européenne de la France s'il est élu. Et avec ce qu'on a vu ce soir, c'est sûr, il va être élu. Ils ont presque ton âge, mais je peux te dire que ce ne sont pas des mickeys. Ils voient loin. Regarde la citation qu'ils m'ont donnée : "Ce soir, l'amourette d'une partie des Français avec le Front national se termine. Demain, l'Europe découvrira une France ouverte et forte sous la direction d'un président en pleine maîtrise. La vague populiste est endiguée." C'est fort, ça. Je le mettrai dans mon papier comme venant de "proches conseillers de Macron". J'attends de voir les platitudes que va sortir la Zoe Parker dans sa petite *newsletter* du matin. »

Son regard se perdait au-dessus de mon épaule. Je lui attrapai le bras pour récupérer son attention. « Guy, il y a du nouveau dans l'affaire. La police va passer au Parlement pour faire une perquisition dans l'ancien bureau de Sandrine. Ça veut dire qu'ils sont sur une piste. Comme tout a été vidé il y a plusieurs mois, je ne suis pas sûr de comprendre ce qu'ils cherchent, mais ils ont clairement une idée derrière la tête.

– On verra bien. Dis, t'en penses quoi, toi ? C'est vraiment le bon angle pour mon papier, ce truc de l'histoire d'amour entre les Le Pen et la France, non ? On a flirté pendant des années dans l'insouciance, et là on a pris peur d'un seul coup. Ce soir, c'était le moment où le peuple français a vu le FN sans maquillage, pour ce qu'il est vraiment. Le moment où l'illusion s'est brisée, et où les Français se sont dit qu'ils ne pourraient pas faire leur vie de tous les jours avec Marine et l'extrême droite. » Camaraud était hypnotisé, comme s'il écrivait un article dans sa tête.

« Guy, tu entends ce que je te dis ? J'ai reçu un mail du service juridique du Parlement. La police va venir pour faire des analyses !

– J'ai compris, Émile, mais là on est dans l'entre-deux-tours, tu comprends. Il faut que j'y retourne. Je dois rendre mon papier avant minuit. Bonne chance avec la police, tu me raconteras. » Il me laissa là, planté dans la cuisine. Je récupérai ma veste sans saluer personne – et personne ne le remarqua. Je dévalai les escaliers pour me retrouver dans la rue pleine de passants qui sortaient des restaurants de moules-frites. Marie avait raison, à présent j'étais seul dans cette affaire.

35

Le 12 mai 2017

Le matin de la perquisition, je passai poser ma veste au bureau avant de retrouver au *Mickey Mouse* le fonctionnaire du service juridique qui avait pris contact avec moi à ce sujet. C'était un avocat portugais avec des petites lunettes rondes et un bouc bien taillé. Avec son accent un peu abrupt, il m'expliqua que la police belge avait, depuis plusieurs mois, demandé à pouvoir venir au Parlement pour récolter des éléments pour son enquête. Le Parlement avait pris son temps pour examiner la question. Le dossier était remonté jusqu'au bureau du président. Pas de précipitation surtout. Quelques semaines plus tard, la décision avait fini par tomber. L'accès avait été concédé à la police belge, sous un certain nombre de conditions que devait contrôler le service juridique du Parlement, devant témoin. Et le témoin c'était moi. En tant qu'ancien assistant de Sandrine, j'avais été choisi pour être présent et signer le procès-verbal.

L'avocat échangea quelques banalités avec moi, finit d'avaler son café et me dit dans un clin d'œil : « Allez, on y va. Des mois qu'ils attendent, on ne va pas en rajouter. » Alors que je m'attendais à ce que nous nous dirigions vers le bureau de Sandrine pour le voir, comme dans les séries, passer au peigne fin par une demi-douzaine d'officiers de la police scientifique en combinaison blanche avec une charlotte sur la tête, il m'emmenait dans la direction opposée.

« Je pensais que la perquisition aurait lieu dans l'ancien bureau de Sandrine ?

– Non. J'ai dit une perquisition pour que vous compreniez, mais en fait, ils veulent juste avoir accès aux archives de Mme Berger et à ses mails. » C'était dit sans méchanceté, mais la remarque était un peu blessante. Il me guida jusqu'à une partie du bâtiment que je ne connaissais pas, plusieurs étages en dessous de l'hémicycle. Nous arrivâmes dans une longue pièce sans fenêtre où étaient alignées une cinquantaine d'armoires métalliques toutes identiques, fermées par de gros cadenas à code. Le commissaire Peters était déjà arrivé, avec son acolyte – pas de poudre, pas de pinceau, pas de lampe à lumière noire. Ils étaient flanqués de deux agents de la sécurité du Parlement qui semblaient être là pour les surveiller.

« Commissaire, comment allez-vous ?

– Au contact du Parlement, j'apprends la patience, voyez. »

Il regarda sa montre. Je jetai un œil à mon portable : il était neuf heures précises, nous étions à l'heure. Un silence embarrassant s'installa. Je me tournai vers l'avocat du Parlement : « Qu'est-ce qu'on attend ?

– Mon patron doit encore passer pour signer la convention d'accès aux archives entre le Parlement et la police belge. » Peters lâcha un « pfff... » et se mit à faire les cent pas.

En aparté, je demandai à l'avocat : « Ça a l'air compliqué. C'est toujours comme ça que ça se passe ?

– On n'a jamais eu de meurtre dans les bâtiments dans toute l'histoire du Parlement. On a dû inventer une procédure *ad hoc*. » Il ajouta : « Mais bon, c'est l'extraterritorialité ! » comme si une fatalité s'abattait sur lui. Les traités garantissent l'inviolabilité des bâtiments et des archives de l'Union européenne. Les États ne peuvent pas y accéder, à moins que les institutions ne donnent leur accord, au cas par cas. Le Parlement avait beau être en Belgique, le commissaire Peters avait dû faire une demande circonstanciée pour obtenir un accès aux effets de Sandrine, et le Parlement, usant à fond de ses prérogatives, y avait mis toutes sortes de conditions.

Peters continuait de soupirer. L'avocat regardait le bout de ses chaussures sans rien dire. Je brisai le silence. « Dites-moi, commissaire, qu'est-ce que vous pensez du meurtre de Grassmann ?

– Qu'est-ce que vous voulez dire ?

– Eh bien… J'imagine que l'enquête sur l'affaire Grassmann vous donne des éléments pour la vôtre. Ça doit pouvoir vous aider, de recouper les similitudes. »

Peters me regarda comme si j'avais dit une énormité. « Écoutez, Grassmann, ce n'est pas de mon ressort. Le meurtre a été commis à Strasbourg, c'est l'affaire de la police française. J'espère juste qu'ils auront affaire à des fonctionnaires plus conciliants. » Il jeta un regard noir en direction de l'avocat qui ne bougeait pas d'un poil. « Moi, ce que j'aimerais, c'est avancer sur *mon* dossier. Dites, ça va durer encore longtemps ? »

L'avocat leva mollement un œil en sa direction. À ce moment-là, on entendit une porte claquer. L'avocat se raidit subitement. C'était son patron, le jurisconsulte du Parlement, qui arrivait. Il serra la main de tout le monde, puis fit un signe en direction du type qui l'accompagnait avec une grande pochette sous le bras, qui lui tendit une feuille à en-tête du Parlement. Il signa le document, le tendit à Peters qui signa également, puis la feuille retrouva sa place dans la pochette, et le jurisconsulte repartit avec son assistant, sans autre forme de procès.

À peine la porte refermée, Peters se dirigea vers la petite table où l'informaticien du Parlement était attablé, occupé à taper des commandes au clavier – il aurait donné un semblant de sérieux à cette affaire s'il n'avait pas eu l'air d'un adolescent attardé avec son bracelet brésilien et ses cheveux en pointe. « Bon, eh bien, allons-y, au travail ! Il faut juste une dizaine de minutes pour que le lien avec les serveurs soit en place.

– Dix minutes ?

– C'est parce que les serveurs d'archives sont à Luxembourg. »

Peters était au bord de l'explosion. L'avocat du Parlement essaya de gagner du temps. « Regardons les archives papier en attendant. »

Toutes les affaires de Sandrine avaient été rangées dans deux grandes armoires métalliques, sauf son grand ficus qui avait été placé à côté. Il était totalement sec. J'imaginai le personnel d'entretien aspirant les feuilles mortes semaine après semaine à mesure qu'elles tombaient. J'eus un sentiment étrange en me retrouvant face à des dizaines de ces pochettes jaunes que j'utilisais pour mettre le programme de la journée et les correspondances urgentes. Il y avait aussi des livres sur l'Europe ou sur l'environnement qui nous arrivaient régulièrement par la poste et qu'on déposait sur une étagère, sans jamais ni les lire ni les jeter. On trouverait également en cherchant un peu des cartes d'anniversaire pour Sandrine que je faisais signer à tous les députés verts de la délégation française, et puis les fameux carnets de notes au papier couleur crème que Sandrine couvrait de croquis pendant les réunions trop longues.

Peters prit un air dédaigneux et sembla hésiter à se plonger dans le contenu de l'armoire. Je demandai à l'avocat : « Et qu'est-ce que vous allez faire de tout ça, quand l'enquête sera terminée ?

– Si la famille ne réclame rien, j'imagine qu'on attendra cinq ans, et après ça, ce sera le pilon. »

L'informaticien nous interrompit. « Ça y est, je suis dedans. La liaison avec le serveur est établie. Il ne faut pas vous attendre à ce que ce soit rapide, mais on peut commencer. »

Peters tira une chaise, s'installa et fit signe à son collègue de venir s'installer derrière lui. Il sortit un carnet de notes et demanda à l'informaticien d'exhumer tous les mails entre Nico et Sandrine. L'écran se bloqua pendant quelques secondes, Peters grinça des dents, et la liste apparut enfin. Peters semblait savoir exactement ce qu'il cherchait. La plupart des messages étaient très banals, des échanges attendus entre un conseiller politique et une députée. Mais au bout d'un certain temps, il finit par mettre la main sur un, puis deux, puis dix, puis finalement une cinquantaine de messages qui devenaient de plus en plus familiers, jusqu'à devenir très explicites. Et assez abruptement, au cours de l'été, Nico et Sandrine avaient quasiment cessé de s'écrire.

L'informaticien lança l'impression des messages. L'avocat s'installa à la petite table avec la pile de papiers encore chaude, et entreprit de les lire, très lentement, un stylo à la main. « Non, celui-là je ne peux pas vous laisser le prendre, le contenu est potentiellement politique. »

Peters explosa. « Vous vous fichez de moi ! “J’aime beaucoup quand tu es comme ça. XXX.” Vous n’allez pas me dire que c’est de la politique !

– Écoutez, M. Marchet conseillait Mme Berger sur un large ensemble de sujets. En l’absence de contexte, dans ce message, M. Marchet a pu vouloir commenter une intervention de nature politique de Mme Berger. »

Peters fulminait. Son collègue Maarten lui prit le bras et lui dit quelque chose en néerlandais. Peters repoussa la main de Maarten, mais sembla se calmer. La plupart des messages que Peters voulait avaient été validés, et ils étaient sans ambiguïté. Nicolas et Sandrine avaient entretenu une relation pendant au moins cinq ou six mois qui s’était terminée quelques semaines après que nous avions commencé à travailler sur la directive.

L’avocat mit les messages dans une pochette cartonnée, puis tendit un ultime formulaire à Peters. « Voilà, j’espère que c’est tout ce dont vous avez besoin. » Peters le signa avec enthousiasme, puis il me regarda du coin de l’œil avec un air bravache.

« Oui. Nous nous reverrons dans les prochains jours pour la levée de l’immunité parlementaire de M. Marchet. Il a quelques explications à nous fournir. »

36

Strasbourg, 15 mai 2017

Je m'étais imaginé que cette plénière de mai serait un moment de soulagement. Le vote définitif sur la directive Diesel, prévu pour le lendemain, allait mettre un terme à une année d'efforts. Mais je ne parvenais pas à faire abstraction de la tension qui régnait au Parlement. À l'entrée du bâtiment, la sécurité fouillait tout le monde minutieusement. En rejoignant mon bureau, j'avais aperçu la grande silhouette de Vervueren derrière une nuée d'agents de sécurité. Tout le monde était dans l'attente fébrile de l'adoption de la directive Diesel.

Au cours du week-end, j'avais envoyé un message à Nico pour lui détailler la visite de la police aux archives. Il n'avait pas répondu. Je ne savais pas comment interpréter ce silence et j'étais monté dans le train pour Strasbourg avec la boule au ventre, terrifié à l'idée de passer la semaine dans le même bureau que lui, sans savoir ce qu'il cachait d'autre.

Après avoir déposé mes valises dans un coin, je passai un coup de fil à Camaraud. Je l'avais déjà appelé la veille pour lui raconter la visite de Peters, et je l'avais senti intrigué.

« Non mais, vous voulez pas voir si j'ai un polype aussi ?
– Pardon ?
– C'est pas pour toi, Émile. Je suis à la sécurité, là. Tout le monde est sur les dents, mais y a des limites. Ils sont à deux doigts de me demander d'enlever mon pantalon.
– Ça devrait se calmer après les votes de demain.
– Je suis pas certain, justement. Je crois qu'on fait erreur en se focalisant sur la directive.
– Qu'est-ce que tu veux dire ?
– J'ai peur que ça recommence. Demain, une fois la directive adoptée, Vervueren va se retrouver sans protection et… Mais laissez ça tranquille, c'est un enregistreur, pas un flingue ! Émile, je te rappelle plus tard. Fais attention à toi. »

Je passai l'après-midi seul au bureau, tentant d'oublier ma nervosité en préparant la liste de vote pour le lendemain. Vers cinq heures, Nico m'envoya un message que je reçus comme une libération. Il m'annonçait qu'il ne passerait pas au Parlement en arrivant à Strasbourg et qu'il irait directement à l'hôtel. À l'agenda, il avait noté : « Dîner privé ».

J'avais les coudées franches. Je tentai d'abord d'appeler Camaraud, sans succès, puis je composai machinalement le numéro de Solène.

« Allô, allô ! » Sa voix était lumineuse à l'autre bout du fil.

« Eh bien, ça sent la bonne humeur chez toi…
– Qu'est-ce que tu veux, c'est la France En Marche, la France qui sourit. »

Au milieu des mauvaises nouvelles, l'élection d'Emmanuel Macron une semaine auparavant avait été vécue à Bruxelles comme un rayon de soleil pour l'Europe. Le premier geste du nouveau président avait été de marcher à travers la cour de la pyramide du Louvre sur l'*Ode à la joie*. Les eurocrates, en manque d'amour, y avaient vu une confirmation du bien-fondé de leurs efforts après des années de crise de l'euro, de crise des réfugiés, d'attentats terroristes et de Brexit. La députée de Solène avait parié sur Macron très tôt, et semblait bien en cour.

« Dis, tu es libre pour un verre ?

– C'est un peu la folie ici, le téléphone n'arrête pas de sonner. Un dîner plutôt ?

– OK, je réserve une table. On dit sept heures ?

– Désolée, je ne peux pas avant huit heures.

– Va pour huit heures ! »

Sur une terrasse de la place du Marché-Gayot, Solène me raconta comment la délégation socialiste française au Parlement vivait la débâcle. Une partie des eurodéputés socialistes français sautaient dans des canots de sauvetage pour rejoindre le navire Macron. Ceux qui se maintenaient sur le vieux rafiot socialiste se disputaient pour prendre le contrôle de ce qui en restait. Beaucoup de jeunes ambitieux qui avaient, comme Frank, conquis à force de patience des investitures pour les législatives, n'avaient tout d'un coup plus très envie d'y aller. En revanche, ceux qui avaient investi tôt leur capital politique dans la macronie avaient d'énormes retours sur investissement. Même Nour, qui avait pris sa carte moins de six mois avant, était, d'après Solène, en passe d'obtenir une circonscription imperdable en région parisienne. Elle avait l'air au courant de tout ce qui se passait dans les hautes sphères du nouveau monde.

« Tous les barons du Parlement demandent audience à ma boss. Elle est partie avec Macron très tôt, du coup elle est vue comme son point de contact naturel pour les questions européennes.

– Elle a eu du flair d'investir dans la *start-up* En Marche quand les actions ne valaient pas grand-chose…

– Du flair ? Tu parles ! J'ai mis des semaines à la convaincre de sauter le pas. Elle avait une frousse pas possible. Quarante ans de Parti socialiste, t'imagines, on n'en sort pas comme ça. J'ai dû prendre sur moi d'établir tous les contacts en sous-main. Mais ça ne sera pas peine perdue… » Solène esquissait un petit sourire.

« Ah, tu penses qu'elle va prendre un ministère ?

– Très possible. Mais ce qui est presque sûr, c'est que moi, je vais prendre une circo.

– Quoi ? Tu te lances pour les législatives ?

– Ne dis rien à personne, mais j'étais au QG ce week-end. Ils cherchent des jeunes, et surtout des femmes. Ce sera sûrement une circonscription des Français de l'étranger.

– Députée, eh ben…

– Oui, enfin, si les électeurs du Benelux me font confiance…

– Je ne me fais aucun souci pour toi ! »

Solène regardait le soleil se coucher sur la place, penchée en arrière, en jouant avec une boucle de ses cheveux. La soirée était légère, et j'oubliai un temps Nico, la directive Diesel, le vote du lendemain et les avertissements de Camaraud. Alors qu'arrivaient nos desserts, mon téléphone se mit à vibrer : c'était Marie. Solène ne savait évidemment pas que j'étais en couple, et Marie détestait les coups de fil où j'essayais de faire croire autour de moi que j'étais au téléphone avec n'importe qui d'autre qu'elle.

« C'est qui ?

– Rien. Ça peut attendre demain. Allez, à ta candidature ! » Je portais mon verre contre celui de Solène. Je ne l'avais jamais vue aussi radieuse que ce soir-là.

« Et toi, alors ?

– Moi ?

– Oui, toi.

– Écoute, Nico a son mandat de président de commission maintenant. Je crois qu'il va se concentrer sur ça, et puis on avisera.

– J'entends bien, mais *toi* ? Tu sais, si je suis élue, j'aurai sûrement besoin d'être entourée par des personnes de confiance, à l'Assemblée nationale. »

Mon téléphone se mit à vibrer de nouveau : Marie, encore. Je fis taire mon portable et le fourrai au fond de ma veste. « Tu sais, me dit Solène en portant la coupe à ses lèvres, il n'est jamais trop tard pour faire le bon choix... » Quelques secondes après, elle ajouta en se levant : « Dis, tu ramènerais une future représentante du peuple jusqu'à son hôtel ?

– Allez, je veux bien me mettre “en marche” avec toi. »

Elle rit de bonne grâce.

Son hôtel n'était qu'à une dizaine de minutes à pied. L'air était doux. Plusieurs fois, le dos de ma main frôla celle de Solène. En longeant les quais à son côté, une idée avait pris forme dans mon esprit. Devant la porte de l'ascenseur qui l'amènerait à sa chambre, je me lançai : « Solène ? »

Elle me souriait, et j'étais incapable de lire ce sourire que j'avais souvent vu sans prendre le temps de m'y arrêter. « Oui...

– Je... » Je me ravisai. Solène était une amie, la meilleure que j'avais. « Rien. Je me demandais si tu avais le numéro de téléphone de Nour. » Elle marqua une pause. Sans rien dire, elle me tendit son téléphone. La tête baissée, encore un peu fébrile en pensant à ce que j'avais failli faire, je tapai le numéro dans le mien. « C'est idiot, mais on s'est vraiment bien entendus, lui et moi. Je me dis que je devrais lui passer un coup de fil. Lui souhaiter bonne chance avant la campagne.

– Ouais, fais ça. » À peine avais-je fini de pianoter qu'elle reprit son téléphone et s'engouffra dans l'ascenseur.

J'exhalai une grande bouffée d'air. J'étais sur le point de partir quand je vis Nico près de l'entrée, de dos. Je m'aperçus que nous étions dans son hôtel. J'avais eu la réception des dizaines de fois au téléphone, mais je n'y étais jamais venu. Il était en pleine conversation avec quelqu'un. Je m'approchai. C'était Bondigas. Changeant brusquement de direction, je contournai le canapé de l'entrée pour me diriger vers la porte-tambour. Qu'est-ce que Nico faisait avec la FECA ? Mon cœur s'accéléra. La sortie était dans leur champ de vision, impossible de passer sans être vu. Je m'arrêtais, à demi assis sur l'accoudoir d'un fauteuil, derrière une grande plante en pot assez feuillue pour me cacher. En tendant l'oreille, je crus entendre Nico dire que « tout se passerait en douceur ». Dehors, à travers la vitrine, je voyais la berline de Bondigas qui l'attendait. Je sortis mon portable pour prévenir Camaraud par message. Avant que mon écran ne réagisse, Nico serra la main de Bondigas et prit la direction des ascenseurs. Le téléphone de Bondigas sonna. Il décrocha et se dirigea vers la sortie. Il passa à un ou deux mètres de moi et je l'entendis très distinctement dire en anglais : « Karl, comment vas-tu ? » Et, après un temps : « Oui, tout est en ordre… Je l'aime bien ce Nicolas Marchet. Il s'est assagi. » Karl, c'est-à-dire Karl Stauff, à coup sûr.

Son téléphone sur l'oreille, Bondigas resta quelques instants dans le hall de l'hôtel avant de sortir. Je le suivis dehors dans l'espoir d'entendre encore une bribe de conversation. Il monta dans sa voiture sans se retourner. Son chauffeur referma la porte derrière lui et scruta les environs en tournant lentement la tête. Arrivé à ma hauteur, il me fixa une demi-seconde. Un frisson me parcourut le dos. Faisant précipitamment un quart de tour, je me mis à marcher à grands pas en regardant par terre. Après quelques mètres, j'entendis derrière moi la berline de Bondigas qui démarrait en vrombissant. Sans même me retourner, je m'engouffrai à toute vitesse dans la première ruelle sur la droite. C'était une rue piétonne, la voiture ne me suivrait pas. Après cinquante mètres de course effrénée, mes cuisses et mes poumons se mirent à me brûler. Je n'avais pas couru comme ça depuis des années. Arrivé au bout de la ruelle, je m'arrêtai, m'appuyant sur un mur, haletant. Le souffle court, je saisis mon téléphone. Mes mains tremblaient. J'essayai d'appeler Camaraud, deux fois, sans succès. Une seconde plus tard, mon téléphone vibra. C'était Marie.

« J'ai essayé de t'appeler toute la soirée. T'étais où ?

– Marie ! Bondigas. Nico, il est de mèche. Et Stauff, les Allemands ! Le garde du corps m'a vu. Il a voulu m'écraser, j'en suis sûr. » Les mots me venaient en saccades. « Nico. La FECA. Le groupe Adler. Tout est lié !

– Je comprends rien, Émile, tu m'inquiètes. T'es où, là ? » Je déchiffrai péniblement le nom de la rue dans la pénombre. « Rue de l'Outre.

– C'est à deux pas. Viens me rejoindre à mon hôtel. »

En arrivant dans la chambre de Marie, j'avais quelque peu repris mes esprits. J'étais en nage et j'avais les jambes en coton, mais je trouvai la force d'aligner quelques phrases cohérentes. Je racontais tout dans le détail à Marie en essayant de mettre de l'ordre dans mes idées : Nico et ses « dîners privés », la vidéo de sécurité du Parlement, les appels de Bondigas, sa dispute avec Grassmann, le bras cassé de Zoe Parker, Agnieszka débauchée par les lobbyistes, les repas pris par les victimes avec Krüger avant les assassinats, Karl Stauff, le groupe Adler qui votait en bloc. Je n'y voyais pas encore clair, mais tout ne pouvait pas être qu'une série de coïncidences. Marie m'écoutait avec attention. Quand j'eus fini, elle attrapa son ordinateur. « C'est de la dynamite ton histoire, Émile. Un complot de l'industrie et des Allemands avec la complicité d'un député vert français, pour mettre la main sur une directive et sur une agence de contrôle. Il faut qu'on balance l'info sur *Polemia*. Je connais le rédac' chef, je lui fais un mail tout de suite. Sur un coup comme ça, on ne peut pas faire confiance aux médias traditionnels, il n'y a que les sites de réinformation qui ont le courage qu'il faut. » Elle ouvrit son ordinateur devant elle. Ses doigts couraient déjà sur le clavier.

« Attends, Marie, on n'en est pas là. C'est plus compliqué que ça.

– Pourquoi ? Il faut pas avoir peur, Émile. Il faut faire face.

– Oui, mais pour l'instant j'ai l'impression qu'on a pas tous les éléments. Et puis pour l'agence, c'est pas vraiment ce qu'il s'est passé.

– Attends, dans le texte qu'on vote demain il est bien dit que l'agence sera installée en Allemagne, non ? C'était sûrement l'objectif du groupe Adler depuis le début !

– Non, enfin, oui l'agence sera en Allemagne, mais c'est parce qu'en négociation il fallait trouver un accord avec le Conseil. C'est la Commission qui a proposé une répartition, l'agence bancaire à Paris, l'agence automobile en Allemagne. »

Marie continuait à pianoter avec une intensité effrayante, les yeux fixés sur son ordinateur. « Oui, eh bien ça c'est ce qu'ils veulent te fait croire, Émile. Qui tire les ficelles à la Commission, à ton avis ? »

À ce moment précis, j'eus une sensation étrange. Quelque chose venait de se briser. Je nous vis là, tous les deux dans cette petite chambre d'hôtel. Elle allongée sur son lit, cherchant obstinément à faire sens de ce que je lui avais dit sur des sites Internet obscurs ; moi, penché en avant sur une chaise, les coudes sur les genoux, désemparé. Elle venait de me tendre un miroir cruel. La confrontation soudaine avec ses certitudes trop rapides m'avait brutalement dévoilé la fragilité de mes propres raisonnements. Le sol se dérobait sous mes pieds, et j'étais pris du vertige qui précède la chute. Dans la pénombre, Marie, elle, était totalement absorbée, le visage éclairé par la lumière blanche de son écran d'ordinateur. Je fermai très doucement l'écran. Elle me regarda, surprise. Je lui murmurai : « Laisse. Il est tard, on verra demain. »

37

Le lendemain, jour du vote

La sonnerie du réveil me tira d'un rêve brumeux que ma douche ne dissipa pas tout à fait. Marie avait commandé deux cafés et des viennoiseries au *room service*. Quand je sortis de la salle de bain, elle avait allumé la télévision sur une chaîne d'information continue. Elle était assise sur un coin du lit, un croissant à la main, les cheveux en bataille sur ses épaules nues. Elle se tourna vers moi. « Tu ne veux pas rester ici pour la journée ? Personne n'a besoin de toi pour le vote en plénière. Je sais ! On a qu'à se faire porter pâles tous les deux. On reste en pyjama sous la couette en regardant des vieux films.

– J'aimerais bien, mais…

– J'ai dit en pyjama, mais on peut aussi faire sans pyjama… » Son sourire, désarmant, s'éteignit brusquement. « Émile, je le sens pas, ce vote. Reste avec moi. »

Je la regardai, ma tasse de café à la main. Je restai silencieux. Il y avait dans ses yeux un désarroi qui me paralysait.

« Fais attention, Émile. Je t'aime. »

Un peu sonné par ce qu'elle venait de dire, incapable de répondre, je feignis de regarder l'heure, l'embrassai sur le front et sortis dans le couloir. Je fis quelques pas hésitants avant de jeter un regard par-dessus mon épaule. La porte se referma sur elle. Je le devinais déjà, c'était la dernière fois que je la voyais.

Devant l'hôtel, j'appelai Camaraud, qui était déjà au Parlement. Il me donna rendez-vous dans l'hémicycle, où le vote devait avoir lieu dans la demi-heure suivante. Quand je parvins à l'entrée du bâtiment, on entendait déjà la sonnerie stridente d'école primaire qui annonce le début des séances de vote et rappelle aux députés qu'il est temps de se diriger vers leurs sièges.

Je retrouvai Camaraud déjà installé dans les gradins réservés au public qui surplombent l'hémicycle. Liz était avec lui. En bas, dans la fosse, les travées se remplissaient doucement. Les députés arrivaient petit à petit, pas pressés de s'installer à leur place. En face d'eux, sur le perchoir, le président Krüger était en pleine conversation téléphonique. À sa droite, Karl Stauff, qui l'assistait pendant les longues sessions de vote, était en train d'ouvrir de grands classeurs devant lui avec un air digne. En bas du podium de la présidence, à la droite des députés, se trouvaient les représentants du Conseil, avec, au premier rang, le ministre maltais que nous avions affronté en trilogue et qui relisait nerveusement ses fiches. Le commissaire avait pris place en face de lui, tout à gauche de l'assemblée. Tous les acteurs étaient réunis pour que se joue le dernier acte du dossier Diesel.

Camaraud, assis à côté de moi, fixait Vervueren et son garde du corps en costume noir. Vervueren faisait un tour de piste en serrant les mains de ses collègues qui le félicitaient par avance. On entendait ses éclats de rire émerger du brouhaha jusque dans la tribune où nous étions installés.

« Liz, vous n'êtes pas en bas, au côté du commissaire ? C'est votre texte qu'on vote.

– Vous êtes gentil, Émile, mais ce n'est plus mon texte, c'est celui du Parlement et du Conseil maintenant. Et puis, vous savez, j'ai un jeune chef d'unité dans ma direction qui aime beaucoup la lumière et qui s'est gentiment proposé de me remplacer pour cette séance de vote. Je ne me suis pas fait prier. » Sur un des écrans, on voyait un quadra en costume gris anthracite qui tentait d'entrer dans le cadre de la caméra, juste derrière le commissaire.

La séance démarra par le vote d'un accord de partenariat avec la Mongolie. Nous avions encore un peu de temps avant que celui sur la directive Diesel ne commence. J'hésitais un peu avant de demander à Camaraud : « Guy, ce que tu m'as dit au téléphone hier. Tu penses toujours que… » Sans quitter l'hémicycle du regard, il lâcha : « Oui. » Je crus d'abord qu'il ne souhaitait pas parler de l'affaire devant Liz. Mais la paire avait ses habitudes, parmi elles un dîner chaque lundi en ouverture de plénière pour discuter des dossiers du moment. Je compris que ce lundi-là, c'est de notre enquête qu'ils avaient parlé.

« Émile, Guy n'a pas bien réussi à m'expliquer votre point de vue sur toute cette affaire de meurtres. Quelle est votre théorie, exactement ?

– Je ne suis plus bien sûr. Il y a toutes sortes d'éléments troublants. Pour commencer, la FECA rôde autour de ce dossier depuis le début. Hier encore, j'ai croisé Bondigas en compagnie de Nico.

– Vous trouvez ça étrange ? Je veux dire, ce sont des lobbyistes après tout. C'est leur métier.

– Oui, mais les choses s'accumulent. Il y a ça, et aussi la dispute de Grassmann avec Bondigas, tu te souviens, Guy ? Et puis le garde du corps de Bondigas qui passe Zoe Parker à tabac. Elle a terminé avec un bras dans le plâtre !

– Zoe Parker a été agressée ? »

Camaraud intervint. « Oui, par une piste noire. Son plâtre, elle l'a gagné pendant un week-end à Tignes avec ses collègues de *Politico*. Tout le monde a vu la vidéo de sa chute en salle de presse.

– Et tu ne me dis rien ?

– Tu ne m'as rien demandé ! »

Dans l'hémicycle, les députés avaient terminé de voter sur l'entrée de l'Union européenne au comité consultatif international du coton. Le prochain dossier à l'agenda était un rapport sur le gaspillage alimentaire. Bondigas, apparemment d'excellente humeur, était en train de s'installer dans les gradins en face de nous.

« N'empêche, Liz, regardez ce sourire satisfait…

– Pourquoi voulez-vous que Miguel Bondigas fasse la grimace ? La FECA a bien joué ses cartes sur ce dossier. La nouvelle agence de certification distribuera des labels de qualité, mais elle ne fera pas directement les contrôles. Le consommateur est rassuré à peu de frais. C'est quand même mieux pour eux que l'interdiction du diesel que vous aviez prévue initialement.

– Vous voulez dire qu'on s'est fait rouler par la FECA ?

– Non, Émile. L'agence aura un jour les pouvoirs que l'on espérait, et le diesel disparaîtra peu à peu. Mais d'ici là, l'industrie se sera adaptée. Elle aura fait sa transition, en douceur.

– Donc on laisse aux fautifs le temps de se retourner ? On leur offre une porte de sortie, alors qu'ils n'ont pas arrêté de tricher ?

– Émile, le rôle de l'Union européenne dans une affaire comme celle-là n'est pas de chercher des coupables, mais de trouver des solutions qui payeront sur le long terme, en acceptant que tout ça est compliqué et qu'on ne peut pas espérer des solutions simples. C'est comme ça que fonctionne l'Europe, patiemment.

– Avouez que ça a un côté désespérant, Liz. On a l'impression que tout est rouillé. On travaille pendant des mois, on se bat sur chaque ligne, et à la fin on adopte des textes ni faits ni à faire, qui ne s'attaquent jamais de front aux problèmes. À ce rythme-là, elle ne se fera jamais, l'Europe dont on rêve. »

Camaraud me regarda du coin de l'œil et esquissa un sourire. « Trente ans d'Europe et j'en suis au même point que toi. » Il se tourna vers Liz. « Avoue qu'il n'a pas tout à fait tort ! »

Elle haussa les épaules. « Que voulez-vous, Émile ? Les gens ont tellement peur d'imaginer autre chose que ce qu'ils connaissent. Mais si vous prenez le temps de votre côté, que vous repoussez toujours les limites juridiques des traités, continûment, avec persistance, que vous arrachez petit à petit de nouveaux pouvoirs, là vous pouvez progresser. Les institutions sont restées très faibles, vous savez. Elles doivent faire feu de tout bois, ne jamais cesser d'avancer, exploiter chaque opportunité. » Liz avait les yeux dans le vague. « Ne prenez pas ça pour un petit jeu de pouvoir. C'est tout autre chose. Nous substituons la conversation aux rapports de force, la règle au conflit. Il ne faut pas sous-estimer l'importance de ce que nous faisons, Émile. Au jour le jour, on peut se laisser emporter par la routine, par les détails, par les petites frustrations. Mais il ne faut pas perdre de vue l'essentiel. Ce qui se fait ici, dans les institutions, c'est quelque chose d'unique. De précieux. Ça vaut toute la peine que vous y consacrerez. » Elle ajouta d'une voix chancelante : « Je ne regretterai rien. »

Camaraud, qui n'avait pas lâché l'hémicycle du regard jusque-là, se tourna et posa un regard compatissant sur elle. Moi, au milieu de tout ça, je ne savais pas quoi dire. Je ne voulais surtout pas blesser la pudeur de Liz, qui regardait devant elle, silencieuse. Elle allait bientôt être rattrapée par la retraite, à moins qu'elle ne soit mise à la porte après le Brexit. C'était certainement la dernière fois de sa carrière qu'elle ferait voter un texte au Parlement. Très vite, pourtant, elle retrouva ses moyens, afficha un sourire ténu et brisa le silence qui venait de s'installer. « Guy me disait également que vous aviez une théorie sur nos amis allemands ?

– Là encore, je n'y vois pas clair, mais leur ombre plane sur tout ce dossier. Karl Stauff, les entrevues des victimes avec Martin Krüger. Et puis il y a le groupe Adler.

– Qu'est-ce que le groupe Adler vient faire ici ?

– Vous connaissez ?

– Bien sûr. C'est un de ces petits groupes informels que les députés aiment à créer pour se donner l'impression qu'ils appartiennent à un cercle, à un réseau.

– Mais l'aigle, c'est le symbole de la République fédérale. C'est clairement un groupe piloté par l'Allemagne ! »

Liz éclata de rire. « Vous allez être déçu, le nom a été choisi un peu par hasard. Je ne sais pas pourquoi, ce sont toujours des noms d'animaux. »

Camaraud intervint, goguenard. « Ah ça, c'est une vieille tradition ! Ça a commencé avec le groupe du crocodile, parce que les copains de Spinelli se retrouvaient pour manger au Crocodile, un restaurant dans le centre. Vu les prix des plats au menu, ils ne risquaient pas d'y croiser leurs assistants… Et puis il y a aussi eu le Kangourou, pour le développement du marché intérieur – probablement parce qu'ils voulaient que l'Europe fasse un bond en avant –, et puis dernièrement le groupe de l'écureuil, animal prévoyant, pour rassurer les Allemands au plus haut de la crise de l'euro. C'est un véritable bestiaire. »

Liz continua : « Je me souviens encore de la première réunion du groupe Adler. L'idée était de se concentrer sur le long terme. Certains voulaient appeler ça le groupe de la tortue, mais ça n'impressionnait pas beaucoup. Finalement nous avons opté pour l'aigle, l'oiseau à la vue perçante qui regarde les choses de haut.

– Vous en faites partie ? Je pensais que c'était un groupe fermé !

– Pensez-vous ! Tout est ouvert, mais comme les débats sont en allemand, ça sélectionne un peu le public. Et puis c'est d'un ennui ! Moi-même, je n'y vais plus beaucoup.

– Mais j'ai vérifié, les députés du groupe Adler votent neuf fois sur dix ensemble. Sauf Grassmann justement. C'est quand même pas un hasard !

– Ce n'est pas un hasard, Émile, vous avez raison. Mais c'est parce qu'ils voient les choses de la même manière qu'ils ont créé ce groupe ensemble, pas l'inverse. Quant à ce pauvre Helmut, vous savez, il ne voulait pas se représenter aux prochaines européennes, alors récemment il s'était mis à voter de manière un peu plus libre… L'âge, aussi, le rendait peut-être un peu moins rigoureux. Mais qu'est-ce que vous vous étiez imaginé, en fait ?

– Eh bien, je ne sais pas… Une assemblée un peu secrète, faisant avancer les positions allemandes. »

Liz m'adressa un de ses sourires tendres qui précédaient une explication, mais qui avaient la générosité de ne pas vous faire sentir idiot. « L'influence allemande à Bruxelles est une réalité, Émile, mais ce n'est pas un complot. La nature a horreur du vide, comme chacun sait. Or les Anglais sont sur le départ. Et les Italiens sont incapables de s'organiser, les Polonais passent leur temps à se lamenter, les Espagnols sont empêtrés dans leurs propres conflits… Quant aux Français, ils cumulent à peu près tous ces travers. Les Allemands se coordonnent et sont un peu plus assidus que les autres. L'ombre que vous sentez sur la directive Diesel, ce n'est rien de plus. »

Après un temps de silence, je lui demandai : « Et qu'est-ce que vous faites de Karl Stauff, dans tout ça ? Il est partout, il sait tout sur tout, il a été en contact avec les victimes avant leur mort – et contrairement aux lobbyistes, ce n'est pas son travail ! »

Liz se tourna vers Camaraud. « Mais tu le laisses dans le brouillard, ce petit !

– Qu'est-ce que vous voulez dire ? »

Camaraud restait silencieux. Liz le regarda un instant, puis reprit. « Émile, comment croyez-vous que Guy obtient tous les documents qu'il veut au Parlement ? Les vidéos ? Les listings ? Notre ami Karl l'a beaucoup aidé dans ce dossier. » J'étais soufflé. « Vous faites une drôle de tête, Émile, mais ça ne devrait pas vous étonner. Outre le fait qu'ils se connaissent depuis longtemps, il est clair que Karl a besoin de tirer cette affaire au clair, ne serait-ce que pour protéger son institution. »

Camaraud se tourna brusquement vers nous. « Merci Liz ! Je vois que je peux te faire confiance…

– Mais enfin, Guy, tu ne crois pas que tu aurais dû le lui dire ?

– Non. J'ai le respect du secret des sources, moi. Et puis il était tellement pris par cette idée de complot, il aurait fini par m'accuser d'en faire partie. »

J'étais piqué au vif. « De toute façon, toi, tu as décidé que c'était Nico le coupable, en ignorant toutes les autres pistes.

– Oui, eh bien… » Camaraud sortit son téléphone portable. « Tu vois, sur ton patron, j'ai eu tort. » Il se mit à faire défiler les photos sur son écran. « Voilà, c'est un cliché de mon photographe habituel. Après chaque événement, il m'envoie les photos qu'il a prises, pour que j'en choisisse pour illustrer mes articles. Ce matin, j'ai eu la curiosité de regarder en détail celles qu'il m'avait envoyées le jour de la mort de Sandrine. Et regardez un peu ! »

La photo qui s'affichait sur son écran avait été prise devant la salle de la commission transports le jour de la mort de Sandrine. À bien y regarder, on voyait dans un coin Nico qui flirtait avec Zoe Parker. « Oui, bon, il drague Parker… et alors ?

– Je me suis renseigné, c'est un sacré don Juan ton patron. Députés, assistantes, conseillères, journalistes, c'est un Vert de la vieille école, libertaire-libertin. Mais ce n'est pas ça le plus important. Regarde l'heure à laquelle la photo a été prise : 8 h 49. Sandrine Berger est sur le point de se faire balancer pardessus la rambarde, et il est tranquillement devant la salle de réunion à faire du charme. Et puis je sais maintenant que le fameux "dîner privé" le soir de la mort de Grassmann était bel et bien un dîner privé. Sur la bande vidéo du service des voituriers, on le voit partir avec une conseillère politique socialiste. Ce n'est pas notre homme. »

Le président Krüger venait de déclarer adopté le rapport sur le gaspillage alimentaire. Le vote sur la directive Diesel allait commencer. C'était l'affaire de quelques minutes. La plénière votait sur le texte tel que négocié en trilogue, et il n'y avait qu'une dizaine d'amendements déposés par l'extrême gauche et l'extrême droite, qui n'avaient aucune chance d'être adoptés. Liz avait retrouvé son équanimité. Camaraud, lui, scannait nerveusement l'hémicycle des yeux. Je faisais défiler la liste des suspects dans ma tête, un peu déboussolé.

« Mais alors, qui ? » Camaraud ne me répondit pas.

Le vote des amendements était terminé. Je vis Krüger ajuster ses lunettes de presbyte avant de reprendre. « Collègues, je mets à présent au vote la directive Diesel dans son ensemble. » Le temps s'arrêta pendant quelques secondes, puis les tableaux lumineux disposés au-dessus de la tribune présidentielle s'allumèrent. Le demi-camembert qui représentait l'hémicycle se couvrit de points verts, comme autant de votes positifs. Ils étaient encadrés de quelques points rouges aux extrêmes. En allemand, Krüger annonça les résultats. « 445 pour, 65 contre et 32 abstentions. Le texte est adopté. »

Et c'était tout. Juste comme ça, on avait fait la loi pour un demi-milliard d'Européens.

On entendit de nouveau la voix de Krüger, un peu lasse : « Monsieur le rapporteur, vous avez la parole. » Les caméras se fixèrent sur Vervueren. Il se leva, lissant sa cravate. « Chers collègues. » Sa voix était posée et grave. « Chers collègues, merci pour votre confiance. Nous nous étions promis dans ce même hémicycle, il y a de ça cinq mois, de mener à bien le combat d'Helmut Grassmann. C'est chose faite. » Des applaudissements s'élevèrent. « Mais le combat ne s'arrête pas là. La grande idée d'Helmut était de créer une taxe européenne sur le diesel. Elle n'a pas pu voir le jour du fait de l'étroitesse de vue du Conseil. » Il pointa du doigt le ministre maltais, qui eut un léger mouvement de recul. « Encore une fois, la somme des égoïsmes nationaux l'a emporté sur l'intérêt général européen. » Le Maltais se penchait, interrogatif, vers son chef de cabinet. Vervueren se tourna vers la Commission. « C'est pour cela que j'ai demandé aux services du Parlement de produire un avis juridique pour confirmer que nous avions bien la base légale pour insérer un impôt européen dans le texte de la directive. Nous demanderons le moment venu à la Commission européenne de rouvrir le dossier. » Quelques applaudissements un peu mous se firent entendre. C'était le dernier vote. Les députés n'étaient pas d'humeur à se pencher sur les bases légales. Même le « C'est ce que Helmut aurait voulu ! » de Vervueren ne lui attira que quelques acquiescements polis.

À peine le discours terminé, Bondigas se leva et partit, nous saluant d'un geste discret de la main. Je le regardai quitter la tribune, téléphone à l'oreille. Il travaillait certainement déjà à la prochaine directive, aux réglementations des années à venir, à la voiture de demain, quittant la scène sans que je ne sache bien, au fond, le rôle qu'il avait joué dans l'accord qui venait d'être adopté. La séance avait été levée. Les rangs se défaisaient doucement. Les députés quittaient un à un l'hémicycle. Krüger se dirigeait lentement vers la sortie, distribuant des poignées de main à quelques députés du groupe Adler. À mesure que l'immense salle se vidait, mes idées devenaient plus claires.

Je m'avançai sur mon siège pour me mettre au niveau de Camaraud. « Guy, remontre-moi la vidéo de Sandrine sortant du petit déjeuner avec Krüger.

– Pourquoi ? On a littéralement passé des *heures* à la regarder.

– Montre-la-moi. »

Il me tendit son téléphone. Je regardai de nouveau toute la séquence. Sandrine apparaît, un croissant à la main, elle est au téléphone, elle aperçoit son assassin, elle sort du champ de la caméra, quelques minutes passent, et, pour finir, la rambarde qui tremble. Quelque chose ne tournait pas rond, mais, frappé par une espèce de myopie, mon cerveau ne parvenait pas à discerner quoi. Je pris le rapport du service de sécurité sur la mort de Grassmann, que Camaraud avait sur les genoux. Je passai en revue les photos de la scène du crime, mais je les avais déjà trop regardées, je ne pouvais plus rien voir.

Camaraud était penché en avant, les mains sur la rambarde. Il n'avait pas quitté l'hémicycle des yeux. Je l'imitais sans trop bien savoir ce que nous devions chercher dans cette foule en mouvement. Vervueren était resté à son pupitre et recevait les accolades d'une poignée de députés. Camaraud ne desserrait pas les dents. Une pensée morbide me traversa l'esprit : et si le tueur commettait un dernier meurtre en plein hémicycle, révélant son identité et faisant tomber le rideau sur cette histoire ? Un coup de revolver en plein théâtre parlementaire, comme pour Lincoln.

Je chassai cette idée, tentant de reprendre le fil. « C'était quelqu'un qu'ils connaissaient, Guy.

– Oui, oui.

– Quelqu'un qui avait accès.

– On tourne en rond, là, Émile.

– Sandrine sort de chez Krüger, téléphone dans une main, croissant dans l'autre. Elle tombe, on la retrouve au milieu de feuilles éparpillées, douze étages plus bas. Mais qui les lui a données ?

– Qui lui a donné quoi ? »

Les travées continuaient de se vider. Les huissiers avaient commencé à remettre en place les fauteuils. Sur le perchoir, Karl Stauff finissait de ranger ses classeurs. Nico faisait du gringue à une députée portugaise. Jørgen remontait le flot des députés en direction de Vervueren, un porte-documents sous le bras. Ce serait certainement lui qui tiendrait la plume pour l'avis juridique que Vervueren avait demandé. Arrivé au milieu des rangées, il fut légèrement bousculé par un élu en pleine conversation. Son porte-documents tomba à ses pieds. Une douzaine de feuilles s'éparpillèrent sur la moquette. Je revis soudain le cadavre de Sandrine entouré de fiches techniques, et celui de Grassmann affalé sur des documents.

Je pris l'avant-bras de Camaraud. « Jørgen ! »

Camaraud se dressa en avant. « Il va s'en prendre à Vervueren ! »

38

Je fixais les marches des yeux pour ne pas trébucher. Camaraud, un étage plus bas, les dévalait par séries de trois. Un grand bruit sourd résonnait à chaque fois que sa main lourde venait se poser sur la rambarde en métal. Arrivé en bas, il ouvrit la porte de la cage d'escalier qui donnait sur la galerie principale du bâtiment. Vervueren et Jørgen étaient partis ensemble de l'hémicycle pendant que nous descendions des tribunes. Ils avaient quelques dizaines de secondes d'avance sur nous. Des centaines de députés, de journalistes et de fonctionnaires avaient quitté la plénière en même temps ; impossible de savoir où ils étaient allés au milieu de la foule.

Camaraud se retourna vers moi : « Le bureau de Vervueren ! Émile, les bureaux des députés libéraux, ils sont où ? Vite !

– Dans le bâtiment WIC, au deuxième. »

Sans prévenir, Camaraud se remit à courir, en direction de la passerelle au-dessus de l'Ill qui reliait les deux parties du bâtiment. Il hurlait comme un forcené en écartant de la main des députés médusés. Je le suivais deux mètres derrière.

Arrivé au bout de la passerelle, il prit le grand couloir qui desservait les bureaux des députés. Tout au fond, Jørgen s'apprêtait à passer une porte avec Vervueren. Camaraud hurla son nom. Jørgen s'immobilisa et nous regarda fixement pendant une fraction de seconde, stupéfait. Puis il se mit à courir le long du couloir, comme un aveu. Camaraud le prit en chasse, et moi derrière lui. Vervueren nous regarda passer devant la porte de son bureau, tétanisé. Jørgen déroulait de grandes enjambées sans se retourner. Nous n'arrivions à le suivre qu'avec difficulté, nous engouffrant dans les portes coupe-feu qui se refermaient derrière lui. Les eurocrates se collaient aux murs sur notre passage. Camaraud hurlait dans son téléphone, donnant notre position à la sécurité du Parlement. Au détour d'une photocopieuse, Jørgen pivota sur la gauche et ouvrit une porte d'un coup de reins. À son tour, Camaraud essaya de l'ouvrir, sans succès.

À cet endroit, le couloir était courbé : c'était le mur extérieur de la grande salle de réunion en amphithéâtre dans laquelle j'avais surpris la conversation entre Stauff et Grassmann. Les deux mains sur les genoux, je reprenais mon souffle. « Guy, c'est la porte d'entrée du couloir qui mène aux cabines des interprètes. Cette porte, c'est la seule issue. Il ne peut sortir que par là. On n'a plus qu'à attendre la sécurité.

– Et la porte de la salle de commission, elle est où ? »

Je jetai un coup de menton sans décoller les yeux du sol. « Là, un peu plus bas. Mais il n'y a pas de passage entre les cabines d'interprétation et la salle. »

Je compris vite ce que Camaraud avait en tête. Il ne voulait pas, ne pouvait pas laisser Jørgen partir sans une explication. Encore haletant, il colla son épaule contre une armoire métallique où étaient stockés les dossiers de préparation des interprètes. Elle tomba lourdement, bloquant la porte par laquelle Jørgen était entré. Camaraud regarda l'armoire, me regarda, puis s'engouffra dans la salle de réunion par l'accès que je lui avais indiqué. Sans trop réfléchir, j'entrai à sa suite.

La salle était plongée dans la pénombre. Elle n'était éclairée que par les lumières vertes marquant les issues de secours. Il fallut quelque temps pour que mes yeux s'habituent à l'obscurité. C'était un grand amphithéâtre sans fenêtre, d'environ deux cents places disposées en demi-cercle. Sur les côtés, on pouvait voir une quinzaine de cabines d'interprétation qui entouraient la salle ; elles étaient aussi éteintes. Je me tournai vers Camaraud, qui avait sorti son téléphone. Il lança un enregistrement, puis alluma le micro qui était devant lui. Il appela plusieurs fois Jørgen. « Pedersen, la sécurité sera là dans quelques minutes. Parlez-moi, c'est votre chance d'être compris. Pedersen ! » Camaraud suait à grosses gouttes. Il enleva son blouson en cuir et s'essuya le front avec son avant-bras. « L'ironie, Pedersen, c'est que ce sont vos fameuses notes qui vous ont trahi. Vos fiches techniques que l'on a retrouvées autour des deux cadavres. » Jørgen ne répondait pas. « Pourtant, vous êtes un homme consciencieux, vous portez de l'attention aux détails. » Camaraud éteignit le micro et me lança à voix basse : « Tu es sûr qu'il n'y a pas d'autre issue ?

– À peu près… » Tout en disant cela, je collai mon dos contre la vitre de la cabine technique, craignant que Jørgen jaillisse de l'ombre et me réserve le même sort qu'à Grassmann.

Camaraud ralluma le micro devant lui. « Vous êtes consciencieux, Pedersen, et surtout vous avez des instincts sûrs. Vous avez improvisé, mais vous n'avez presque pas fait d'erreurs. » Camaraud parlait lentement, comme si la séquence des événements prenait petit à petit forme sous ses yeux. « Sandrine Berger vous a appelé la veille de sa mort, vous l'avez dit à Émile. Le petit déjeuner avec Krüger et Grassmann la rend nerveuse, elle veut être rassurée, elle veut être briefée. Le lendemain matin, vous lui fixez un rendez-vous. Le téléphone de couloir, c'est vous, aucun doute. Vous couvrez déjà vos traces. Est-ce que vous savez que vous allez la tuer à ce moment-là ? » Camaraud marqua un temps. « En tout cas, quand elle sort de son entrevue avec Krüger, vous êtes là, au douzième, vous l'attendez dans l'angle mort de la caméra, près de la porte de secours par laquelle vous vous enfuirez. Sur la vidéo, on la voit s'approcher de vous ; elle n'est pas surprise de vous voir, et pour cause – elle vous attend. Vous lui donnez quelques-unes de vos fameuses notes. Et puis quelques minutes après, vous la poussez. Est-ce qu'elle s'est débattue ? Est-ce que vous l'avez prise par surprise ? »

Camaraud avait déroulé son réquisitoire sans s'arrêter, d'une voix égale. Il était penché sur le micro, les yeux fermés. Il reprit son souffle avant de continuer. « Pour Grassmann, facile d'imaginer ce qui s'est passé. Ce soir-là, après une journée de négociations, il vous demande de venir pour mettre la dernière main aux compromis sur la directive. Vous lui remettez votre document, et puis, un peu après, alors qu'il est en train de le lire, vous lui fracassez le crâne. Lâche, mais efficace. Mais qu'est-ce qu'il se passe après, Jørgen ? Vous restez là pendant une bonne heure, avec le cadavre, avant d'appeler les secours ? Je vous imagine tout à fait, vous jouez la panique – vous venez d'arriver, vous avez trouvé le président mort, oh, mon dieu ! » La voix de Camaraud se faisait moqueuse. « Et puis vous évacuez les lieux avec la police, emportant discrètement le presse-papier avec lequel vous avez tué Grassmann. Ce meurtre aussi, vous l'avez signé d'une note, celle que Grassmann lisait avant de mourir. Une note, la marque du gratte-papier, du petit fonctionnaire étriqué et obtus. » Camaraud était de plus en plus ouvertement provocant. « Et qu'est-ce que vous aviez prévu pour Vervueren ? Est-ce que vous êtes armé, Jørgen ? »

J'eus un mouvement de recul, et me cognai à la vitre dont le verre en plexiglas épais fit un bruit sourd. Camaraud se retourna l'air surpris, me regarda, puis reprit.

« Ce que je ne saisis pas, Pedersen, c'est pourquoi ? Pourquoi vous avez tué Sandrine Berger et Helmut Grassmann ? » Je scrutais les cabines d'interprétation à la recherche d'une ombre, ou d'une petite lumière rouge qui trahirait un micro allumé. Jørgen était peut-être parti par une issue dont je n'avais pas connaissance. Je lançai un regard interrogatif à Camaraud qui, d'un geste, m'intima de me taire. « C'est la médiocrité des députés qui vous exaspère, c'est ça ? Qu'est-ce qu'un homme aussi brillant que vous peut bien chercher à venger, Pedersen ? »

Un cliquetis suivi d'un sifflement de micro nous fit sursauter. « Le droit. » Je regardai de nouveau les cabines de traduction : aucun micro allumé. Dans la salle elle-même, il n'y avait que celui de Camaraud dont on pouvait voir le voyant rouge. « C'est le droit que je cherche à protéger, monsieur Camaraud.

– Le droit ?

– Oui, le droit. Le concept ne vous sera pas familier. Vous et tous les autres apologistes de l'Europe passez votre temps à vous essuyer les pieds dessus.

– Mais, Pedersen, l'Union européenne, qu'est-ce que c'est si ce n'est pas du droit ?

– C'est une perversion du droit, monsieur Camaraud. » Il parlait sur un ton professoral, en détachant chaque mot. « Des institutions communes au service des États, faisant respecter les règles qu'ils se sont données, voilà ce que devait être l'Europe initialement. Il ne s'agissait que de servir la diplomatie entre les pays du continent en créant quelques organes facilitateurs à Bruxelles. C'était là une idée pertinente, louable même. Les États devaient rester, en définitive, au sommet de la hiérarchie. Mais petit à petit, les institutions sont devenues incontrôlables, elles ont voulu exister par elles-mêmes. » La voix de Jørgen montait progressivement dans les aigus à mesure qu'il perdait son calme. « Rien ne suffisait, il leur fallait toujours plus de pouvoir. Elles se sont rebellées contre leurs créateurs. L'Union européenne, c'est un golem ! Un golem qui s'est affranchi des États ! »

Camaraud recula légèrement la tête en haussant les sourcils. « Un golem ?

– Parfaitement, Camaraud ! Un golem ! Mais ça ne fera jamais illusion. Le Golem était un monstre d'argile ; les institutions sont un monstre de papier. On n'y trouvera jamais la lumière de la conscience ! Il n'y a pas d'âme à Bruxelles ! »

On entendit Jørgen reprendre son souffle. La salle fut plongée de nouveau dans le silence. Camaraud dodelinait de la tête, hésitant manifestement sur ce qu'il allait dire. Puis, d'un ton posé, cherchant ses mots : « Bien, vous désapprouvez le tour que prend la construction européenne. Mais dites-moi, Pedersen, qu'est-ce que Sandrine Berger et Helmut Grassmann ont à voir là-dedans ? »

Jørgen se mit brusquement à hurler : « Tout ! Elle est là, la racine du mal ! Tout commence avec ce genre de personnes sans foi ni loi. On triture les textes, on s'affranchit des limites ! On prend le pouvoir là où on ne l'a pas ! » Il passa un ton en dessous, la voix légèrement enrouée. « Avant, tout était clair. L'ordre des choses était vénéré comme il se doit. Et puis les européistes ont renversé la hiérarchie des normes, méprisant l'histoire, passant au bulldozer les cathédrales juridiques que les siècles avaient édifiées.

– Mais dans ce cas, Pedersen, pourquoi vous êtes-vous mis au service de cette Europe que vous vomissez ? Qu'est-ce que vous êtes venu faire à Bruxelles ? »

Jørgen sembla se calmer et prit un ton condescendant, celui qu'on utilise pour donner des explications aux enfants. « Monsieur Camaraud, je ne suis pas un de ces fonctionnaires apatrides qui sont la lie de Bruxelles. Je travaille pour le gouvernement danois. Je n'ai été détaché que temporairement au Parlement européen par la couronne. Je reste au service de Sa Majesté. » Il avait dit cela comme une évidence. « Si je suis venu à Bruxelles, c'est pour essayer d'y mettre de l'ordre. Mais je ne mesurais pas l'étendue du chaos qui règne dans cette maison. Le Parlement est un foyer d'incurie. Sous prétexte qu'ils sont élus, les députés veulent tout remettre en cause. Tout défaire.

– Je ne vous suis pas, Pedersen. L'ordre juridique est au service des élus. Le droit n'est là que pour cristalliser les décisions politiques. »

Jørgen marqua une pause, puis reprit d'une voix froide : « Ah, monsieur Camaraud, vous ne valez pas mieux que les autres. "L'Europe doit être politique." Alors quoi ? Au nom de la politique, on peut tout se permettre ?

– Et au nom du droit, Pedersen, au nom du droit, on peut se permettre de tuer deux députés ?

–Mais je n'y suis pour rien ! Ce sont eux qui se sont condamnés.

– Comment ça ?

– Jusqu'au dernier moment, ils ont eu le choix.

– Quel choix ?

– D'obéir au droit. De respecter les traités. De retirer leurs amendements scélérats. J'ai essayé de les raisonner, jusqu'à la dernière minute ! J'ai dit à Sandrine Berger qu'il ne fallait pas présenter ce rapport. Elle n'a rien voulu écouter, rien !

– Alors vous l'avez poussée. » Jørgen eut un petit ricanement. « Vous vous êtes dit que le meilleur moyen de vous débarrasser de son rapport, c'était de se débarrasser d'elle. Et vous avez pris goût à ce sentiment de puissance. »

La voix de Jørgen se fit plus grave. « Détrompez-vous, Camaraud, je n'y ai pris aucun plaisir. J'ai fait cela par devoir. Je sais, ce n'est pas une idée à la mode. Mais quand vous prenez le devoir au sérieux, vous n'avez pas le choix.

– Et Grassmann ?

– C'était bien plus grave. Berger était inconséquente. Lui, c'était un planificateur malhonnête, roublard, machiavélique. Il savait pertinemment ce qu'il faisait. Il savait que c'était illégitime, il savait qu'il outrepassait toutes les limites. Et pourtant, même à lui j'ai donné la possibilité de changer d'avis, une fois, deux fois, trois fois.

– Vous voulez dire qu'il a eu sa note ? Sa fiche technique ? »

On entendait le souffle de Jørgen dans son micro. Camaraud était concentré, tendu sur son siège. Il voulait aller au bout, comprendre. « Et Vervueren ? Qu'est-ce que vous lui reprochiez ?

– Ah, Vervueren ! L'eurohystérique, le révolutionnaire ! Aucune révolution n'est permise, monsieur Camaraud. Le droit seul est légitime. »

Camaraud semblait désorienté par la tournure que prenait la conversation. Il se tut. Je finis par m'approcher de son micro : « Il y a une contradiction dans ce que vous dites, Jørgen. » Camaraud, étonné, me regarda sans rien dire.

« Ah, voilà Émile, notre petit génie. Illuminez-moi : quelle contradiction devrais-je noter ?

– Vervueren voulait justement demander un avis juridique, faire dire le droit… »

Une poignée de secondes s'écoula. Camaraud leva les yeux. « Jørgen ? »

On entendit un grand coup. Brusquement, la cabine technique qui était dans mon dos s'éclaira. Je fis volte-face. Jørgen me regardait fixement, comme un requin derrière les vitres épaisses d'un aquarium. Il s'égosilla, penché sur son micro : « Ce n'était qu'une chicane ! Une chicane, vous m'entendez ! » La sono se mit à siffler. « Un jour ou l'autre, Vervueren s'assiéra sur tous les principes ! Il méprisera l'avis des juristes. Je le sais, j'en suis sûr ! » Il abattit son poing sur la vitre qui nous séparait. « Je les connais, les européistes ! Ils se vautrent dans les arrangements, les accommodements, la compromission ! »

Trois agents de sécurité firent soudain irruption derrière lui. Deux d'entre eux lui saisirent les bras et le plaquèrent violemment contre la console. Le micro se coupa. Un troisième lui attacha les mains dans le dos. Ils le prirent par les épaules pour le relever. Il hurlait, mais les parois ne laissaient passer qu'un son étouffé. Ses traits étaient tirés, ses cheveux hirsutes. J'entendis une dernière fois : « La compromission, Camaraud ! », puis les agents l'emportèrent.

Camaraud répliqua à voix basse, comme pour lui-même : « Non, Pedersen, le compromis, tout simplement. Le compromis. »

Épilogue

Bruxelles, mars 2019

Pour le pot de départ de Liz, les hautes tables rondes ont été recouvertes de nappes blanches. Il y a au moins deux cents personnes entassées dans le grand hall de la Commission européenne : quarante-six ans d'Europe, on en croise du monde. Les serveurs du service de restauration circulent avec des bouteilles de champagne. En petits cercles, les eurocrates attendent le discours dans un brouhaha en vingt-quatre langues. J'essaie de me frayer un chemin jusqu'à Liz en me faufilant entre les costumes gris et les tailleurs bleu marine.

Au pied du petit podium, Nico est en pleine discussion avec la commissaire danoise. Il fait des grands gestes et des sourires un peu forcés. Elle a l'air de s'ennuyer. Le nouvel assistant de Nico est un peu à l'écart. Il jette un regard vague sur la salle, un petit four dans une main et un verre dans l'autre. Le pauvre ne connaît probablement personne ici. J'irai lui parler, plus tard.

Au détour d'un plateau de canapés, je salue Karl Stauff. Je ne sais pas trop ce que Camaraud lui a dit sur mon compte, mais il est toujours très prévenant avec moi. Les assistants, les conseillers, les fonctionnaires, au Parlement tout le monde l'appelle « Monsieur le secrétaire général » ou « Monsieur Stauff », même certains députés. Moi, j'ai eu droit à un « Vous pouvez m'appeler Karl ». Il me fait toujours un petit clin d'œil quand il me croise dans les couloirs. On ne le voit pratiquement jamais rire, mais en réalité il a beaucoup d'humour. Un humour d'un genre un peu déstabilisant. Il prend un blini au saumon, moi un toast-crevette. Nous échangeons quelques plaisanteries, il me demande quelles sont les dernières nouvelles du groupe des Verts, puis un de ses subordonnés lui met le grappin dessus – c'est la période des promotions.

À peine s'est-il retourné qu'une lourde main se pose sur mon épaule. « Je croyais que quand on devenait conseiller politique, on n'avait plus besoin de faire le pique-assiette ! » Camaraud, son éternel blouson de cuir sur le dos, me fait un large sourire.

« Et moi, je croyais que tu avais emménagé dans les studios de France Télévisions. » Entre les élections européennes et la promo de son nouveau livre sur Jørgen et la directive Diesel – *L'Europe qu'on assassine* –, Camaraud passe le plus clair de son temps sur les plateaux télé à théoriser la pensée extrême, faisant les délices du Tout-Paris médiatique.

Le tintement qui annonce le discours se fait entendre. Pour Liz, c'est le président de la Commission européenne en personne qui s'est déplacé. Ce sont les derniers mois de son mandat, il a l'air encore plus jovial que d'habitude. Il tient haut sa coupe. « Mes amis ! Mes amis ! » Le silence s'installe. « Mes amis, si nous sommes réunis ici aujourd'hui, c'est pour dire au revoir à l'une des chevilles ouvrières de cette belle institution. » Liz est là, à côté de lui. Visiblement émue, gênée aussi. Elle n'est pas habituée à être sur le devant de la scène. Pendant près de dix minutes, le président dresse ses états de service. Il alterne anecdotes personnelles, bons mots et réflexions sur le devenir de l'Europe – il est en grande forme. Piquant un mot à Audiard, il conclut en observant que les Anglais europhiles comme Liz sont un peu comme les patrons de gauche ou les poissons volants : ils existent, mais ne constituent pas la majorité du genre. L'assistance rit de bon cœur ; c'est drôle, et puis c'est le président. Les applaudissements s'élèvent. Ils se donnent l'accolade. Directeurs, chefs d'unité, députés : tout le monde se rue sur elle. Je perds Camaraud dans la mêlée.

Au bout de dix minutes, je désespère de la saluer. Et puis je dois y aller, il est cinq heures et demie déjà. Il faut que je repasse au Parlement et que je rentre tôt. Solène arrive de Paris par le train de 19 h 47. Ce matin, elle présentait son rapport à l'Assemblée nationale. Je n'ai pas eu de message, c'est mauvais signe. Je me suis juré de dresser une belle table pour le dîner, de faire autre chose que des pâtes au pesto, et de l'écouter me raconter sa journée sans l'interrompre. Cela fait plus d'un an que nous sommes ensemble. Je suis, d'une certaine manière, resté l'assistant d'une élue.

Devant l'entrée du bâtiment, Nico attend près des voitures officielles. Il part à la gare. Nous sommes jeudi, la semaine parlementaire se termine. Son assistant lui tend une pochette cartonnée et essaie de faire le tour des priorités : le meeting de Bourg-en-Bresse, les amendements au rapport Rossi, le *tweet* sur le Brexit, les notes de frais, l'interview avec *Le Monde*, l'agenda de la prochaine commission des transports.

Nico regarde sa montre. Il a visiblement la tête ailleurs. Sans rien répondre, il prend la pochette, pousse un soupir et s'engouffre dans une berline noire. L'assistant, dossiers sous le bras, regarde la voiture s'éloigner. En passant derrière lui, je l'entends marmonner : « Connard ! »

Je lui mets la main sur l'épaule. Il se retourne, se raidit. Je lui souris.

« Tu verras, avec le temps, on apprend à mieux les gérer. Le truc c'est d'avoir toujours trois histoires : moins, ça fait pas sérieux, plus, le député peut pas imprimer. Mais attention, pas dans n'importe quel ordre… »

Note des auteurs

Le calendrier d'adoption, le déroulé des travaux en commission parlementaire, l'agenda des plénières, les délais de traduction des amendements, les articles des traités ou du règlement de procédure, tout dans ce livre correspond à la réalité. En revanche, la directive Diesel, les personnages et les événements décrits sont le fruit de notre imagination.

calligaromaxime@gmail.com
eric.cardere@gmail.com

Remerciements

Merci à Emmanuel, sans qui rien n'aurait commencé. À Marc et Caroline, sans qui nous ne serions pas allés au bout. À Émilie et Isabelle pour leurs relectures minutieuses et perspicaces. À Veronica pour sa patience. À Danièle pour son regard amusé sur le Parlement. À Oren pour son œil expert. À Romain pour son œil profane. À Inès, Laure et Olivia pour avoir pointé des angles morts. À Fabien et Adeline pour nous avoir aidés à préserver le mystère. À Valentin et Jeanne pour nous avoir fait confiance, nous avoir guidés et entourés. Et enfin à Umberto, parce que les livres parlent toujours d'autres livres.

pca
cmb
édition pré-presse
livres numériques

44400 Rezé

Achevé d'imprimer en janvier 2024
sur les presses de Normandie Roto Impression s.a.s.
61250 Lonrai (Orne)
pour le compte des Éditions Payot & Rivages
60/62, avenue de Saxe - 75015 Paris
N° d'imprimeur : 2400121
Dépôt légal : octobre 2021

Imprimé en France